Pearl S. Buck

Über allem die Liebe

Pearl S. Buck

Über allem die Liebe

Roman

Aus dem Amerikanischen von
Hilde Maria Kraus

Langen Müller

Besuchen Sie uns im Internet unter
www.herbig.net

Die amerikanische Originalausgabe erschien unter
dem Titel ›Letter from Peking‹

Umschlaggestaltung: Wolfgang Heinzel
Umschlagfoto: Image Bank, München
Satz: Uhl + Massopust, Aalen
Gesetzt aus: 10,3/13pt Garamond Book
Druck und Bindung: GGP Media, Pößneck
Printed in Germany
ISBN 3-7844-2838-X

»In der Kunst gefällt mir alles, was schön ist. Ich schließe nichts aus. Ich glaube nicht an eine besondere Schule. Ich liebe das Heitere wie das Ernste, das Furchtbare, das Große und das Kleine. Kurz alles, das so ist, wie es sein soll: wahr und schön.«

Verdi an den Maler Morelli

Es ist der 25. September 1950. Der Ort: Es ist das Tal in den Bergen von Vermont, wo ich geboren bin und wo ich meine Kindheit verlebte. Ich bin über die Meere gefahren; ich habe das Land meines Geliebten zu meinem eigenen gemacht. Dann kam der Krieg, und ich war eine Fremde, trotz der Liebe, und ich kehrte wieder in das Tal zurück.

Vor einer halben Stunde ging ich unsere Landstraße unter den sich rot und golden wölbenden Ahornbäumen hinunter, dem Postboten entgegen. Er kommt nur dreimal in der Woche in diesen entlegenen Ort in den Bergen von Vermont, und dreimal in der Woche erwache ich früh und rastlos. Es besteht immer die Möglichkeit, daß ein Brief aus Peking kommt, ein Brief von Gerald. Seit Monaten ist kein Brief gekommen. Aber heute morgen war ein Brief da. Der Postbote suchte ihn heraus und gab ihn mir.

»Da ist er, auf den Sie gewartet haben«, sagte er.

Ich wollte ihn nicht öffnen, ehe der Mann fort war. Dann erst, allein auf dem Weg unter dem Dach der Ahornbäume, die in herbstlichem Feuer lohten, öffnete ich den Umschlag. Während ich ihn las, wußte ich, daß ich diesen Brief erwartet hatte. Nein, mehr noch. Ich wußte, daß er mich nicht überraschen konnte. Nichts, was Gerald tut, kann mich überraschen oder erschrecken oder auch nur verletzen. Ich habe ihn geliebt. Ich liebe ihn noch, und ich werde ihn immer lieben.

Ich las den Brief immer und immer wieder. In der stillen Herbstluft, die kein Wind bewegte, schwebten die hellen

Blätter langsam zu Boden. Ich konnte Geralds Stimme die Worte sagen hören, die er geschrieben hatte.

»Meine liebe Frau,
vor allem - ehe ich sage, was gesagt werden muß - sollst Du wissen, daß ich nur Dich liebe. Was immer ich jetzt tue, vergiß nie, daß Du es bist, die ich liebe. Wenn Du nie wieder einen Brief von mir erhältst, wisse, daß ich Dir jeden Tag in meinem Herzen schreibe.«

Das waren die einleitenden Worte dieses Briefes, und als ich sie las, wußte ich, was folgten mußte. Ich las zu Ende, und dann ging ich mit dem Widerhall von Geralds Stimme im Ohr heim.

Das Haus ist leer, wenn Rennie zur Schule gegangen ist. Ich bin froh über diese Einsamkeit. Ich sitze jetzt hier in meinem Zimmer, an meinem Schreibtisch und schreibe. Ich habe den Brief in meine Kassette geschlossen. Ich will ihn vergessen. Zumindest auf eine Weile will ich ihn vergessen, bis die Erstarrung aus meinem Herzen geschwunden ist. Es ist mein Trost, alles, was ich fühle, niederzuschreiben, da ja niemand da ist, mit dem ich reden kann.

Und doch brach dieser Morgen an wie irgendein anderer Tag. Ich stehe jetzt immer früh auf. Unsere benachbarten Farmer stehen um vier Uhr auf und gehen kurz nach der Abenddämmerung schlafen, wie die chinesischen Bauern es tun. Aber Gerald liebt die Stille, während die anderen schlafen, und so habe ich in den Jahren unserer Ehe gelernt, spät schlafen zu gehen. Die Nachtstunden in unserem kleinen chinesischen Haus waren wohltuend. Die Geräusche der Straße erstarben bei Einbruch der Dunkelheit, und wenn Musik ertönte, dann war es, nachdem das Tagewerk vollbracht war. Über die niedrige Mauer schwebte der Klang einer zweisaitigen Violine in unseren Hof herüber. Die Musik kam von unserem Nachbarn, Mr. Hua, der bei Tag in seinem kleinen Laden mit Seide handelte. Im Sommer saßen Gerald und ich unter dem Tannenbaum neben dem Goldfischteich, und wir ließen Rennie, unseren Sohn, weit über die für ein Kind vernünftige Schlafenszeit mit uns aufbleiben. Er ist unser einziger Sohn. Unsere Tochter starb ganz plötzlich, als sie noch ein kleines Kind war. Der Schmerz war ein Teil des Preises, den ich dafür zahlte, daß ich Gerald liebte und mit ihm nach China gegangen war.

Eine lange Zeit - sie schien sehr lang - waren wir kinderlos. Ich kränkte mich, aber was mich rettete, war Geralds Kummer. Ich dachte, er würde gar nie mehr aufhören, über den Verlust unseres Kindes zu trauern. Monatelang konnte er nicht ruhig schlafen, und er aß so wenig, daß seine hohe Gestalt, die immer schlank war, zum Skelett wurde. Ich unterdrückte meine eigenen Tränen, um seinen Schmerzausbrüchen zuzuhören.

»Ich hätte in deinem Land bleiben sollen«, sagte er immer und immer wieder. »Wenn wir in Amerika gelebt hätten, dann wäre unser Kind nicht gestorben. Ich habe dir zuviel genommen.«

Ich lehnte meinen Kopf an seine Brust. »Wo du hingehst, da gehe ich hin. Kein Preis ist dafür zu hoch.«

Er sah mich seltsam an. »Das ist der Unterschied zwischen den amerikanischen und den chinesischen Frauen. Du bist mehr Gattin als Mutter.«

»Wenn ich bei dir bin, bin ich nur Gattin«, sagte ich. »Und außerdem wärest du in Amerika nie glücklich gewesen.«

Er könnte hier nicht glücklich sein. Ich wußte es damals, und ich weiß es jetzt. Obwohl ich oft in Peking einen flüchtigen Augenblick lang Heimweh nach den kühlen, reinen Bergen von Vermont hatte, war ich dort glücklich. Die Stadt ist ein Juwel, reich gefaßt, vergoldet von Zeit und Geschichte, die Bevölkerung heiter und liebenswürdig, und ich sah schon mein ganzes Leben vor mir in Frieden und Schönheit, und ich dachte, dort würde ich einmal begraben sein an

Geralds Seite, wenn wir beide alt sein würden und lebenssatt. Wir stammen, er und ich, aus langlebigen Familien.

Und doch bin ich jetzt hier, in diesem Tal in Vermont, in einem einsamen Farmhaus, mit Rennie, unserem siebzehnjährigen Sohn. Und jetzt, nachdem dieser Brief gekommen ist, glaube ich nicht, daß ich Gerald je wiedersehen werde.

... Wie gesagt, der Tag begann wie jeder andere Tag. Ich stand um sechs Uhr auf, half Matt unsere vier Kühe melken und stellte die Kanne auf die Stufe vor der Scheune, zum Abholen für den Milchwagen, nachdem ich den großen Zinnkrug für Rennie abgefüllt hatte. Dann ging ich in die Küche und machte ihm das Frühstück.

Rennie hilft beim Melken am Abend. Er ist wie Gerald. Frühaufstehen ist für ihn eine Qual, aber es fällt ihm leicht, bis spätnachts zu arbeiten. Ich habe, da ich jetzt allein bin, die Stundeneinteilung meiner Kindheit wiederaufgenommen, denn ich bin hier auf diesem Grund und Boden geboren, der meinem Großvater gehörte, dann meinem Vater und nun mir. Glaube und Hoffnung machten meinen Vater zu einem Erfinder im kleinen Maßstab, und er knappste sich von seiner Farmarbeit die Zeit für seine »Basteleien« ab, wie er es nannte. Zwei oder drei davon waren recht erfolgreich, zum Beispiel eine Waschmaschine für Eier. Aber die Farm ernährte uns, und als Bargeld war nur das Erbteil da, das von dem Vater meines Vaters stammte, der kein Farmer, sondern ein berühmter Anwalt gewesen war. Als Gerald und ich heirateten, war mein Vater bereits tot und meine Mutter lebte hier allein. Sie starb, ehe Rennie geboren wurde, und hinterließ mir die Farm, und Matt Greene kümmerte sich darum, solange ich in Peking war, und auch jetzt kommt er jeden Tag wie immer. Denn als wir, Gerald und ich, einsahen, daß wir uns trennen mußten, bin ich an diesen Ort hier zurückgekehrt. Es gab keinen anderen.

Und so kam Rennie heute morgen herunter, mit rosigen Backen von der kühlen Nachtluft des offenen Fensters in seinem Schlafzimmer. »Guten Morgen, Mutter«, sagte er und küßte mich auf die Wange.

»Guten Morgen, mein Sohn«, sagte ich.

Auf diesem Ritus hat sein Vater immer bestanden. Wir begrüßen einander, wenn wir uns eine Weile nicht gesehen haben.

»Wenn du deine Eltern verläßt«, hatte Gerald seinen Sohn gelehrt, »dann mußt du dich von ihnen verabschieden. Du mußt ihnen sagen, wohin du gehst, und sobald du zurückkommst, mußt du vor sie hintreten und sie fragen, wie es ihnen geht. Das ist Kindespflicht.«

»Wie geht es dir heute morgen, Mutter?« fragte Rennie.

»Danke, sehr gut«, sagte ich.

»Hoffentlich hast du gut geschlafen?«

»Danke, ja«, antwortete ich.

Wir lächelten einander zu, Rennie und ich, und dachten an Gerald, er an seinen Vater, ich an meinen Mann. Rennie sieht seinem Vater ähnlich. Er ist groß für sein Alter. Haare und Augen sind schwarz, und seine Haut, die glatt ist, wie nur chinesische Ahnen sie vererben können, hat die Farbe von gelblicher Sahne. Sein Profil ist schön, die Züge von zarter Feinheit und doch kraftvoll.

»Setz dich, mein Sohn«, sagte ich. »Dein Frühstück ist fertig.«

Das Frühstück ist für Rennie eine monumentale Mahlzeit. Er gießt sich viel braunen Zucker und Sahne auf den Haferbrei. Gerald hat weißen Zucker verboten, und in Peking verwendeten wir immer nur den dunklen chinesischen Zucker. Milch ist amerikanisch, aber Rennie ist auch amerikanisch, er hat nur ein Viertel seines Blutes von seinen chinesischen Ahnen ererbt. Sein Körper ist nicht chinesisch. Er ist starkknochig, seine Hände und Füße sind wohlgeformt, aber groß, und er hat nicht den eleganten Körperbau seines Vaters.

»Drei Eier, bitte«, sagte er wie gewöhnlich.

Es ist gut, daß ich Hühner habe. Mein kleines Erbteil würde nicht langen für Eier und Fleisch in den Quantitäten, wie Rennie sie gern hat. Auch Speck ist ein Luxus, aber es macht mir Freude, ihn für meinen Sohn zu beschaffen... Ich darf nicht jetzt schon anfangen, ihn meinen Sohn zu nennen, statt unseren. Rennie ist auch Geralds Sohn. Das darf ich nicht vergessen. Aber ich weiß nicht, wie sehr der Brief mein Leben verändern wird.

Das Fenster des Eßzimmers geht günstigerweise auf die Straße, und so kann Rennie von seinem Platz am oberen Ende des Tisches sehen, wann der Schulautobus kommt. Zuerst ließen wir den Platz leer für die Zeit, da der Gatte und sein Vater dort sitzen würde. Denn als wir Gerald im Hafen von Shanghai verließen, sagte er, er werde vielleicht in drei Monaten nachkommen. Am Ende der drei Monate erwähnte er nichts von seinem Kommen, und zwischen seinen Briefen lagen immer bereits einige Wochen. Und weil er von dort aus die Straße sehen konnte, meinte Rennie, er könnte doch vorläufig einmal den Platz seines Vaters einnehmen, und ich sagte nicht ja und nicht nein. Vielleicht wußte ich schon, daß der Brief unterwegs war.

»Da ist der Autobus«, rief Rennie. Die Eier und der Speck waren verschwunden, ebenso die drei Scheiben braunes Röstbrot mit Butter, und er trank schnell sein zweites Glas Milch hinunter und langte nach seiner Windjacke und der Mütze.

»Lebwohl, Mutter!«

»Lebwohl, mein Sohn«, sagte ich.

Gerald hat es nie erlaubt, daß »Mutter« abgekürzt wurde. Als Rennie von den amerikanischen Kindern in Shanghai Mom oder Ma sagen lernte, war Gerald unerbittlich.

»Mutter ist ein wunderschönes Wort«, sagte er ernst. »Du darfst es nicht verschandeln.«

Er sprach chinesisch, wie er es immer tut, wenn er seinem Sohn etwas beibringen will. Und Rennie gehorchte.

Als ich allein und das Haus um mich herum still war, tat ich meine Arbeit wie gewöhnlich. Ich wusch das Geschirr, und dann ging ich hinauf, um die Betten zu machen. Mein Schlafzimmer, das einst meine Eltern bewohnt hatten, erstreckt sich über die ganze Front des Hauses. Es hat fünf Fenster, und die Landschaft sieht an jedem Tag und in jeder Stunde anders aus. Heute morgen, als ich um sechs aufstand, versank gerade der goldene Mond, rund und riesig, hinter den bewaldeten Bergen. Die flachen Strahlen waren noch kräftig genug, um die schwarzen Schatten der spitzen Zedern auf die grauen Felsen darunter zu werfen. Ich liebte die sichere Umfriedung unserer Mauern in Peking, aber diese Landschaft hier habe ich lieber. Ohne Gerald ziehe ich mein eigenes Land vor. Mit ihm ist jedes Land gut, und alle sind schön.

Mein Zimmer, das nach Süden geht, ist an einem schönen Tag durchflutet von Sonne. Ich machte das große Himmelbett und staubte die Kommoden und Schränke ab und den weißgestrichenen Kamin. Die Luft ist ganz staubfrei, und der Fußboden braucht kaum gebohnert zu werden. Ich wunderte mich manchmal, daß ich hier in diesem Haus alle Arbeit so leicht verrichte, während ich in unserem chinesischen Haus fünf Diener dazu benötigte oder zu benötigen glaubte. Gerald sagte, ich brauchte sie. Er sah es nicht gern, daß ich irgendeine Arbeit mit meinen Händen verrichtete. Es ist wahr, ich habe hübsche Hände. Es war das erste, was er zu mir sagte.

»Sie haben entzückende Hände.«

Ich hielt sie hoch und sah sie an.

»Wirklich?« fragte ich ganz dumm. Nein, nicht ganz dumm, denn ich wollte es noch einmal von ihm hören.

»Amerikanerinnen haben im allgemeinen keine schönen Hände«, fuhr er fort. »Es fällt mir auf, weil meine Mutter, da sie ja eine Chinesin war, bezaubernde Hände hatte.«

»Haben alle Chinesinnen bezaubernde Hände?« fragte ich.

»Ja.«

Ich glaube, er sprach nie wieder über meine Hände, aber ich habe es nicht vergessen. Vielleicht fing er an, mich zu lieben, weil ihn meine Hände an seine Mutter erinnerten. Wie soll ich das jetzt wissen?

Es sind beinahe drei Monate vergangen, seit ich einen Brief von Gerald bekam. Der Brief war nicht in Shanghai, sondern in Hongkong aufgegeben, und er steckt in einem Umschlag, der von fremder Hand adressiert ist.

»Du brauchst Dir keine Sorgen zu machen, wenn meine Briefe jetzt in großen Abständen kommen«, schreibt Gerald. »Ich kann Dir die Schwierigkeiten nicht sagen«, schreibt er. »Ich kann Dir nicht einmal sagen, auf welchem Weg dieser Brief Dich erreicht. Wenn Du antwortest, schicke den Brief nicht an mich, sondern an die Adresse auf dem Umschlag. Es kann Monate dauern, ehe ich antworten kann.«

Anfangs pflegten wir uns täglich zu schreiben, wenn wir getrennt waren. Aber bis zum Krieg mit Japan waren wir nie getrennt. Dann, als es schien, daß die nördlichen Provinzen vom Feind überrannt werden würden, sagte Gerald, ich müßte Rennie nach Tschungking bringen, ehe die Eisenbahn nach Hankau abgeschnitten sei.

»Ohne dich?« rief ich.

»Ich komme nach, wenn ich kann«, sagte er. »Ich kann nicht fort, ehe die Universität auch übersiedelt.«

Er war Rektor der Universität, und die Verantwortung lastete auf ihm. Ich wußte, er hatte recht; und so machten Rennie und ich uns alle auf die Reise nach Tschungking. Es war keine leichte Sache. Der Zug war überfüllt mit Flüchtlingen, die sich sogar an den Dächern der Waggons festklammerten. Und das Hotel in Hankau war voll von geflüchteten reichen Leuten und ihrem Anhang. Ich nützte das schwindende Prestige des weißen Mannes aus und bekam eine winzige Kammer für Rennie und mich. Dann erkaufte ich uns durch Bitten und Bestechungen Plätze auf dem kleinen Dampfer, der die gefährliche Fahrt durch die Schluchten des Jangtse aufwärts nach Tschungking machte.

Dorthin sollte Gerald uns folgen, und er tat es auch, Monate später, mit seinen Studenten und der ganzen Fakultät. Inzwischen hatte ich für Rennie und mich ein kleines Haus in den Hügeln oberhalb der Stadt gefunden. Und dann die Seligkeit der Wiedervereinigung mit dem Geliebten! Er kam herein, so mager, daß er noch größer zu sein schien. Aber er war zufrieden.

Seine Studenten und seine Fakultät hatten ihn nicht verlassen, und er hatte sie in Sicherheit gebracht. Der Adel der Stadt hatte ihm mehrere Ahnensäle zur Verfügung gestellt, und alle seine Leute waren versorgt. Er hatte sich erst davon überzeugt, daß alle untergebracht und verpflegt waren, ehe er zu mir kam.

Als ich an jenem Tag meine Arme um ihn legte, fühlte ich, wie er zitterte, und ich wußte, wie müde er war.

»Hier kannst du dich ausruhen«, sagte ich zu ihm.

Er sah sich um in dem Heim, das ich geschaffen hatte. Ich habe eine Leidenschaft für große Zimmer. Als ich das Bauernhaus aus Ziegeln fand, das wir in der Nähe von Tschungking mieteten, erklärte ich dem Besitzer, ich würde es nur nehmen, wenn er mir erlaubte, zwei Trennungswände im Hauptgebäude niederzureißen und aus den drei Zimmern ein großes zu machen.

»Wo wirst du schlafen?« fragte er kopfschüttelnd und die kleinen Augen rollend. Er war ein dicker Kerl, mit rasiertem Kopf, und schmutzig. Er war kein Bauer, sondern lebte vom Pachtzins.

Ich tat so, als hätte ich ihn nicht gehört. Es ging ihn ja gar nichts an. Ich hatte bereits den Plan, die beiden Lagerräume auf beiden Seiten des eingeschlossenen Hofes als Schlafzimmer zu benutzen. Die Räume des Pförtnerhauses würden als Küche und Vorratskammern genügen. Deshalb war das Zimmer, das Gerald sah, so groß und wohnlich. Wir hatten zwar nichts aus unserem Haus in Peking mitgenommen, aber ich wußte in den kleinen Läden jeder chinesischen Stadt das zu finden, was ich brauchte. Die chinesischen Handwerker sind geschickt und schönheitsliebend.

»Du bist ein Genie - wie du ein Heim schaffst!« sagte Gerald. Er setzte sich in einen mit Kissen belegten Korbsessel und lehnte den Kopf zurück.

»Das ist das Paradies«, sagte er und schloß die Augen.

Ich kann nicht weiterschreiben vor Tränen –.

Es ist schon der erste Februar. Seit Wochen liegt die Landschaft bei uns in Vermont im Winterschlaf: Die Berge sind weiß, und das Tal ruht schweigend unter dem Schnee. Vor drei Tagen brachten ein warmer Wind und etwas Sonne den Schnee auf dem Hügelabhang und den Straßen zum Schmelzen, aber ich weiß, das Tauwetter ist trügerisch, denn der Winter wird wieder zurückkehren. Wir haben einige unserer schwersten Schneefälle im März und sogar im April. Manchmal muß das Zapfen der Ahornbäume immer wieder verschoben werden, weil der Saft in den Röhren auf seinem Weg nach der Zuckersiederei einfriert. Heute liegt das Tal im Nebel verborgen, und die Berge sind verschwunden. Ich kann nicht weiter sehen als bis zum Gatter des Vorgartens. Mein Vater machte den Zaun meiner Mutter zuliebe, die in Boston erzogen war und es nicht ertragen konnte, von den Fenstern des Hauses aus auf die beängstigenden Weiten und die aufsteigenden Berge zu sehen.

»Ich muß hinter einer Tür leben«, erklärte sie meinem Vater, »wie soll ich sonst wissen, wohin ich gehöre?«

Er machte den Zaun, der einen großen Rasenplatz und eine Gruppe von dicken, weißen Birken einschloß. Meine Mutter war eine hübsche Frau. Sie blieb bis zu ihrem Tod schlank, und sie überlebte meinen Vater um Jahre. Aber sie war körperlich und geistig unbiegsam. Sie verlangte Zäune und Türen und ging selten darüber hinaus. Als ich ihr sagte, ich wolle Gerald MacLeod heiraten, war sie nicht entzückt. Ihr hatte die Ehe, obwohl sie meinen Vater liebte, keine Freude gemacht, und sie wollte nicht, daß ich heirate.

»Es gibt in einer Ehe vieles, was einer anständigen Frau zuwider ist.« Das sagte sie, als ich sie fragte, warum sie nicht wolle, daß ich heirate. »Obwohl MacLeod ein guter Name ist«, setzte sie hinzu.

Ich überlegte einen Augenblick, ob ich ihr gleich sagen sollte, daß Gerald ein Halbchinese ist. Man könnte ihn für einen dunkelhäutigen Kaukasier halten, denn obwohl seine Augen einen leicht mandelförmigen Schnitt haben, sind sie doch groß, und seine Brauen sind schön. Er ist als Mann viel schöner als ich als Frau. Ich bin klein und blond, und meine Augen sind eher grau als blau. Ich habe nie richtig gewußt, ob ich hübsch bin. Gerald hat mir nie gesagt, daß ich hübsch bin.

»Deine Haut ist bezaubernd.«

»Dein Mund ist sehr süß.«

Solche Dinge hat er gesagt, aber nie behauptet, ich sei schön. Aber ich behaupte aus vollem Herzen, daß er schön ist. Denn sicher liegt irgendeine Magie in der Mischung von Blut. Doch wer weiß, von welcher Seite sie stammt? Es ist ein Zauber, der die Frische verleiht...

Aber wenn ich daran dachte, Geralds chinesisches Blut zu verheimlichen, so war es nur einen Augenblick lang. Meine Mutter war ungemein hellhörig. Wenn sie etwas nicht wußte, konnte sie es doch ahnen. Ich sagte mit absichtlicher Gleichgültigkeit:

»Geralds Vater lebt in Peking. Er ist Amerikaner, aber er hat eine vornehme Chinesin geheiratet, und deshalb ist Gerald halb chinesisch.«

Der kleine Mund meiner Mutter öffnete sich. Sie sah mich mit Entsetzen an. »Oh, Elisabeth – nein!«

Nur meine Mutter nannte mich Elisabeth. Ich bin nach meiner Großmutter genannt: Elisabeth Duane. Gerald nennt mich Eva. Es ist sein Kosename für mich. Andere geben mir alle möglichen Varianten meines Namens.

»Eva«, sagte er an jenem Tag, als wir frisch verlobt waren, »du bist meine erste Liebe.«

»Soll ich dich Adam nennen?« fragte ich halb im Scherz.

Er sah mich halb belustigt, halb ironisch an: »Ich bezweifle, daß die Christen diesen Namen einem Chinesen zugestehen würden«, sagte er.

»Du betonst immer, daß du ein Chinese bist, aber das bist du durchaus nicht –«, gab ich zurück. »Und bitte, Gerald, wenn du meine Mutter kennenlernst, kehre die amerikanische Hälfte heraus.«

Daraufhin wurde er sehr chinesisch und gebärdete sich ganz undurchdringlich höflich und ausweichend, aber alles mit Humor, und ich wußte nicht, wie er sich meiner Mutter gegenüber benehmen würde. Ich kränkte mich, daß mein Vater tot war, denn er hätte sich über Gerald gefreut und wäre vielleicht sogar stolz gewesen, daß er ein Halbchinese ist. Die geistigen Fenster meines Vaters waren der Welt geöffnet. Als er starb, hielt ich die Fenster weiter offen.

Trotzdem hätte ich zu Gerald Vertrauen haben sollen, denn als er meine Mutter kennenlernte, erschien er vor ihr als ein besonders reizender, junger Amerikaner und verriet seine chinesische Herkunft nur durch seine geschmeidige natürliche Grazie und die Straffheit seines glattgebürsteten und sehr schwarzen Haares. Sogar seine Augen waren lebhaft und offen. Manchmal lag etwas Chinesisches in seinem Blick, der dann die verschlossene und distanzierte Persönlichkeit ahnen läßt, die in der Seele meines Geliebten wohnt.

Meine Mutter konnte auch distanziert sein in ihrer kleinlichen Art, und an jenem Tag war sie eisig. Sie saß im Wohnzimmer in ihrem grauen Seidenkleid, um ihn zu empfangen. Neben ihr stand der Mahagoni-Teetisch und darauf das silberne Teeservice, das sie von ihrer Mutter geerbt hatte, und unsere besten Porzellantassen, die ein seefahrender Ahne vor hundert Jahren aus Kanton in China nach Hause mitgebracht hatte.

»Mutter«, sagte ich, »das ist Gerald.«

Meine Mutter streckte ihre blasse kleine Hand aus. »Freut mich«, murmelte sie. Sie war eine kleine Frau, aber sie konnte sich eine ungeheure Würde geben und tat es auch jetzt.

»Ich bin auch sehr froh«, sagte Gerald mit seiner warmen, angenehmen Stimme. »Ich bin sehr froh, Sie kennenzulernen, Mrs. Kirke.«

»Setz dich, Gerald«, sagte ich und versuchte ruhig zu bleiben, obwohl ich im Augenblick wütend auf meine Mutter war. Denn sie konnte, wenn sie wollte, liebenswürdig sein, ohne je dabei ihre Würde ganz zu verlieren. Sie hatte dann ein seltenes, aber reizendes Lächeln. Davon war jedoch in diesem Augenblick nichts auf ihrem schmalen, strengen Gesicht zu merken.

»Ein wunderschönes Haus haben Sie«, sagte Gerald und sah sich um. »Ich liebe diese alten Häuser, die so zu ihrer Landschaft gehören.«

Meine Mutter war gegen ihren Willen angenehm berührt. »Es ist zu groß«, sagte sie und begann, den Tee einzuschenken.

»Ein Haus braucht nicht klein zu sein«, sagte Gerald. »Ein Haus soll wie ein Edelstein sein, immer in richtiger Proportion zu seiner Fassung.«

»Sie hätten wahrscheinlich lieber chinesischen Tee«, sagte meine Mutter, »aber wir trinken immer indischen.«

»Dann möchte ich ihn, bitte, mit Milch«, sagte Gerald. Er war gelassen und ruhig, obwohl er, wie ich wußte, die Stimmung meiner Mutter genau gemerkt hatte. Und als er den Tee trank und Scones, die hausgemachten schottischen Brötchen, aß (denn meine Mutter konnte sehr englisch sein, wenn sie wollte, und sie war es immer, wenn sie sich mit ihrer ganzen Würde wappnete), sagte Gerald:

»Ach, Scones! Die habe ich nicht mehr gegessen, seit meine schottische Großmutter tot ist.«

»So? War Ihre Großmutter eine Schottin?« fragte meine Mutter.

»Jawohl. Obzwar die Familie schon früh nach Virginia ausgewandert ist«, sagte Gerald. »Aber als ich ganz klein war, kam sie uns besuchen, und unsere Stadt gefiel ihr so gut, daß sie dablieb bis zu ihrem Tod, und wir begruben sie auf dem Friedhof, wo die anderen Weißen liegen.«

»Welches war denn Ihre Stadt?« fragte meine Mutter und knusperte an ihrem Scone.

»Peking, die alte Hauptstadt von China«, sagte Gerald genau, als hätte er London oder Paris oder Rom gesagt. »Das ist ein guter Tee«, sagte er. »Indischer Tee kann ganz schlecht sein, ebenso wie chinesischer Tee. Sie sind eine Kennerin, Mrs. Kirke.«

»Man hat mich schon als Mädchen gelehrt, etwas von Tee zu verstehen«, sagte meine Mutter. Sie versuchte, steif zu bleiben, und tat so, als wolle sie das Kuchentablett hochheben, stellte es aber gleich wieder hin.

Gerald sagte lachend: »Bitte, noch nicht! Meine Großmutter hat mich gelehrt, daß ich erst Kuchen nehmen soll, wenn ich die Scones aufgegessen habe.«

Da mußte meine Mutter lächeln; es war ein kleines, kühles Lächeln, aber ich lachte laut heraus, teils über sie und teils, weil ich glücklich war.

»Du bist zu gut erzogen, Gerald«, sagte ich.

Meine Mutter wendete sich sofort gegen mich. »Elisabeth, ich verstehe diese Bemerkung nicht. Du bist selbst, glaube, gut erzogen, und Mr. MacLeod hat vollkommen recht. Und du solltest keine Scherze machen am falschen Platz.«

»Ich bitte um Entschuldigung«, sagte ich. Das war die Losung meiner Kindheit, die mir mein Vater im geheimen beibrachte: »Liz«, sagte er – Liz war nämlich seine Version meines etwas anspruchsvollen Namens –, »Liz, es ist so leicht zu sagen: ›Ich bitte um Entschuldigung.‹ Es kostet nichts und erspart einem viel Kummer. Diese paar Worte sind die Scheidemünze des täglichen Lebens, besonders zwischen Menschen, die einander lieben.«

Meine Mutter kehrte mir ihr Profil zu und wendete sich wieder an Gerald.

»Hat Ihre Großmutter MacLeod in Richmond gelebt?« fragte sie.

»Jawohl«, sagte er. »Es gibt alte schottische Familien in Virginia, und meine Großmutter behauptete immer, daß ihr Urgroßvater Daniel einer der ersten Gründer war. Vielleicht war er's auch.«

»Sehr interessant«, sagte meine Mutter. Stammbäume waren ihr Steckenpferd, und ich merkte, ich brauchte mich nicht weiter zu bemühen. Gerald hatte ihr kühles, kleines Herz gewonnen, soweit es sich gewinnen ließ.

Das soll nicht heißen, daß sie etwa keine Besorgnis mehr hatte. Mehr als einmal nach dieser ersten Begegnung ließ sie mich, wenn Gerald uns besuchte, bevor wir verheiratet waren, noch spätnachts in ihr Zimmer kommen, nachdem ich mich von Gerald verabschiedet hatte, und dann saß sie da, ganz aufrecht auf ihrem altmodischen Holzstuhl, in ihrem grauen Flanellschlafrock, das Haar in schwarzen Lederlockenwickeln aufgesteckt.

»Elisabeth, ich habe schreckliche Angst. Wenn du ein Kind bekommst, so wird es am Ende ganz chinesisch aussehen. Kinder geraten ihren Großeltern nach. Du bist das Ebenbild deiner Großmutter Duane.«

»Vielleicht wird es wie die MacLeods aussehen«, meinte ich.

»Dafür gibt es keine Garantie«, erwiderte sie. »Und wie ich es ertragen würde, ein chinesisches Enkelkind zu haben, das weiß ich wirklich nicht. Ich könnte es den Leuten in Boston nicht begreiflich machen.«

Meine Mutter fühlte sich nämlich nie richtig zu Hause in

Vermont, sie blieb immer, seelisch und geistig, eine Bostonerin.

»Mach dir keine Sorgen, Mutter«, sagte ich. »Gerald und ich werden in Peking leben.«

Das gab ihr nun wirklich einen Ruck. »Du wirst doch nicht in China leben wollen«, sagte sie aufgebracht.

»Bist du nicht aus Boston hierher nach Vermont gezogen?« gab ich zurück.

»Ja, aber China«, beharrte sie.

»Peking ist von hier nicht weiter entfernt als London oder Paris oder Rom«, wiederholte ich Geralds Worte.

»Ich habe nie jemanden gekannt, der nach Peking gezogen ist«, sagte sie, ohne darauf einzugehen, daß es so nahe war.

»Großmutter MacLeod ist hingezogen«, erinnerte ich sie. »Und mehr noch. Sie ist dort begraben.«

»Sie konnte sich ja nicht aussuchen, wo sie stirbt«, erklärte meine Mutter grimmig.

»Sie wollte dort begraben sein - sagt Gerald.«

Meine Mutter konnte nur seufzen.

»Gib mir einen Gutenachtkuß«, sagte sie. »Ich werde nie nach Peking kommen«, fügte sie hinzu, als ich mich zu ihr beugte und sie auf die Wange küßte.

»Wer weiß«, sagte ich heiter. Ich war zu glücklich in jenen Tagen, um nicht heiter zu sein, obwohl sie den Kopf schüttelte.

Sie hatte recht. Sie kam nie nach Peking. Im Laufe des ersten Jahres nach unserer Heirat starb sie an einer verschleppten Erkältung, die sich rasch zu einer Lungenentzündung entwickelte; und ich mußte daran denken, wie sie jeden Winter, sich fest in ihren grauen Schal wickelnd, gesagt hatte: »Diese Winter in Vermont werden noch mein Tod sein.«

Das hatte sie immer gesagt, und zum Schluß wurde es Wahrheit. Die Winterkälte tötete sie, aber es war auch zum

Teil die Kälte, die sie in ihrer eigenen Seele überall mit sich herumtrug.

Gestern, als der Abend dämmerte, verfinsterte sich der Himmel plötzlich durch eine Wolke, schwarz wie vor einem Orkan, die hoch über den Bergen dahinjagte, die im Kreis die Farm umgeben. Eine seltsame Unruhe befiel Mensch und Tier und selbst mich, die ich schon genug Orkane erlebt habe. So pflegten die schweren Sandstürme über Peking hereinzubrechen. Aber die gestrige Wolke brachte weder Sand noch Regen. Ein paar Tropfen fielen aus dem zusammengeballten Gebilde hoch oben, und dann trieb es der Sturm weiter.

Was immer es für ein Sturm war, er verjagte die Düsternis; und heute liegt das Tal unter der funkelnden Sonne, und ihre Wärme zieht wiederum Nebel aus dem tauenden Schnee empor.

Ich fürchte mich vor dem Frühling in diesem Jahr. Ich versuchte, nicht auf die Uhr zu schauen. Es ist jetzt sinnlos, auf den Postboten zu warten. Ich werde nie mehr einen Brief von Gerald bekommen. Ich sage mir das jeden Tag. Als Matt heute morgen die Post hereinbrachte, drehte ich mich nicht um. »Leg alles auf den Schreibtisch«, sagte ich. Aber ich ging dann doch nachsehen, obwohl ich wußte, daß kein Brief da war.

So ging ich an die Arbeit, denn wir müssen die Obstbäume stutzen, bevor der Saft in ihnen zu steigen beginnt. Wir ziehen gute, altmodische und gesunde Äpfel. Der Keller ist noch voll, obwohl ich den ganzen Winter hindurch davon verschenkt habe. Meine Lieblinge sind die dicken rotschaligen Äpfel, von denen jeder beinahe ein Pfund wiegt, die unter den Zähnen krachen und weder ganz süß noch ganz sauer sind. Wenn ich in einen hineinbeiße, muß ich daran denken, daß Gerald Äpfel nicht mag. Die chinesischen Äpfel sind herb und geschmacklos, aber selbst unsere guten amerikanischen Äpfel konnten ihn nicht reizen. Er kam manchmal, uns beim Abnehmen der Äpfel zu helfen, aber ich sah ihn nie einen essen. Als ich ihm aber einmal einen Teller voll Butterbirnen brachte, aß er nicht einmal eine zu Ende.

»Sie sind weich«, sagte er. »Die Birnen in Peking sind so knackig wie Selleriestangen und voll von klarem Saft.«

»Dann sind es keine richtigen Birnen«, sagte ich, um ihn zu necken.

»Du wirst schon sehen«, sagte er.

Denn zu der Zeit wußten wir schon, wir würden heiraten, sobald er seinen Doktor gemacht hatte. Und als ich dann die Birnen in Peking aß, waren sie ganz entschieden anders, unbeschreiblich und köstlich; es waren zwar Birnen, aber weder im Geschmack noch im Fruchtfleisch mit den amerikanischen zu vergleichen. Zuerst dachte ich, man habe sie gepflückt, noch ehe sie reif waren, wie es die Chinesen mit ihren Pfirsichen tun, weil sie den etwas herben Geschmack der weichen Süßlichkeit der ganz reifen vorziehen. Aber die Birnen waren reif und sie behielten ihre Frische den ganzen Winter hindurch.

...Wir haben den ganzen Tag lang Obstbäume beschnitten, Matt und ich. Er ist ein schweigsamer Mensch, in Vermont gebürtig, lang und schlaksig. Seine Zähne hat er viel zu früh verloren durch falsche Ernährung, von der er aber nicht abgeht. Er sieht mit Abscheu auf mein braunes Brot und meinen grünen Salat und verschmäht es, trotz meiner wiederholten Angebote, das Mittagessen mit mir zu teilen. Er setzt sich abseits und kaut an etwas herum, das er Lunch Meat nennt, irgendeinen Mischmasch aus einer Konservendose, den er zwischen zwei riesige Scheiben von billigem Brot geklemmt hat - ein Brot, das ich für nichts anderes als kondensierten Schaum aus weißem Mehl und Wasser halten. Matt weiß von meinen Jahren in China und wundert sich zweifellos über Gerald, aber er stellt mir nie eine Frage, die nicht die Farm betrifft. Darüber hinaus besteht seine Konversation aus schlechten Nachrichten aus dem Tal. So hörte ich zum Beispiel heute von dem schweren Zerwürfnis zwischen dem jungen Tom Mosser und seiner Frau, das sich jetzt zu Schlägen verschärft hat.

»Er hat's ihr mit dem Messer gegeben - aber nicht mit der Klinge«, sagte Matt.

»Womit denn?« fragte ich.

»Dem Griff«, sagte er. »Der ist aus Horn. Mit dem hat er sie gestoßen.«

»Wohin?« fragte ich.

»Busen«, sagte er kurz.

In den Busen? Mollie Mosser hat einen großen, üppigen Busen, und sie trägt immer zu enge Strickjacken. Ich setzte das Gespräch nicht fort.

»Ich möchte mit dem Obstgarten fertig sein, bevor Rennie aus der Schule heimkommt«, sagte ich. Und wir gingen wieder an die Arbeit.

Und so beschneide ich meine Apfelbäume auf dem Hügelabhang in Vermont, während meine Gedanken ganz woanders hinschweifen, und vergesse dabei nicht, daß es die kurzen verästelten Zweige sind, die Frucht tragen, und nie die kräftigen jungen Triebe. Mit Säge und Baumschere kann ich ganz gut umgehen; ich beginne mit den großen Ästen und säge sie immer erst zwei bis drei Zentimeter von unten her an und dann von oben, damit der Schnitt glatt wird und das Holz nicht bricht. Wenn die Säge scharf ist - sagen meine Nachbarn -, dann ist es Zeit, die Obstbäume zu beschneiden. Ein wahrer Spruch, denn während des Winters, wenn das Wetter die Arbeit im Freien nicht erlaubt, öle ich die Werkzeuge und schärfe die Sägen und Sensen. Ich habe ein altmodisches Schleifrad aus Sandstein, das für die größeren Werkzeuge gut ist, aber die kleineren schärfe ich mit der Hand an einem Feuerstein. Und ich habe gelernt, daß man schonungslos wegschneiden muß. Ein sauberer Schnitt, knapp am Stamm, heilt schnell - das habe ich gelernt. Aber ich weiß auch, daß ein Schnitt, der zu tief geht, nie heilt.

Nichts mehr kann den Frühling aufhalten. Er kommt trotz meiner Angst, und ich beobachte seine Anzeichen. Rennie fragt mich alle paar Tage: »Noch kein Brief, Mutter?«

Ich schüttle den Kopf. »Ich fürchte, es wird immer schwieriger für deinen Vater«, sage ich. »Der Haß gegen Amerika wächst in China durch geschickte kommunistische Propaganda.«

Rennie sagt nachdenklich: »Was ist eigentlich Kommunismus?«

»Wer kann das sagen?« antworte ich. »Es ist das, was Menschen daraus machen.« Und ich erzähle ihm von Karl Marx, dem merkwürdigen kleinen Mann, der schon lange tot ist, der ein enges, kleines Leben gelebt hat und es irgendwie durch die Macht seines eigenwilligen Gehirns zustande brachte, auf Millionen von Menschenleben einzuwirken.

»Sogar auf unser Leben, Rennie«, sagte ich. »Durch ihn sind wir getrennt, du von deinem Vater und ich von meinem Mann.«

»Und kann mein Vater sich nicht frei machen?«

Wie konnte ich darauf antworten? »Ich nehme an«, sagte ich, »daß wir, wenn unser Land hier kommunistisch würde, auch bleiben würden, im Glauben an unsere Vergangenheit und unsere Zukunft und in der Hoffnung, daß wir irgendwie nicht davon erfaßt würden.«

»Und könnten wir das?« beharrte er. »Kann mein Vater das?«

»Ich weiß es nicht«, sagte ich.

»Ich auch nicht, Mutter«, sagte er. »Und ich weiß nicht einmal, ob das hier mein Land ist.«

»Es ist dein Land, weil es meines ist«, sagte ich. »Und dabei wollen wir es belassen.«

Aber wir werden es nicht dabei belassen können, das

weiß ich wohl. Rennie wird sich seine Heimat wählen müssen.

Und früher oder später werde ich ihm sagen müssen, daß ich den letzten Brief seines Vaters oben, zusammengefaltet in dem Geheimfach des alten Sekretärs meiner Mutter, aufbewahrt habe, denn es werden jetzt keine Briefe mehr kommen.

Aber ich schob den Tag hinaus. Rennie sprach noch weiter an diesem Abend nach dem Essen, das wir neben dem Kaminfeuer in der Küche verzehrten. Es ist ein alter Kamin, der früher einmal als Herd benutzt wurde, nehme ich an. Über dem Feuer ist ein Kran eingebaut, von dem ein großer Kessel herabhängt, in dem ich noch immer Wasser heiß mache, wenn die Elektrizität bei einem Gewitter versagt.

»Ich glaube doch, mein Vater könnte uns auf irgendeine Weise einen Brief zukommen lassen«, setzte Rennie das Gespräch fort.

»Wir wissen nicht, was für Beschränkungen ihm auferlegt werden«, sagte ich. »Es ist für ihn gefährlich, daß sein Vater ein Amerikaner ist.«

»Wo ist denn mein Großvater MacLeod?« fragte Rennie.

Rennie liebt Äpfel. Ich habe immer eine Holzschüssel voll Äpfel auf dem Küchentisch stehen für den Abend, und während er redete, biß er tief in das weiße Fleisch eines roten Apfels.

»Er ist in Kansas. Wir werden dieser Tage mal hinfahren müssen und ihn aufsuchen«, sagte ich. »Hast du vergessen, daß du ihn immer Baba genannt hast?«

Ich hätte die Samenprospekte durchsehen sollen, aber ich tat nichts als in das Feuer starren. Ich hatte mir schon lange vorgenommen, Geralds Vater zu besuchen. Es war eine der letzten Bitten meines Geliebten gewesen an jenem Tag, als wir auf dem Kai von Shanghai standen.

»Such meinen Vater auf, und nimm Rennie mit«, bat mich Gerald. »Es wird ein Trost für ihn sein, wenn er seinen Enkel sieht.«

»Schickst du uns deshalb nach Amerika?« fragte ich.

»Das ist einer von den Gründen«, antwortete er.

»In diesem Fall werde ich hierbleiben«, gab ich zurück.

»Du mußt fort«, sagte Gerald, »und Rennie muß mit dir fahren.«

Und dann sprach er widerwillig und zögernd das aus, was wir beide wußten, aber nie laut gesagt hatten. »Wenn ihr hierbleibt, seid ihr eures Lebens nicht sicher.«

Ich sah, wie er sich umschaute, als er das sagte. Zum erstenmal hatte Gerald Angst. Ohne mit der Wimper zu zucken, hatte er Krieg und Bombardierungen ertragen. Wenn er je Angst gehabt hatte, verbarg er sie so gut, als ob sie nicht für ihn existierte. Aber diese Angst konnte er nicht verbergen.

»Und was ist mit dir?« fragte ich, und meine Angst war ganz unverhohlen.

»Eine Hälfte von mir ist chinesisch«, sagte er. »Das werde ich ins Treffen führen.«

»Aber werden ›sie‹ es so auffassen?« murmelte ich. Wir nannten die Kommunisten »sie«.

»Ich werde mich unentbehrlich machen«, erwiderte er.

Ich wünschte aus ganzem Herzen, wir wären bei dieser Unterredung allein gewesen, in unserem Heim in Peking, in unserem Haus, in unserem Schlafzimmer, hinter verschlossenen Türen und geschlossenen Fenstern. Dann hätte ich mich an seine Brust werfen und ihn zwingen können, die Wahrheit zu sagen. Aber wann hätte man je Gerald zu etwas zwingen können? Er hat einen Willen, eine Logik, die nichts beirren kann. Ich stand an jenem Tag neben ihm auf dem Kai, der Wind blies mein Haar durcheinander; und ich konnte nur mit dumpfer, leiser Stimme, die keine Leidenschaft ausdrückte, fragen: »Und warum willst du dich hier unentbehrlich machen?«

»Man muß wählen«, sagte er.

Für mehr war nicht Zeit. Die Barkasse wartete schon, um

uns zum Schiff zu bringen, und in der schweigenden Menge auf dem kleinen Boot wäre es gefährlich gewesen zu reden. Ich weiß noch, ich überlegte: Wann war es eigentlich gefährlich geworden zu reden? In welchem Augenblick hatten die Menschen aufgehört, heiter und gesprächig zu sein und nichts voreinander geheimzuhalten? Wann waren sie furchtsam und verschwiegen geworden? Ich weiß den Augenblick nicht. Es war eine allmähliche Veränderung, aber am Ende war sie vollständig. Und sie gipfelte in dem Schweigen zwischen Gerald und mir, als wir uns trennten.

Ich kann die Nächte nicht durchschlafen. Ich stehe auf und gehe leise durch das Haus, behutsam, um Rennie nicht zu wecken. Er ist zu hellhörig, wenn es mich angeht. Er ahnt, daß etwas nicht stimmt, aber ich sage ihm immer noch nichts von dem Brief. Er glaubt, ich kränke mich, weil ich seit Monaten nichts mehr von seinem Vater gehört habe. Er sagt mir:

»Mutter, ich bin überzeugt, es sind eine Menge Briefe an irgendeinem verlassenen Ort liegengeblieben. Du weißt doch, wie die Postboten da drüben sind. Sie setzen sich nieder und essen eine Schale heißen Reis, oder sie legen sich schlafen unter einem Baum.«

Das ist durchaus nicht wahr. Die Post von und nach Peking funktionierte immer tadellos, und ich glaube, das ist auch heute nicht anders. Die Engländer haben seinerzeit den Postverkehr organisiert, und sie sind immer gründlich. Ich sage:

»Natürlich hast du recht, und ich werde mir auch keine Sorgen machen. Keine Nachricht ist gute Nachricht.«

Dieses alte Sprichwort ist wahr. Wieviel besser wäre es doch, wenn ich diesen Brief nicht hätte, der da wie etwas Lebendiges in dem Geheimfach meines Schreibtisches liegt! Ich habe ihn mit rotem Siegellack versiegelt, für den Fall, daß Rennie ihn durch einen unwahrscheinlichen Zufall eines Tages beim Herumkramen findet. Und da er nun versiegelt ist, schwöre ich mir, daß ich selbst ihn auch nie wieder lesen werde.

Heute nacht fühle ich mich zu einsam. Oh, es gibt eine Einsamkeit, die mich dann und wann überfällt und die schlimmer ist als der Tod. Ich bin noch immer eine verheiratete Frau, aber ohne meinen Mann. Wenn ein Mann stirbt, dann stirbt eine Frau vielleicht zum Teil mit. Wenn ihre Liebe groß genug war, dann stirbt etwas in ihr ab und kann nie wieder von einem anderen Mann zum Leben erweckt werden. Aber ich bin keine Witwe. In der Nacht liege ich wach in meinem einsamen Bett, und all meine Träume fliegen über das Meer, überwinden Zeit und Raum und suchen den Geliebten. Ich gehe die wohlbekannte Straße hinauf zu unserem Eingangstor. Es ist vor den Dieben verriegelt, aber ich gehe körperlos hindurch, quer über den Hof und trete ein durch die verschlossene Tür. Der Pförtner wacht nicht auf. Er kann mich nicht hören, und wenn, so könnte er mir nicht den Eintritt verwehren. Hier ist mein Heim. Es ist genauso, wie ich es verlassen habe in dem sicheren Glauben, ich werde einmal zurückkehren. Gerald und mich kann nichts voneinander trennen. Das hatte ich immer geglaubt. – Ich sagte zu den Dienern: »Laßt alles so, wie es ist.«

»Das werden wir«, versprachen sie.

»Vergeßt nicht«, sagte ich, »der Herr muß immer warmes Essen haben, wenn er abends heimkommt, und wenn es noch so spät ist.«

»Nie, nie werden wir es vergessen«, versprachen sie.

»Ich werde zurückkommen«, sagte ich.

»Unsere Herrin wird zurückkommen«, sagten sie.

Und jetzt, in Erinnerung daran, gleitet meine Seele schnell durch die Räume bis zu dem Zimmer, wo Gerald schläft. Sicher schläft er. Ist er allein? Ist er noch immer allein?

Meine Seele bleibt angstvoll vor der Tür stehen. Und im nächsten Augenblick fliegt sie hierher zu mir zurück.

Welcher Tag war es doch, an dem Gerald den Brief schrieb? Steht das Datum im Brief? Ich bin nicht ganz sicher. Warte, Seele in meinem Körper, ich steige aus dem Bett und öffne das Geheimfach in meinem Schreibtisch. Ich bin es, die das Siegel bricht, das ich aufgedrückt habe. Ich lese wieder die einleitenden Worte: »...sollst Du wissen, daß ich nur Dich liebe.«

Ich senke den Kopf und weine. Ist es nicht genug, daß er diese Worte geschrieben hat? Was macht es aus, ob er heute nacht allein schläft – oder nicht? Ich falte den Brief zusammen, versiegle ihn und lege ihn wieder in das Geheimfach.

Ich kann nicht in mein Bett zurückgehen. Wenn eine Frau verwitwet ist, stirbt dann alle Leidenschaft? Oder lebt der Körper weiter und verlangt stürmisch nach dem, was im Grabe ruht? Aber Gerald ist nicht tot. Er lebt, nicht nur in meiner Erinnerung. Er ist dort, in unserem Haus. Er kommt nachts heim, er ißt und schläft und erwacht, um wieder aufzustehen. Er sieht denselben Mond, der jetzt draußen vor meinem Haus scheint. Der Gedanke an seinen Körper bringt mein Blut zum Rasen. Mein Verlangen greift nach ihm, begehrt ihn, denn er ist nicht tot, er lebt. Sicher, sicher muß er es spüren. Er weiß, daß ich hier am Fenster stehe, daß ich auf den Mond hinaussehe, der sich aus dem Dunstschleier einer Frühlingsnacht erhebt. Ich erinnere mich, ich erinnere mich –

Denn es war in diesem Zimmer, wo sich zum erstenmal unsere unendliche Liebe erfüllte. Wir waren noch nicht verheiratet. Ich schreibe es hier nieder. Ich habe niemals unser seliges Geheimnis verraten und auch er nicht. Ich bin davon überzeugt. Er sagt, er liebt nur mich, was immer geschieht – also hat er es nicht verraten. Es war vielleicht unrecht, aber jetzt bin ich froh, daß ich es getan habe.

Denn Gerald in seiner großen Feinfühligkeit war in jenen ersten Zeiten, den Tagen, da er mir noch kaum von Liebe gesprochen hatte, von einer seltsamen Angst besessen. Er fürchtete, ich könnte mich abgestoßen fühlen von dem

Chinesischen an ihm. Es ist wahr, manchmal kommt bei ihm das Chinesische viel mehr zum Ausdruck als das Amerikanische.

Ich rief empört: »Ach, Liebling, wie albern von dir!«

Ich sagte zu ihm: »Liebling«, lange bevor er sich dieses Wort abringen konnte. Als er anfing, mir Kosenamen zu geben, geschah es mit Überwindung und niemals in Gegenwart von anderen Menschen.

Ich erinnere mich an den Blick in seinen ernsten dunklen Augen. »Ich kann ohne deine Liebe leben«, sagte er. »Aber wenn ich sie einmal habe, könnte ich es nicht überleben, sie zu verlieren. Deshalb wage ich nicht, dich zu fragen, ob du mich heiraten willst.«

Das war wahr. Er hatte mich nicht gefragt, und er wollte auch nicht, daß ich sage, wir seien verlobt.

»Ich werde dich immer lieben«, rief ich ungestüm.

»Das weißt du nicht«, sagte er. »Du kannst das nicht mit Bestimmtheit sagen. Der Körper hat seinen eigenen Willen.«

Es war in einer solchen Nacht wie dieser, in einer Mondnacht, als wir so redeten... Damals, in jenem Jahr, hatte sich der Frühling verspätet, und wir waren länger unter den Birken geblieben, um allein zu sein, ohne meine Mutter, und mir war kalt, und er machte seinen Rock auf und legte ihn mir über die Schultern, und ich ging in seinem Schutz.

»Du bist es, der nicht sicher ist«, sagte ich zu ihm.

Und dann überlegte ich, wie ich ihm Sicherheit geben könnte.

»Wenn du glaubst, ich werde dich aus irgendeinem verborgenen Grund, den ich nicht kenne, nicht lieben«, sagte ich, »dann komme heute nacht in mein Zimmer. Wir wollen nichts voreinander verbergen. Wir wollen Gewißheit haben, bevor wir heiraten.«

Ich fühlte, daß er zusammenzuckte. Ich wußte, er war schockiert und doch gerührt.

»Nein«, sagte er. »Das kann ich nicht tun.«

Es wurde Juni, bis er einwilligte. Damals bekam er sein Diplom in Harvard. Meine Mutter kam zur Promotion, und ich war glücklich und stolz, daß er den Doktor mit Auszeichnung gemacht hatte. Summa cum laude –! Diese Worte wurden immer und immer wiederholt. Meine Mutter war freundlicher, als ich sie je ihm gegenüber gesehen hatte, als er mit großen Schritten auf uns zukam, noch in Talar und Barett. Er war triumphierend und glücklich, und er faßte uns bei den Händen, meine Mutter und mich.

Da war keiner, der so schön war wie er. Für einen Augenblick war seine Reserviertheit verschwunden.

»Danke, daß ihr gekommen seid«, sagte er. »Ohne euch hätte ich keine Familie gehabt. Ich wäre einsam gewesen.«

»Herzlichsten Glückwunsch«, sagte meine Mutter. Sie drückte seine Hand mit beiden Händen, aber ich stellte mich auf die Zehenspitzen und küßte ihn auf die Wange. Es war das erstemal, daß ich ihn vor meiner Mutter küßte, und er wurde rot und blickte nach ihr hin und lächelte, als sie mich nicht zurechtwies.

Wir aßen an jenem Abend zusammen, wir drei, in einem chinesischen Restaurant in Boston, wo er unser Essen im voraus bestellt hatte. Und meine Mutter ließ sich herab, eines der fremdartigen Gerichte nach dem anderen zu kosten. Aber ich aß alles, fand alles gut, und Gerald lachte über mich und liebte mich, und ich wußte es, trotz seiner vorsichtigen Zurückhaltung. Am nächsten Tag fuhr er mit uns heim, und am Abend waren wir alle drei in unserem Haus. Es war eine klare Nacht, erinnere ich mich, die Luft war kühl und würzig, wie es nur die Luft in den Bergen sein kann. Und meine Mutter sagte, sie sei müde, und ging früh zu Bett. Gerald und ich saßen noch bis spät auf der Steinterrasse, die mein Vater, bevor er starb, angelegt hatte. Und ich weiß nicht, warum, aber ich begann von ihm zu reden und erzählte Gerald von ihm. »Ich wünschte, er hätte etwas von dir gewußt«, sagte ich.

»Was von mir?« fragte Gerald. Er hielt dabei meine Hand in seiner kühlen fest. Und meine war wie immer viel wärmer und umklammerte die seine.

»Ich wünschte, mein Vater hätte den Mann gekannt, der mich heiraten wird«, sagte ich.

Das war vorwitzig von mir, aber ich wußte, was ich wollte, und ich wußte, daß Gerald mich liebte. Warum er mich nicht gefragt hatte, ob ich ihn heiraten wolle, wußte ich nicht, aber dazu würde noch genug Zeit sein, denn wir liebten uns.

Er saß eine Weile schweigend und hielt meine Hand. Dann erhob er sich von der Bank, auf der wir saßen, und zog mich an sich und küßte mich, wie er mich nie geküßt hatte.

Und nun war ich es, die sich freimachte von diesem langen, durchdringenden Kuß. »Jetzt sind wir verlobt«, flüsterte ich.

Er hielt mich an sich gepreßt. »Wenn ich nur Gewißheit hätte –«

»Dann wollen wir uns die Gewißheit verschaffen«, sagte ich.

Die Nacht wurde plötzlich feierlich. Wir schwiegen beide. Wir setzten uns wieder; und in der tiefer werdenden Dunkelheit erzählte er mir von Peking und dem Heim seiner Kindheit, und zum erstenmal sprach er von seiner Mutter. »Sie war keine schöne Frau gewesen«, sagte er. »Ihr Gesicht war reizlos, aber sie hatte eine außergewöhnliche Grazie in Haltung und Bewegung. Ihre Hände waren zart und immer duftend.« Er erinnerte sich an ihr Parfüm, wenn sie ihm über die Wangen strich.

»Chinesinnen küssen ihre Kinder nicht wie die Frauen aus dem Westen«, sagte er. »Sie reiben ihre Nase an ihnen und beriechen sie, wenn sie Babys sind. Als ich dann größer wurde, strich sie mir über die Wangen mit beiden Händen. Ihre Handflächen waren weich und wohlriechend.«

»Wer war sie denn?« fragte ich. »Und wie kam sie dazu, deinen Vater zu heiraten?«

»Ich glaube, aber ich weiß es nicht genau«, sagte er, »daß mein Vater eine große Enttäuschung erlebt hatte. Die Amerikanerin, die er heiraten wollte, weigerte sich, mit ihm nach China zu gehen, oder ihre Eltern erlaubten es nicht. Sie war nicht stark genug, sich darüber hinwegzusetzen, nehme ich an, und so wies sie meinen Vater ab. In seinem Stolz ging er allein nach China und lebte dort allein zehn Jahre lang. Und dann - du weißt doch, wie die Chinesen sind.« Er verbesserte sich. »Nein, woher sollst du wissen, wie die Chinesen sind? Nun, sie glauben, jeder Mann und jede Frau muß heiraten, denn das hat der Himmel so gewollt, und ein Volk kann nicht glücklich sein, wenn nicht der einzelne Mann und die einzelne Frau ein glückliches Leben führen. So beschworen seine chinesischen Freunde meinen Vater zu heiraten, und sein bester Freund, mein Pflegevater, mein Onkel Han Yuren, bot ihm seine Schwester an. So wurde sie meine Mutter. Sie war nicht jung. Sie war in gewisser Weise eine Witwe. Der Mann, dem sie als Kind von ihren Eltern anverlobt worden war, starb eine Woche vor der Hochzeit. Wäre sie weniger freidenkend gewesen, so hätte sie gemäß der Tradition wahrscheinlich nie geheiratet. Sie wäre vielleicht eine buddhistische Nonne geworden.«

»Und sie war bereit, einen Amerikaner zu heiraten?« fragte ich.

»Das war es, was sie meinem Vater sympathisch machte«, sagte Gerald. »Die meisten jungen Chinesinnen hätten einen Ausländer abgelehnt. Sie hätten empört gesagt, die Ausländer seien haarig, hätten einen üblen Geruch und seien überhaupt abstoßend in - in intimen Beziehungen.« Er stolperte über das Wort.

»Hat sie deinen Vater vorher gesehen?« fragte ich. Ich war fasziniert von der Chinesin, die Geralds Mutter war.

»Einmal«, sagte er, »als mein Vater das Haus seines Freundes besuchte, war sie im Empfangsraum, und obwohl sie sofort wegging, sah sie ihn. Er bemerkte sie nicht.«

»Dein Vater sieht sehr gut aus«, erinnerte ich ihn. Gerald hatte mir ein Bild seines Vaters gezeigt.

»Ja.«

»Waren sie glücklich?« wollte ich wissen.

Er überlegte die Frage. »Es war ein Glück mit Maß. Es war unmöglich, mit meiner Mutter ganz unglücklich zu sein. Sie war nie heiter, aber auch nie traurig; und sie schuf Ordnung, wo immer sie war.«

»Ist Ordnung so wichtig?« fragte ich. Denn ich bin von Natur aus nicht ordentlich. Es gibt immer etwas Wichtigeres zu tun, als Dinge auf ihren Platz zu stellen.

»Es gibt keine Würde im Leben, außer durch Ordnung«, sagte Gerald.

So redeten wir langsam und nachdenklich, Hand in Hand. Der Mond stand hoch, und die Berge zeichneten sich klar gegen den Himmel ab. Und während unsere Gedanken über die Meere schweiften, wußten wir, was die Nacht bringen würde. Es liegt in Geralds Wesen, nichts zu reden, wenn er am stärksten empfindet, aber die Art seines Schweigens, der leuchtende Blick seiner Augen, die beherrschte Sanftheit seiner Stimme verrieten die Tiefe seines Gefühls. Wir hörten die große Standuhr in der Vorhalle zwölf schlagen, und wir erhoben uns zugleich und gingen ins Haus, die Treppe hinauf. Das Gastzimmer ist oben an der Treppe, und wir blieben stehen. Das Haus war still. Die Türe zum Schlafzimmer meiner Mutter war geschlossen. Die Nacht war da.

»Ich werde meine Tür offenlassen«, sagte ich leise.

Er nahm mich in seine Arme und küßte mich wieder, nicht leidenschaftlich, sondern sanft und mit tiefer Zärtlichkeit. Dann ging er in das Gastzimmer und schloß die Tür.

Und ich ging in mein eigenes Zimmer und schloß die Türe hinter mir, während ich mich auszog. Ein ruhiges Glück durchströmte mich. Ich verstand jetzt, warum die Ehe ein Sakrament ist. In dieser Stimmung badete ich und bürstete mein langes Haar und zog ein frisches, weißes Nachthemd an. Dann öffnete ich meine Tür. Die seine war noch zu. Während ich wartete, saß ich in der Nische neben dem Fenster und blickte über die Berge, die uns umgaben. Nach einer Stunde ungefähr hörte ich seine Schritte. Ich drehte mich um und sah ihn im Türrahmen. Er stand dort, eingehüllt in seinen Schlafrock aus blauer chinesischer Seide. Wir sahen einander an. Dann breitete er seine Arme aus, und ich ging ihm entgegen.

Ich lese manchmal an Winterabenden Romane, während Rennie seine Arbeiten für die Schule macht. Die Romane beschreiben immer und immer wieder die Liebe zwischen Mann und Frau. Ich lese diese Beschreibungen und wundere mich über ihre Eintönigkeit und Langeweile. Der Liebesakt kann also bedeutungslos sein! Ich wundere mich über eine solche Herabwürdigung. Und dann werde ich mir klar darüber, daß er entwürdigt ist, weil die beiden, die ihn vollziehen, würdelos sind. Und ich frage mich, ob ich nicht auch, wenn ich nicht Gerald geheiratet hätte, in diese Tretmühle stumpfsinniger Wiederholungen geraten wäre, in der das, was als höchster Augenblick der Verschmelzung und Schöpfung gedacht ist, zu einer rein physischen Funktion wird. Ich verstehe jetzt den verlorenen Blick in den Augen mancher Frauen, den ich oft sehe. Denn es ist nicht die Frau, sondern der Mann, der mehr verantwortlich ist für die Schönheit oder das Entsetzen des Augenblicks der Vereinigung. Wenn eine Frau zu Erhabenem bereit ist und in Hast und Selbstsucht genommen wird, ist sie entweiht. Sie ist als Mittel zum Zweck benutzt worden wie ein Klumpen Lehm, und sie ist mehr als Lehm. Sie hat eine Seele.

Ich weiß nicht, wer Gerald diese hohe Wahrheit gelehrt hat, aber er kannte sie, als er zu mir kam. Vielleicht hat es ihm seine Mutter gesagt. Es war eine Klarheit und Freiheit zwischen ihnen, etwas, das er nie mit mir geteilt hat, weil es ihr gehört.

Gerald wußte den Bereich der Mutter und den der Gattin zu trennen. Er wünschte nicht, von mir bemuttert zu werden, und er stellte keine Freudsche Verbindung zwischen mir und seiner Mutter her. Er hatte keine Verdrängungen. Er schuf die körperliche Beziehung zwischen uns mit der Feinfühligkeit eines Künstlers und stillte so sein Verlangen und meines. Wie er es tat, ist nicht etwas, das beschrieben werden kann. Es bleibt in seiner Erinnerung und in meiner. Es wird meine Pflicht sein, Rennie, wenn er heiratet, zu erklären, daß er die Verantwortung für die Schönheit der Liebe trägt.

In jener Nacht, die nun so lange her ist, als Gerald zum erstenmal in dieses Zimmer trat, war es in Schönheit; und was er mich lehrte, war die Schönheit, aus der die wahre Liebe besteht. Und so blieb es all die Jahre unseres gemeinsamen Lebens hindurch. Nie in Hast und immer mit Zärtlichkeit machte er mich zu seiner Geliebten. Jetzt, da ich ihn nicht habe, bleibt mir doch dies, meine Erinnerung.

Ich merke, ich darf mich der Erinnerung nicht zu sehr hingeben, sonst wird sie unerträglich. Wenn Gerald tot wäre, dann wäre die Erinnerung alles, was mir bliebe. Die Gabe wäre zu Ende, das Leben abgeschlossen. Aber er lebt. Weil er lebt, muß auch ich leben, obwohl die Erinnerung wie ein Band zwischen uns bleibt, das mich untrennbar mit ihm vereint. Und doch sind wir getrennt in Zeit und Raum, und Raum und Zeit müssen ausgefüllt werden.

Ich bin froh, daß der Saft im Zuckergehölz zu fließen begonnen hat, denn jetzt bleibt mir nichts übrig, als tüchtig zu arbeiten. Rennie hat die Erlaubnis, ein paar Tage von der Schule daheim zu bleiben. Er hat sehr gute Zensuren, und seine Lehrerin sagt, das wird ihr Gelegenheit geben, einigen von den Nachzüglern auf die Beine zu helfen. Wir drei, Matt, Rennie und ich, arbeiten vom Morgen bis zum Abend; und nachts bin ich zu müde, um zu träumen. Ich habe die Absicht, mein langes Haar abzuschneiden; aber heute, als ich ungeduldig wurde, weil die Haarnadeln dem Wind nicht standhielten und es mir auf den Rücken fiel, protestierte Rennie: »Ganz bestimmt werde ich das abschneiden«, rief ich und packte den langen, aschblonden Haarschweif und drehte ihn um den Kopf.

Der Wind trug meine Worte zu Rennie hin, und er machte seine Hände zum Sprachrohr und rief zu mir herüber: »Das sollst du ja nicht!«

Später, als wir zu Mittag aßen, fragte ich ihn, warum er nicht wolle, daß ich mir das Haar abschneide, und er sagte, weil er eine Frau mit kurzen Haaren nicht möge.

»Ich bin keine Frau«, sagte ich. »Ich bin nur deine Mutter.«

»Dann also eine Mutter mit kurzen Haaren«, gab er zurück und lachte mich an.

Ich möchte wissen, ob Gerald soviel gelacht hat, als er ein Junge war. Es gibt niemanden, der mir das sagen könnte. Ich werde es nie wissen.

Es ist merkwürdig, was für Umwege das menschliche Herz geht. Kaum hatte ich diese Worte geschrieben, als ich dachte, daß es doch Geralds Vater gibt. Er wird sich erinnern. Aus diesem zufälligen Gedanken wuchs ein Plan, und zwar so schnell, daß er wohl schon bereit war, ehe ich ihn entdeckte. Sobald die Zuckerernte vorüber ist, werden wir, Rennie und ich, Geralds Vater aufsuchen. Am nächsten Tag, als wir die Eimer zu den Bäumen an der Nordseite des Zuckergehölzes trugen, die immer zuletzt gezapft werden, sagte ich mit der List einer Schlange zu Rennie:

»Rennie, was meinst du dazu, wenn wir deinen Großvater MacLeod zu uns nehmen würden? Ein zweiter Mann im Haus –«

»Ich glaube, ich erinnere mich an ihn«, sagte Rennie.

Geralds Vater verließ Peking, bevor die Japaner eindrangen. Er sagte ganz einfach, er könnte das nicht ertragen, und kaufte eine Schiffskarte nach San Francisco. Von dort fuhr er nach einer kleinen Stadt in Kansas, Little Springs. Ich habe keine Ahnung, wie er dort lebt. Er hat uns einmal geschrieben, bald nachdem wir nach Vermont kamen, und wollte Nachricht von Gerald, die ich ihm auch gab. Er hat nicht wieder geantwortet.

»Nun?« sagte ich zu Rennie.

»Ich werde mir das überlegen müssen«, sagte Rennie. Er ist bedachtsam, dieser Junge, und in dieser Hinsicht ist er nicht mein Sohn. Vielleicht hat er die Bedachtsamkeit von meiner Mutter. Aber wenn, so ist es nicht die kleinliche Bedachtsamkeit, die in ihr steckte. Rennie ist vorsichtig und bedachtsam. Er überlegt, aber wenn er sich entschlossen hat, ist er großzügig.

Die Tage vergingen, während er überlegte. Und ein Tag beim Sirupzapfen ist gleichzeitig lang und kurz. Es ist eine schwere Arbeit, aber wir haben Glück. Mein Vater zapfte die Bäume an und legte Röhren durch das ganze Gehölz. Und diese Röhren münden in drei große Sammelröhren. Durch die Schwerkraft wird der Saft zu einer kleinen, aber ziemlich modernen Zuckersiederei im Tal, in der Nähe unseres Hauses, geleitet. Während der Jahre, da ich aufwuchs und in die Schule ging, verwandte mein Vater seine Erfindungsgabe auf derlei Dinge, und nun zapfen wir, Rennie und ich, mit Matts Hilfe den Sirup doppelt so leicht wie unsere Nachbarn. Sie sehen und staunen, und manchmal spenden sie meinem Vater ein karges Lob, aber keiner von ihnen macht es ihm nach. Sie schleppen weiter die Eimer, wie es ihre Vorfahren schon taten. Es pflegte mich ungeduldig zu machen, bis ich in Peking lebte und den Wert der Vorfahren für eine Familie verstehen lernte. Ich bin froh, daß Rennie dank seiner chinesischen Großmutter auf eine Ahnenreihe von einem Jahrtausend zurückblickt, während meine amerikanische Ahnenkette nur zwei Jahrhunderte zurückreicht.

Der Saft fließt an den warmen, sonnigen Tagen schnell in die Zuckersiederei. Wenn es soweit ist, dann arbeiten Rennie und Matt draußen und ich bleibe in der Siederei. Das Melken wird irgendwie dazwischen getan, und wir essen von unserem Vorrat; es wird nicht richtig gekocht, sondern nur etwas aufgewärmt, das während des Sommers und der Ernte in Gläsern eingemacht worden ist.

Wir hatten keine Zeit zu reden, denn sofort nach dem Essen fielen wir ins Bett. Rennies Wangen brannten von dem Wind und dem Schnee und meine von dem Feuer, und während wir sie mit Öl einrieben, schliefen wir beinahe ein. Heute jedoch ist der Winter wieder da. Die Röhren sind eingefroren und die Straßen verweht im Schnee. Wir können uns ausruhen, Rennie und ich, und Matt hat das Zuckersieden für den Augenblick übernommen. Wir trödelten bei unserem Frühstück in der Küche, und Rennie nahm seit Tagen zum erstenmal ein Buch zur Hand, denn es ist Sonnabend. Ich unterbrach ihn:

»Rennie, hast du dir überlegt, ob wir deinen Großvater zu uns nehmen sollen?«

Er blickte von der Fensterbank, auf der er, die Füße gegen die Wand gestemmt, mit dem Buch auf seiner Brust, lag, zu mir herüber.

»Ich habe nachgedacht«, sagte er. »Ich bin dafür.« Und dann las er weiter in seinem Buch.

Geralds Sohn! Er hat nachgedacht, hat es schweigend entschieden, und es ist so gut wie erledigt. Als das Geschirr gewaschen war, ging ich hinauf, um ein Zimmer für den Großvater auszuwählen. Das Haus ist zu groß für uns. Mein Vater hatte eine Leidenschaft für Geräumigkeit. Er wollte viele Zimmer, und keines sollte klein sein. Das Haus, das er hinterließ, hätte ein Dutzend Kinder beherbergen können. Halb aus Stein, halb aus Holz blickt es nach Süden und ins Tal. Jeden Sommer will es mir irgend jemand aus New York oder Chicago abkaufen. Man bietet mir eine so große Summe dafür, daß wir nie wieder Zucker zu sieden brauchten. Und ich lehne immer ab.

So gehe ich nun den breiten Korridor im ersten Stock entlang und überlege: Welches Zimmer? Ich wähle ein Zimmer in der Südostecke. Rennie hat das Südwestzimmer, weil er an Feiertagen gern lange schläft und nicht von der Sonne geweckt werden will. Aber ein alter Mann wird nicht lange schlafen, und es ist das richtige Zimmer für ihn. Es ist quadratisch wie alle unsere Schlafzimmer. Es hat vier Fenster mit Wetterschutz für den Winter und einen Kamin, der zwischen den zwei Ostfenstern steht. Tiefe Fensternischen und darunter Bänke, einen Fußboden mit breiten Tannendielen, die Wände in einem verblichenen Rosa tapeziert - das ist alles. Meine Mutter wählte sich dieses Zimmer, als sie alt war; und hier stehen ihre Möbel, viktorianisch, aus Nußholz, und hier sind auch die weißen, gerüschten Gardinen, die sie selbst machte und aufhängte. Das Bett ist lächerlich groß, das Kopfende hoch und verschnörkelt und das Fußende glatt. Es ist ein gutes Zimmer für einen alten Herrn. Es ist sogar ein Sekretär da. Meine Mutter ließ den kleinen Rollschreibtisch meines Vaters hier hereinbringen, als er starb; und ich sehe sie noch davorsitzen und Briefe schreiben; und alles ist fein säuberlich eingeordnet in die Fächer. Bei meinem Vater war alles vollgestopft und wurde nie geordnet. Es wird angenehm sein, wieder jemanden davor sitzen zu sehen.

Und dann gebe ich mir selbst Rechenschaft. Ich möchte Geralds Vater hier haben, damit ich über seinen Sohn sprechen kann. Ich möchte so vieles wissen, was ich nicht weiß. Ich dachte, ich kannte Gerald, meinen Mann - Herz, Geist und Körper -, und so war es auch damals, als ich ihn noch mit eigenen Augen sah. Aber jetzt habe ich nur die Augen der Erinnerung, und es gibt so viel, was ich nicht sehen kann, weil ich es nicht kenne. Und irgend jemand muß es mir sagen, sonst erstarrt das Leben in meinem Herzen.

Wir konnten nicht wegfahren, ehe das Zuckersieden vorüber war. Es wurde von einem eisigen Sturm unterbrochen.

Im März strömte warmer Regen von dem niedrigen, grauen Himmel auf uns herab. Wir fürchteten, der Saft würde aufhören zu fließen und die Bäume würden sich betrügen lassen von dem scheinbaren Frühling. Dann kamen plötzlich Stürme, kalte Windstöße aus Kanada, und der Regen gefror auf den Bäumen. Der Saft floß weiter, aber der Wind peitschte gegen die großen Bäume. Schlaflos hörte ich in der Nacht das Krachen der brechenden Äste, scharf wie Schüsse und fast so erschreckend. Am Morgen schien die Sonne wieder; und Rennie und ich gingen durch das Zuckergehölz, um zu sehen, was wir verloren hatten. Eiszapfen aus gefrorenem Saft hingen von den Enden der gebrochenen Äste, schmolzen in der Sonne und tropften süßes Naß auf die Erde. Ich hasse Vergeudung, und das ist eine Vergeudung, nicht nur für uns, sondern auch für die Bäume, die den ganzen Sommer hindurch den Sonnenschein durch ihre Blätter aufgespeichert haben. Der heiße Sommersonnenschein läßt die Stärke in den Blattzellen entstehen, und der kühle Frühlingssonnenschein verwandelt die Stärke in Zucker, der dann den Bäumen und uns zugute kommt. Dann erinnerte Rennie mich, daß ein Baum vorsichtig ist und nie seinen ganzen Zucker hergibt.

»Wenigstens können wir uns an der Schönheit freuen«, sagte ich. Und so standen wir auf dem Gipfel des Berges hinter unserem Haus und betrachteten die glitzernde Landschaft.

Solche Ereignisse, solche Augenblicke zerstreuen mich, und ich schreibe sie auf. Ich will nicht klagen. Nach sechs Wochen harter Arbeit haben wir jetzt über zwanzig Liter bernsteinklaren Ahornsirup, aus dem später der Zucker gewonnen werden soll. Ich lege großen Wert auf die Farbe des Sirups. Der erste Saft ist der süßeste und beste; und wenn die Knospen zu schwellen beginnen, ist die Saison vorüber. Der späte Saft ist dick und stark und wird keinen guten Zucker geben.

Als die Knospen im April zu schwellen begannen, sagte ich Matt, er müsse sich allein um die Frühjahrsbestellung kümmern. Oder aber John Stark vom Tal unten zur Hilfe dingen, denn Rennie und ich wollten nach Kansas. Wir wären zurück, sagte ich ihm, ehe die Saat zu sprießen beginnen würde.

»Vielleicht bringe ich den Vater meines Mannes mit«, sagte ich, um ihn vorzubereiten.

Matt redet nicht, wenn er nicht muß. Er sah mich an, mit absichtlich gleichgültigem Blick.

»Du kennst ihn nicht«, fuhr ich fort, »aber er ist allein, und wenn er uns braucht, nehmen wir ihn zu uns.«

Ein merkwürdiger Ausdruck kroch über Matts erdfarbenes Gesicht. Er glaubte nicht mehr an Geralds Existenz.

»Du hast doch Gerald gesehen«, erinnerte ich ihn. Matt hat bei uns gearbeitet, solange ich mich erinnern kann.

»Ich hab' wohl eben vergessen, wie er aussieht«, sagte er.

Ich zog die Tischlade auf und nahm das in Silber gerahmte Bild meines Mannes heraus. An den Abenden, wenn Rennie und ich über unserer Arbeit sitzen, er bei seinen Büchern und ich bei meiner Näharbeit, dann nehme ich es heraus und dann sind wir zu dritt. Ich kann es nicht ertragen, es bei Tageslicht zu sehen, denn es erinnert mich ständig daran, daß Gerald Tausende von Meilen entfernt ist, getrennt von uns durch das größte Meer der Erde. Aber am Abend kommt er näher. Ich sehe ihn in unserem Haus in Peking sitzen und an uns denken. Ich hoffe und bete, daß er an uns denkt.

»Das ist er«, sagte ich zu Matt.

Er nahm die eingerahmte Fotografie in beide Hände und starrte auf Geralds schönes Gesicht.

»Sieht immer noch gut aus«, sagte er vorsichtig, gab mir das Bild wieder zurück und ging weg.

Zumindest weiß er jetzt, daß Gerald lebt, und er wird es den anderen Leuten im Tal erzählen, und vielleicht wird die

Zurückhaltung, die sie mir zeigen, einer freundlicheren Stimmung weichen. Mein Großvater stammte nicht aus dem Tal, und ich kann nicht erwarten, daß man mich nach einer Generation schon als zum Tal gehörig betrachtet. Vielleicht haben sie den Verdacht, daß Rennie ein Fehltritt ist.

Im April, als die Blätter der Ahornbäume zu knospen begannen, machten Rennie und ich uns auf die Reise. Wir hatten überlegt, ob wir den Wagen nehmen sollten, hatten aber dann den Gedanken wieder fallenlassen. Mit dem Zug fahren ist besser, besser und schneller, und auch leichter für einen alten Mann, der vielleicht mit uns zurückfahren wird. Wenn es auf uns ankommt, so fährt er mit uns zurück. Nur sein eigener Wunsch und Wille könnte ein Hindernis für seine Rückkehr zur Familie sein.

Während die Tage vergingen, die Ebenen und Berge an den Fenstern des Zuges vorbeiflogen, versuchte ich, Rennie sein Bild zu vergegenwärtigen. Aber ich selbst hatte nur noch ein unbestimmtes Bild von ihm. Ich sah jeden Menschen durch den strahlenden Nebelschleier meiner Liebe zu Gerald. Ich bin eine von den glücklichen Frauen, die ihre erste Liebe geheiratet haben. Ich erinnere mich an keine andere. Das erste Fließen des Ahornsaftes, sagt John Burrough, ist wie erste Liebe: »Immer das Beste, immer das Vollste, immer das Süßeste, und dabei ist eine Reinheit und Zartheit im Geschmack des Sirups, die jedes weitere Fließen bei weitem übertrifft.«

»Dein Großvater«, sagte ich zu Rennie, »ist hochgewachsen, sehr mager und sieht aristokratisch aus. Du darfst nicht vergessen, er kommt aus Virginia. Es ist ein Wunder, daß er je eine Chinesin geheiratet hat.«

Rennie machte eine leicht abweisende Bewegung. Er will in der letzten Zeit nicht über seine chinesische Großmutter sprechen. Ich habe den Verdacht, daß die Vorurteile seiner Schulkameraden sich bei ihm einnisten. Wenn das so ist, dann wird Geralds Vater eine Hilfe sein.

»Dein Großvater hat dunkles Haar und dunkle Augen wie dein Vater«, fuhr ich fort. »Jetzt ist sein Haar wahrscheinlich silberweiß. Kannst du dich überhaupt an ihn erinnern?«

»Ich erinnere mich nicht«, sagte Rennie widerspenstig. Wann immer wir von dem Leben in Peking sprechen, erinnert er sich an nichts. Er will Amerikaner sein.

»Ach, wenn du deinen Großvater siehst, wirst du dich an alles erinnern«, sagte ich. Aber ich weiß nicht, ob es wahr ist.

Die Landschaft gleitet zu schnell am Fenster vorbei. Eines Tages werde ich gemächlich die meilenlangen Strecken bereisen, durch die wir jetzt rasen. Ich möchte in jedem Ort und in jeder Stadt haltmachen und auf den ländlichen Straßen wandern, die sich jetzt im Nu von uns wegwinden. Ich möchte das Gefühl haben, daß ich wieder Wurzel schlage. Heute nacht in meinem Schlafwagenbett zog ich den Vorhang beiseite und starrte hinaus in das Mondlicht. Ich wußte nicht, wo wir waren, in welchem Staat, in welchem Bezirk. Ich wußte nur, es ist mein Land und es ist so ungeheuer groß, daß innerhalb seiner unendlichen Grenzen sogar ich eine Fremde sein kann. Ich sollte es Gerald nicht übelnehmen, daß er nicht hierherkommt, damit er sich nicht wie in einem Exil fühlt.

Ich weinte an seiner Brust in jener letzten Nacht, die wir miteinander in dem Hotel in Shanghai verbrachten. »Warum willst du nicht mit mir kommen?« schluchzte ich. »Was gibt es hier, das du mehr liebst als deine Frau?«

»Nichts und niemanden«, sagte er. »Aber bedenke, Eva, wenn ich jetzt China verlasse, so wäre es für immer, und ich würde ein Fremder sein in Amerika.«

»Aber ich wäre dort«, rief ich.

»Obwohl du dort wärst«, sagte er ernst.

Ich erinnere mich an alles, was er je zu mir sagte. Nicht in einem fortgesetzten Fluß von Erinnerungen, aber wie es mir in meinem jetzigen Leben zum Bewußtsein kommt. Und so fühlte ich mich um Mitternacht in der ungeheuren Weite des Landes, durch das wir rasten, als eine Fremde, und erinnerte mich an das, was er sagte.

Wir haben Geralds Vater gefunden. Er lebt allein in einem Schuppen, einer Hütte, am Rande einer Gruppe von einstöckigen Häusern im westlichen Kansas. Little Springs ist eine kleine Stadt, weniger als eine Stadt. Es liegt auf der Hochebene, auf halbem Wege zu den Bergen. Es war leicht, ihn zu finden, denn als wir am Bahnhof Umfrage hielten, gab jeder in einer merkwürdig respektvollen und ausweichenden Art zu, ihn zu kennen.

»MacLeod? Das ist der alte Herr.« So sagte der Mann in Hemdsärmeln am Fahrkartenschalter, während er einen Priem im Mund herumrollte.

Er zeigte in die Richtung des anderen Endes der einzigen Straße, und eine Meile dahinter in einer einzimmrigen, ungetünchten Hütte fanden wir Geralds Vater. Die Tür war offen, obwohl die Luft hier selbst im April rauh ist, und er saß drinnen an einem ungehobelten Tisch, in seinem alten, wattierten, chinesischen Gewand, und las ein chinesisches Buch. Als er uns sah, erhob er sich in seiner formellen Art und blieb lächelnd stehen. Er hat sich den Bart wachsen lassen, und sein Haar ist zu lang. Beide sind silberweiß. Er ist entsetzlich mager, und seine Augen sind riesengroß. Ich habe früher nie gemerkt, wie ähnlich er Gerald ist. Ich lief auf ihn zu und umarmte ihn.

»Baba – warum, um Himmels willen, bist du denn hier?«

Wir hatten ihn immer Baba genannt. Das geht leichter zu sagen als Vater. Und als er nun den Namen hörte, hob er seinen gesenkten Kopf, sah mich an und erkannte mich, seltsamerweise ohne Überraschung, als ob er gar nicht wüßte, wo er war. Er umarmte mich nicht, aber er schob auch meine Arme nicht weg. Er sagte mit einer milden, fernen Stimme: »Ich wurde krank im Zug, und man setzte mich hier ab, und so blieb ich eben hier. Es ist für mich gleichgültig, ob ich an diesem Ort lebe oder an einem anderen.«

Wie selbstsüchtig Gerald und ich in unserem Haus in Peking weitergelebt hatten in jenen gefahrvollen Vorkriegstagen! Wir wußten, wir waren selbstsüchtig, aber wir klammerten uns an jede Stunde unseres Glücks. Aber es ist auch wahr, daß wir glaubten, jeder, der nach Amerika gelangte, wäre im Paradies. Wir glaubten, Baba sei in Sicherheit, bloß weil er die Wirren in China hinter sich gelassen hatte. Wir bekamen wenige Briefe von ihm, ruhige, gelassene Briefe, in denen er schrieb, es ginge ihm gut und wir sollten uns keine Sorgen um ihn machen, und daß er Freunde gefunden habe. Und umgeben von unseren eigenen Sorgen in Krieg und Gefahr vergaßen wir ihn einfach.

Baba sah Rennie an, und ich trat zurück.

»Du erinnerst dich an deinen Enkel«, sagte ich.

Er streckte die Hand aus, eine große, gebrechliche Hand, und ich nickte Rennie zu, er solle vortreten, und er gehorchte schüchtern.

»Geralds Sohn?« fragte der alte Mann.

»Natürlich«, sagte ich. An wieviel erinnert er sich und wieviel hat er vergessen? Rennie war ein Kind von sechs Jahren, als er ihn zum letzten Male sah.

»Jaja«, murmelte der Großvater. »Setzt euch.«

Es gab keine drei Sitzgelegenheiten, und Rennie setzte sich auf die Tischecke, und ich setzte mich auf einen Hocker.

»Baba, wie lebst du?« fragte ich.

»Ich lebe«, sagte er vage. »Man bringt mir Essen, eine Frau reinigt mein Haus und wäscht meine Sachen. Ich brauche kein Geld. Die Leute hier sind freundlich.«

Er weiß nicht, wo er ist. Er stieg einfach aus dem Zug, als er kein Geld mehr hatte, und irgend jemand stellte ihm diese Hütte zur Verfügung. Ich kann mir denken, daß sie zu einem größeren Haus, etwa eine halbe Meile weiter an der Straße, gehört.

»Ich habe Geld«, sagte er. Er machte die Tischlade auf und nahm ein kleines Päckchen, das in ein Stück gelbe, chinesische Seide gewickelt war, heraus, öffnete es und zeigte mir fünf Eindollarscheine. Dann wickelte er es wieder zu und legte es in die Lade.

Rennie und ich sahen einander an. Wenn wir je Zweifel gehabt hätten, nun war alles klar. Wir waren wortlos einer Meinung. Wir mußten Baba mit heimnehmen, und das unverzüglich. Es gab täglich nur einen Zug nach Osten und einen nach Westen.

»Hast du zu Mittag gegessen, Baba?« fragte ich. Wenn wir uns beeilten, konnten wir noch den Zug nach Osten erreichen.

»Ich glaube«, antwortete er.

»Was hast du gegessen?«

Er stand langsam auf und ging zu einem altmodischen Eisschrank in der Ecke und öffnete ihn. Ich schaute hinein und sah eine halbleere Milchflasche, ein Stückchen Butter, drei Eier und eine kleine Fleischpastete, aus der ein Dreieck herausgeschnitten war.

Dann setzten wir uns wieder. Rennie stand nun an der Tür und blickte auf die ansteigende Ebene hinaus.

»Gehen wir doch schon«, sagte er.

Ich wendete mich an Baba: »Willst du mitkommen und bei uns leben?«

Er saß wieder am Tisch, und nun schloß er sorgfältig das in Stoff gebundene chinesische Buch.

»Möchtest du, daß ich mitkomme und bei euch lebe?« fragte er.

»Mehr als alles in der Welt«, sagte ich.

»Wo ist Gerald?« fragte er.

»Er ist noch immer in Peking.«

»Wird er zurückkommen?«

»Ich hoffe es.«

»Da kommt jemand«, sagte Rennie.

Der Jemand war ein Mann. Er kam mit langen Schritten auf uns zu und war im Augenblick an der Tür. Ein Mann, nicht mehr jung, aber noch nicht in mittleren Jahren, groß und breitschultrig, mit rotem Haar, einem Teint von der gleichen Farbe wie sein Haar und einem windgegerbten Cowboygesicht.

»Ich wollte mal sehen, was da los ist«, sagte er mit herzhafter Stimme. »Ich muß doch auf meinen alten Nachbarn aufpassen.«

»Sind Sie der Besitzer dieser Hütte?« fragte ich.

»Ja - sie steht auf meiner Farm. Mein Vater war Schafzüchter, und das war die Hütte des Hirten.«

»Es war sehr freundlich von Ihnen, meinem Schwiegervater eine Unterkunft zu geben«, sagte ich.

»Ich weiß nicht, was ich von Leuten halten soll, die einen alten Mann allein herumirren lassen«, sagte er streng.

»Wir hatten keine Ahnung -«, begann ich und hielt inne. Wie konnte ich diesem gradlinigen Mann erklären, wie es kommen konnte, daß ein alter Mann allein an einem unbekannten Ort ankommen und bleiben mußte? Wie sollte ich ihm Peking erklären oder China? Ich hätte ebensogut versuchen können, ihm einen fernen Planeten zu erklären!

»Jetzt, da wir ihn gefunden haben«, sagte ich, »werden wir ihn mit heimnehmen.« Und dann fiel mir ein: »Ich bin Mrs. Gerald MacLeod. Das ist mein Sohn Rennie.«

»Ich heiße Sam Blaine«, sagte er. Aber er sah auf Rennie. Er dachte wohl, daß Rennie »anders« aussieht. Was, dachte er, sind das für Leute?

»Wo kommen Sie denn her?« fragte er.

»Wir leben in Vermont«, sagte ich.

»Wo ist Ihr Mann?«

Ich zögerte. Es wäre leichter zu sagen, Gerald sei tot, als zu erklären, wo er war und warum er dort war. Wenn ich sagte, daß er im kommunistischen China hatte bleiben wollen, so würden wir alle verdächtig erscheinen.

»Er ist im Ausland«, sagte ich.

Sam Blaine lehnte sich an die Tür und betrachtete uns nachdenklich. Dann sagte er zu Baba:

»Alter Freund, erkennen Sie diese Dame und den Jungen?«

Baba nickte friedlich. »Sie ist die Frau meines Sohnes. Der Junge ist Geralds Sohn.«

»Wollen Sie mit ihnen gehen?«

»Ich werde mit ihnen gehen.«

»Aber nur, wenn Sie es wirklich wollen - ich sorge schon für Sie, wenn Sie bleiben wollen.«

»Ich geh' mit ihnen«, sagte Baba.

»Na dann -« Der große Amerikaner war noch immer im Zweifel. »Wenn Sie das sagen -«

»Wenn wir uns beeilen, können wir noch den Nachmittagszug erwischen«, sagte ich.

»Ich hole meinen Wagen«, sagte er. »Der alte Herr hat nicht viel einzupacken. Wo haben Sie Ihr Gepäck?«

»Wir haben es am Bahnhof gelassen«, sagte Rennie.

»Ich bin in einer Viertelstunde wieder da«, sagte Sam Blaine und ging mit langen Schritten davon.

Ich sah nun, daß Rennie bedrückt war. Er blickte auf seinen Großvater und überlegte, ob er reden sollte.

»Was ist denn?« fragte ich.

»Willst du ihn in diesem chinesischen Gewand im Zug fahren lassen?« wollte mein Sohn wissen.

Baba sah an sich hinunter. »Es ist ein sehr hübsches Gewand«, bemerkte er. »Ich habe es in Peking gekauft. Die Seide ist noch immer gut. Es ist warm und weich.«

»Mutter!« rief Rennie.

»Baba, wir werden das Gewand mitnehmen«, sagte ich. »Aber es wird vielleicht besser sein, wenn wir deinen Anzug suchen. Die Amerikaner sind an ungewöhnlich gekleidete Leute nicht gewöhnt.«

Der milde, alte Mann sagte darauf nichts, und Rennie langte bereits hinter den Vorhang, der vor der einen Wand hing und als Schrank diente. Er zog den dunkelgrauen Anzug heraus, in dem Baba Peking verlassen hatte, und den dunklen Überzieher, den ihm Gerald in dem englischen Schneiderladen im alten Gesandtschaftsviertel gekauft hatte.

Sie sahen sehr wenig getragen aus. Offenbar hatte Baba die ganze Zeit über nur die chinesischen Seidengewänder angehabt, die er so sorgfältig in seinen Koffer gepackt hatte. Er ließ sich von Rennie in den grauen Anzug helfen, und wir zogen ihm den Mantel an und fanden auch seinen schwarzen Filzhut; und er stand wunderschön geduldig da, vor unseren begutachtenden Augen. Nichts bringt ihn aus der Ruhe. Er ist sanft, er ist fügsam. Ist irgend etwas mit seinem Verstand nicht in Ordnung? Ich weiß es nicht. Ich war nicht sicher, ob er wußte, was mit ihm geschah. Er überließ sich einfach unseren Händen.

Staub und Lärm vor der Tür zeigten an, daß Sam Blaine zurück war. Ich hatte den Koffer gepackt, und Rennie führte seinen Großvater zum Wagen. Sam Blaine sprang heraus, trotz seiner langen Beine merkwürdig geschickt, und in einer halben Minute waren wir im Wagen, Staubwolken hinter uns lassend. Der Wagen selbst war ein Ungeheuer. Rot und verchromt, von riesigem Ausmaß und bequem wie ein Bett.

»Ich habe noch nie einen solchen Wagen gesehen«, sagte ich. Ich saß vorne und Rennie und Baba hinten im Wagen.

»Nach besonderen Angaben gemacht«, sagte Sam Blaine. »Meinen Angaben.«

Er fuhr schnell, und ich hörte auf zu sprechen. Ich werde mich nie an hohe Geschwindigkeit gewöhnen. Das jahrelange Fahren in Rikschas und Maultierwagen hat mein Tempo vielleicht für immer verlangsamt. Wir erreichten den Bahnhof noch rechtzeitig, und Baba wurde, von Rennie und Sam Blaine gestützt, die Stufen zum Zug hinaufgehoben.

»Leben Sie wohl«, sagte Sam Blaine und quetschte meine

Hand. »Sie könnten mir schreiben und erzählen, wie's dem alten Herrn geht.«

»Das werde ich«, versprach ich.

Der Zug setzte sich bereits in Bewegung, und der Schaffner zog mich zur Tür herein und verschloß sie. Wir machten es uns im Abteil bequem, Baba, Rennie und ich. Und dann merkte ich, daß mir irgend etwas weh tat, und das war meine Hand, die Sam Blaine mit zermalmendem Griff geschüttelt hatte.

Matt hat den Garten umgegraben und unsere Felder gepflegt. Dieses Jahr mache ich ein Experiment und säe Gras an. Grasland, glaube ich, ist das einzig Mögliche bei dem kurzen Sommer in unseren Bergen. Vor hundert Jahren versuchten die Menschen hier zwischen den Felsen Korn anzubauen, und ihre Felder sind jetzt wieder ganz verwildert. Achtzehntausend Leute, so sagen die alten Berichte, versammelten sich einst am Abhang des Mount Stratton, um Daniel Webster sprechen zu hören. Ich zweifle, ob sich heute noch achtzehnhundert zusammenfinden würden, sogar wenn Daniel Webster aus dem Grabe aufstehen sollte. Sie sind fortgezogen, diese Leute, und ihre Kinder und Kindeskinder leben nun an fremden und fernen Orten. Sie gingen fort, um eine Heimat zu suchen, so wie ich zurückgekehrt bin, eine Heimat zu finden.

Es beginnt mir klarzuwerden, daß ich nie mehr zurückkehren werde in das Haus in Peking. Es muß aufhören, für mich zu existieren, obwohl es dort steht, wie es seit Jahrhunderten gestanden hat. Ein Haus, umschlossen von Mauern, und das Tor in diesen Mauern ist aus dickem Zedernholz und mit schwerem Messing beschlagen. Durch dieses Tor kommt und geht der Geliebte, aber mein Platz ist für immer leer. Meine Wurzeln dort müssen sterben. Ich bin in das Land meiner Väter zurückgekehrt. Ich frage mich, ob ich Baba nicht Geralds Brief vorlesen soll, damit er weiß, was mir und

Gerald geschehen ist; aber dann kann ich den Gedanken nicht ertragen, mein Geheimnis mit jemandem zu teilen. Nicht heute. Denn heute ist unser Hochzeitstag, Geralds und meiner, der fünfzehnte Mai, und ich habe ihn auf den Feldern verbracht und Gras gesät – Wiesen für die Zukunft. Ich habe es Matt überlassen, die Ställe zu reinigen und die Kühe zu melken. Während ich ohne Unterbrechung arbeitete, erinnerte ich mich.

Heute vor zwanzig Jahren wurden Gerald und ich in aller Stille in dem großen Wohnzimmer getraut, und niemand war da, außer meiner Mutter und ihrem Bruder und seiner Frau. Ich weiß nicht, was aus meinem Onkel und meiner Tante geworden ist. Als ich mit Gerald ging, wurde ich in das ungeheure, schläfrige Leben Chinas hineingezogen. Ich fühlte mich dort daheim, wie es jeder tut. Ich weiß nicht, warum es so ist. Leute kamen, um Peking zu besuchen, und blieben dort bis ans Ende ihres Lebens. In jener Zeit erklärte mir Gerald alles, was ich nicht verstand. Er sagte mir, was die Leute auf der Straße redeten, wenn wir vorübergingen. Und weil für ihn nichts fremd war, war auch für mich nichts fremd.

Ich sage mir, daß sich nun alles geändert hat, selbst in dieser ewigen Stadt. Der lange Schlummer ist vorüber. Eine furchtbare Energie hat von dem Volk Besitz ergriffen. Ich sage mir, daß man mich dort nicht will, sogar diejenigen, die mich lieben; denn ich kann es nicht glauben, daß meine Freundin und nächste Nachbarin, Sumei, mich im Innersten nicht mehr liebt, wenn ich mich erinnere, wie wir gemeinsam unsere Babys versorgt und gelacht und geredet und einander erzählt haben, was wir gerade auf dem Markt für Eier, Fisch und Obst gezahlt hatten. Ich kann es nicht glauben, daß die alte Madame Li mich nicht mehr gern hat, sie, die mich oft aufforderte, mich neben sie zu setzen, damit sie meine Hände streicheln könne. Das waren meine Freundinnen, ich liebe sie noch immer, und sicher lieben auch sie mich. Sie würden sagen, so wie Gerald in seinem Brief schreibt: »Ich liebe Dich, und ich werde Dich immer lieben, aber –«

Wie kann es ein Aber geben, wenn die Liebe weitergeht? Das ist die eine Frage, die ich nicht beantworten kann. Und zwischen uns liegt Schweigen.

...Als ich hineinging, um das Abendbrot zu machen, saß Baba zufrieden in der Abendsonne auf der Terrasse vor der Küche. Er trägt tagtäglich sein chinesisches Gewand, und er sitzt und liest seine wenigen alten chinesischen Bücher und spricht kaum. Ich weiß nicht, worüber er nachdenkt. Der Arzt in unserem Tal, Dr. Bruce Spaulden, sagt mir, er hat irgendeine Art Schock gehabt, vielleicht einen Schlaganfall, als er dort allein in der Hütte in Little Springs lebte.

»Kann so etwas passieren, ohne daß jemand davon weiß?« fragte ich.

Bruce Spaulden ist ein guter Mensch und ein guter Arzt. Sehr groß, mit einem ehrlichen Gesicht und kräftigen Zügen. Was sonst noch? Ich habe noch keine Zeit gehabt, ihn näher kennenzulernen. Rennie und ich sind nie krank. Wir haben ihn noch nie holen müssen.

»So etwas kann schon passieren«, sagte er. Er ist ernst. »Da ist nichts zu machen. Einfach ihn betreuen, so wie Sie es ja tun.« Er ist nie in Eile, aber nicht gesprächig. Er war auf mein Bitten gekommen, um Baba zu untersuchen, weil ich mich nicht auskenne mit diesem alten Mann, den ich da in mein Haus genommen habe. Er ist nicht derselbe Mann, den ich als Geralds Vater kannte. In Peking war Babas Verstand scharf, kultiviert, witzig, der Verstand eines Gelehrten. Ich hatte Angst vor ihm und war von ihm bezaubert, als ich mit Gerald in seinem Hause lebte. Er wußte alles, aber seine Belehrungen kamen ganz natürlich und ohne jede Herablassung. Die subtile Reife und Abgeklärtheit, die China allen zu verleihen scheint, die sich dem Lande verschrieben haben, hatte bei ihm eine Vollendung erreicht.

»Gerald, wie werde ich jemals deinem Vater gefallen können?« rief ich in der ersten Nacht, die wir in dem Haus in Peking verbrachten.

»Mein Liebling«, sagte Gerald, »du brauchst dich nicht zu bemühen, ihm zu gefallen. Du gefällst ihm schon jetzt. Erstens mag er jeden in seiner eigenen Art. Zweitens ist er entzückt von dir, weil du nicht etwas vortäuschen willst. Er tut es auch nicht. Ihr könnt einander nehmen, wie ihr seid.«

Baba hat noch immer diese Natürlichkeit, und er hat eine altmodische Höflichkeit an sich. Ohne ein Wort lehrt er seinen Enkel Rennie die Manieren, die er im Begriff ist, zu verlieren, seit er ein amerikanischer Schuljunge wurde. Baba setzt sich nicht an den Tisch, ehe ich sitze. Er ist darauf bedacht, es mir zu sagen, wenn er auf einen seiner kurzen Spaziergänge in das Ahorngehölz fortgeht, und es mir zu melden, wenn er zurück ist. Er geht gerne langsam im Schatten der Ahornbäume spazieren, zwischen dem Farnkraut, das nun seine Blättchen unter den Bäumen aufrollt. Matt und Rennie halten das Gehölz von Gestrüpp frei, und die Farne wachsen in einem jadegrünen Teppich.

Baba erzählt mir von jeder schönen Einzelheit, die er entdeckt; und das ist unser Gesprächsstoff, nun, da Rennie wegen des Baseballspielens spät von der Schule heimkommt. Baba sitzt mit mir in der Küche, und wir reden. Aber wie anders ist jetzt ein Gespräch mit ihm! Er ist nicht kindisch – nein, das nicht –, aber er scheint etwas eingebüßt zu haben. Sein alter sprühender Witz ist verschwunden, sein Gesicht ruht. Er ist sanft und freundlich; es ist leicht, mit ihm zu leben; und er beklagt sich nicht. Er sehnt sich nicht nach seinem alten Leben. Er weiß, daß es nicht mehr existiert. Er nimmt einfach sein tägliches Brot hin. Ich bin nicht überzeugt, daß er weiß, wo er ist. Ich glaube, er vergißt manchmal, wer ich bin. Er betrachtet Rennie dann und wann mit merkwürdiger Nachdenklichkeit, aber er sagt nichts. Ich habe das Gefühl, er fragt sich, ob es Gerald ist oder Geralds Sohn, oder manchmal sogar, ob er ihn kennt… Nein, es wäre grausam, ihm Geralds Brief zu zeigen. Ich könnte es ihm nicht erklären.

Heute abend nach dem Essen ging Rennie wieder fort, um mit Freunden ein Kino zu besuchen. Es ist Sonnabend, und ich erlaube es ihm als Vergünstigung, besonders da in dieser Woche sein Schulzeugnis kam und Rennie sehr gut abgeschnitten hat.

So waren Baba und ich allein, und ich zündete die Lampe an. Ich nahm meine Strickerei und setzte mich an den Tisch, und Baba blieb in seinem Lehnstuhl. Und während ich an einem roten Sweater für Rennie strickte, mußte ich natürlich an Gerald denken. Nie zuvor, in all den Jahren, seit wir uns trennten, ging unser Hochzeitstag vorüber ohne einen Brief von ihm. Er hat es immer irgendwie zustande gebracht, mir einen Brief über Hongkong zu schicken, der mich rechtzeitig an diesem Tag erreichte und so unsere Liebe wieder auffrischte. Ich habe die Briefe oben in meiner Sandelholzkassette. In früheren Jahren las ich sie alle immer wieder in dem festen Glauben, daß unsere Trennung eines Tages ein Ende haben würde. Ich weiß nicht, ob ich den Mut haben werde, sie heute nacht zu lesen. Baba sagt nichts, wenn ich ihn nicht anspreche. Er sitzt ruhig und beobachtet mich mit geduldigen Augen. Heute abend konnte ich das nicht ertragen, und so fing ich an, zu reden:

»Baba, sag mir, kannst du dich an die Zeit erinnern, als du Geralds Mutter geheiratet hast?«

Er sah nicht überrascht drein. Es war beinahe, als hätte er in diesem Augenblick an sie gedacht.

»Ich erinnere mich an sie«, sagte er. »Sie hieß Ai-lan. Ihr Familienname war Han. Sie war eine gute Frau und eine gute Gattin.«

»Wie bist du dazu gekommen, sie zu heiraten?«

Er dachte darüber nach, und seine Augen blickten vage. »Ich kann mich nicht erinnern«, sagte er. »Ich war damals Berater bei dem jungen Kaiser. Mein Freund, Han Yu-ren, schlug mir vor zu heiraten. Er dachte, ich wäre einsam, und er hatte eine Schwester, die jünger war als ich. Das war Ai-lan.«

»Und warst du einsam?« fragte ich.

Er überlegte. »Wahrscheinlich, sonst hätte ich nicht geheiratet.«

»Hast du sie geliebt?« fragte ich.

Wieder eine Pause. Ich sah ihn an. Es war ein eigentümliches Bild, wie er da in dem alten, braunen, ledernen Armsessel meines Vaters saß: Das Licht der Lampe fiel auf sein rotseidenes chinesisches Gewand, seine Hände lagen gefaltet im Schoß, Bart und Haare schimmerten weiß, und seine Augen waren dunkel und beunruhigt. Er versuchte zu denken.

»Laß nur, Baba«, sagte ich. »Das ist alles so lange her.«

»Nicht, daß ich es dir nicht sagen wollte«, sagte er. »Ich versuche, mich zu erinnern. Ich glaube, ich habe geliebt. Ich habe das Gefühl, ich habe jemanden geliebt, aber nicht Ai-lan. Ich liebte eine andere. Und an sie versuche ich mich zu erinnern.«

»War sie eine Chinesin?« fragte ich, obwohl ich wußte, daß es nicht so war.

»Keine Chinesin«, sagte er.

»Was denn?«

»Daran kann ich mich eben nicht erinnern.«

»Wie hieß sie?«

»Ich kann mich auf ihren Namen nicht besinnen.«

Was für schreckliche Worte! Die Strickerei fiel mir aus den Händen. Jemanden zu lieben und dann so weit darüber hinaus zu sein, daß man sich nicht einmal an den Namen der Geliebten erinnert! Kann so etwas geschehen? Könnte Gerald eines Tages in Peking später einmal sogar meinen Namen vergessen haben?

Baba überlegte noch immer und grübelte der Vergangenheit nach. Er fing wieder an zu reden. »Ich war einsam, glaube ich, weil die eine – die, an deren Namen ich mich nicht erinnern kann – meine Liebe nicht erwiderte. Ja, ich erinnere mich, ich liebte, aber sie liebte mich nicht. Ich hatte ihr einen Heiratsantrag gemacht, vielleicht – ich weiß nicht mehr. Aber ich war bestimmt allein, und als Yu-ren mir sagte, er habe eine Schwester, da dachte ich, es wäre vielleicht ganz gut, eine Chinesin zu heiraten. Sie könnte mir, dachte ich, bei meiner Arbeit helfen.«

Ich nahm meine Strickerei wieder auf. »War es nicht merkwürdig, daß eine vornehme Chinesin unverheiratet war?«

Jetzt fiel es ihm ganz leicht, zu sprechen: »Sie war verlobt gewesen, und ihr Verlobter war gestorben. Es war damals, glaube ich, eine Choleraepidemie. Yu-ren sagte, er sei gestorben, als sie noch ganz jung war – etwa fünfzehn. Ja, das weiß ich ganz bestimmt. Sie war fünfundzwanzig, als wir heirateten, und ich war dreißig.«

»War es nicht merkwürdig, daß sie bereit war, einen Ausländer zu heiraten?« Ich hatte eine Tür zu Babas Gedächtnis aufgemacht und verfolgte nun meinen Weg aus höchst selbstsüchtigen Gründen. Ich wollte Geralds Mutter kennenlernen. Baba hatte in früheren Tagen nie von ihr gesprochen. In dem Haus in Peking gab es nicht einmal ein Bild von ihr, und Gerald konnte es nicht ertragen, von ihr zu reden. Er liebte sie mit schmerzvoller Intensität, und ich wußte nicht, woher der Schmerz kam.

Hier in Vermont umgab uns nächtliche Stille, es war eine schöne Nacht, ohne Mond und milde. Der Mai kann sehr kalt oder sehr warm in unserem Tal sein. Heute abend war es warm. Ich hatte die Fenster geschlossen, aber nicht vor der Kälte, sondern vor den Faltern, die von der Lampe angelockt wurden. Das Haus war still. Das Tagewerk war getan. Ich fühlte keine Schranke zwischen Baba und mir, und als ob auch er keine fühlte, sprach er mit den einfachen Worten eines Kindes, manchmal auf englisch und manchmal auf chinesisch. Es war seltsam und schön, die fließenden Klänge der alten Pekinger Sprache hier in diesem Zimmer zu hören.

Was hätte meine Mutter gedacht! Und wie hätte mein Vater zugehört! Und keiner von ihnen hätte etwas verstanden. Aber ich verstand. Ich bin nun froh, daß ich Chinesisch gelernt habe. Die Stunden, die ich, emsig studierend, mit dem alten Mister Chen verbrachte, dem Lehrer, den Gerald für mich fand, machten sich heute abend reichlich bezahlt.

Denn das ist die Geschichte, die mir Baba erzählte, während er in dem braunen Armstuhl saß, die langen blassen Hände übereinandergefaltet, die Augen manchmal auf mein Gesicht geheftet und manchmal zu dem immer dunkler werdenden Fenster hinüberschweifend. Und während er erzählte, kam wieder Leben in seine Erinnerung, und er wurde ein anderer, nicht mehr der Gelehrte, mit seiner ausgesuchten Höflichkeit und chinesischen Grazie, als den ich Geralds Vater gekannt hatte, sondern ein alter Mann, der einige eindrucksvolle Jahre seiner Jugend wiedererlebte.

Er und Geralds Mutter waren nach dem alten buddhistischen Ritus getraut worden. Obwohl man in der Familie skeptisch und nach der Lehre des Konfuzius erzogen war, kehrte man doch, wenn es sich um Tod, Heirat oder Geburt handelte, zu der buddhistischen Tradition zurück.

»Und waren ihre Eltern bereit, einen Amerikaner in die Familie aufzunehmen?« fragte ich Baba.

Ihre Eltern waren tot, und ihr älterer Bruder Han Yu-ren war anscheinend das Haupt der Familie. Zuerst konnte er seine Schwester nicht dazu überreden. Sie hatte sich daran gewöhnt, sich als Witwe zu betrachten, und hielt es für unkeusch zu heiraten. Sie hatte sogar daran gedacht, buddhistische Nonne zu werden, wie es viele junge Witwen in China tun, aber ihr hochgeistiges Freidenkertum machte ihr das unmöglich. Sie konnte nicht ein ganzes Leben in einem Ritus verbringen, an den sie nicht glaubte. Sie lebte jedoch wie eine Nonne in dem Haushalt der Familie Han und setzte ihre Studien fort.

»War sie schön, Baba?«

Er überlegte eine Weile. »Das war sie nicht«, sagte er schließlich, »obwohl es Momente gab, in denen sie beinahe eine Schönheit war.«

»Was waren das für Momente?« Es war indiskret von mir, diese Frage zu stellen, denn vielleicht war sie schön, wenn sie liebte.

Baba blieb ganz unbefangen. Er antwortete in der gleichen ruhigen Weise: »Sie war schön, wenn sie mir alte Gedichte vorlas, die sie liebte. Das war ein Vergnügen für sie. Und sie spielte auch recht gut auf der Laute und sang. Sie hatte eine süße, melancholische Stimme. An den Abenden, wenn sie gespielt hatte, wischte sie sich immer Tränen aus den Augen. Ich weiß nicht, warum sie weinte.«

»Und nachdem Gerald auf die Welt kam, war sie glücklich?«

Ein unbestimmter Schatten glitt über Babas Gesicht. »Ich weiß nicht, ob man es glücklich nennen kann. Sie war verändert. Sie las keine Gedichte mehr, und sie spielte auch nie wieder auf der Laute. Statt dessen begann sie, sich für die Revolution zu interessieren. Bis dahin hatte sie sich um politische Angelegenheiten nicht gekümmert. Ich kann mich nicht erinnern, daß sie je eine Zeitung las, bevor Gerald auf die Welt kam. Aber nachher, erinnere ich mich, begann sie, die neuen Bücher zu lesen und auch Zeitschriften. Sie befreundete sich bis zu einem gewissen Grad mit Sun Yat-sen. Ich erinnere mich, wir hatten deswegen einen Streit.«

»Ich kann mir nicht vorstellen, daß du mit jemandem streitest, Baba«, sagte ich.

Er überhörte es oder achtete nicht darauf. »Ich mochte Sun Yat-sen nicht. Ich mißtraute ihm. Ich war damals Berater des Kaisers, verstehst du. Ich glaubte, daß die alte Regierungsform besser sei. Und außerdem hatte Sun keine klassische Erziehung. Er hatte nur Missionsschulen besucht.«

Ich war erstaunt, Baba so flüssig reden zu hören. Etwas von dem Mann, den ich seinerzeit gekannt hatte, kam wieder zum Vorschein. Ich legte meine Strickerei nieder und hörte ihm gespannt zu, als er fortfuhr:

»Wir waren verschiedener Meinung, sie und ich. Sie, die in der uralten Tradition erzogen war, hatte sich plötzlich in eine andere Frau verwandelt. Als vornehme Chinesin hatte sie nie unser Haus verlassen. Aber sobald das Kind etwas größer wurde, fing sie an, dahin und dorthin zu gehen, und wenn ich sie fragte, wohin, dann sagte sie, sie ginge zu Versammlungen. Dadurch erfuhr ich, daß sie ging, um Sun Yat-sen zu hören. Er war ein Emporkömmling, der Sohn eines Bauern aus Südchina, und ich sagte ihr das. Und dann beschuldigte sie mich.«

Seine Stimme zitterte, und er konnte nicht weitersprechen.

»Wessen beschuldigte sie dich denn, Baba?«

Er sah mich kläglich an, seine Unterlippe zitterte. »Sie sagte, weil ich ein Ausländer sei, wolle ich nicht, daß die Revolution zustande käme. Sie sagte sogar, ich wolle den Kaiser auf dem Thron erhalten, um mein Gehalt nicht zu verlieren. Als ich erklärte, ich würde sofort zurücktreten, sagte sie, das würde nichts ändern, denn dann wäre es um meiner Landsleute willen, daß ich auf meinem Standpunkt beharrte. Sie sagte, unsere zwei Rassen könnten sich nie vermischen. Sie sagte, ich bleibe der meinen treu. Sie war sanft und freundlich gewesen, aber nun wurde sie plötzlich grausam und zornig mit mir. Sie sagte, ich hätte sie nie geliebt.«

Ach, das also war der Grund für die Veränderung! Ich verstand sie, denn auch ich bin eine Frau. Sie liebte und wußte, sie wurde nicht geliebt; und so verließ sie ihr Heim und ging dahin, wo sie Schutz finden konnte. Ich hatte nicht das Herz, Baba zu sagen, was er nicht wußte – oder vergessen hatte.

»Das war um Geralds willen?«

Er schüttelte den Kopf. »Ich weiß es nicht.«

Aber er wußte es. Ihr Herz war erwacht, als sie ihren Sohn sah. Dieses halbweiße Kind, das sie geboren hatte, ohne zu ahnen, was sein Schicksal sein würde. Wo war sein Platz? Sie wußte, wenn er in das Land seines Vaters ginge, würde sie ohne Liebe zurückbleiben. Sein Platz mußte also in ihrem Land sein, und um ihn zu behalten, wollte sie ein neues Land für ihn schaffen. Ach, ich weiß, das ist eine plumpe Erklärung. Sie hätte es nicht so gesagt, und vielleicht hätte sie es nicht einmal so empfunden. Zweifellos bildete sie sich ein, sie täte das alles für ihr Volk. Sie ließ sich von den alten Argumenten betören, ihr Volk sei entwürdigt worden und das Land von den Fremden bedroht. Aber ich weiß, daß alle Argumente nur Spiegelfechterei sind. Was wir tun, das tun wir aus geheimen persönlichen Gründen und das gilt überall, in welchem Land auch immer Männer und Frauen leben. Sie wollte ihren Sohn behalten. Jetzt erkenne ich das Netz, das sie um Gerald wob.

Baba hatte aufgehört zu reden.

»Und dann, Baba?« fragte ich.

Er seufzte, und ich nahm meine Strickerei wieder auf. Er war fortgeglitten, sein Geist war untergetaucht. Aber ich konnte es nicht aushalten, nicht noch mehr zu hören. Ich versuchte es nochmals, so sanft ich konnte.

»Wie alt war Gerald, als seine Mutter starb?«

Baba antwortete mit solcher Plötzlichkeit, daß ich überrascht meine Strickerei fallen ließ.

»Sie starb nicht einfach, sie wurde umgebracht.«

»Was!«

Wir saßen und starrten einander an. Ich sah etwas Schreckliches jetzt in Babas Augen, eine Trauer, nichts Unbestimmtes - nein, ich sah Angst.

»Ich warnte sie«, sagte er. Er zitterte, seine Knie bebten unter der dünnen Seide seines Gewandes. »Ich sagte ihr, daß ich sie nicht retten könne, wenn sie so weitermachte. Denn sie wurde eine Revolutionärin, eine leidenschaftliche Revolutionärin - verstehst du? Nicht bloß eine Patriotin, verstehst du. Sie schloß sich ihnen an.«

»Baba – nein!«

»Doch, doch! Erst wurde sie eine Freundin der Frau von Sun Yat-sen. Die zwei Frauen verbrachten viele Stunden zusammen, manchmal auch in meinem Haus. Schließlich verbot ich es. Ich hatte Angst um meinet- und Geralds willen. Ich sagte ihr, wenn sie durchaus mit diesen – Verrätern –, ja, das war das Wort, das ich gebrauchte – zusammen sein wollte –, ich sagte: ›Wenn du unbedingt mit diesen Verrätern zusammen sein willst, Ai-lan, dann darf es nicht in meinem Haus sein oder in Anwesenheit meines Sohnes‹; und sie schleuderte mir diese zwei Worte zurück wie einen Dolch: ›Deines Sohnes!‹«

Ich hörte die chinesische Stimme so deutlich, als wäre sie hier in diesem Zimmer. Aus einer Entfernung von Tausenden von Meilen und vielen Jahren hörte ich die Worte.

»Weiter, Baba, sprich weiter!«

»Sie ging aus meinem Haus, und ich habe sie nie wiedergesehen.«

»Sie starb doch nicht?«

»Nein, noch nicht. Ich ging zu ihrem Bruder, meinem Freund, und wir suchten sie. Er war ganz auf meiner Seite, verstehst du. Er bat mich um Verzeihung, daß er mir seine Schwester zur Frau gegeben habe. Er gab ihr die Schuld und verstieß sie und sagte, er werde ihren Namen aus dem Buch der Familiengeschichte tilgen. Er war es, der sie schließlich fand. Aber er wollte mir nicht sagen, wo sie war. Er sagte: ›Es ist besser, daß du es nicht weißt.‹ Ich wußte, was er meinte. Sie hatte sich ›ihnen‹ angeschlossen. Sie war mit ›ihnen‹ im Süden, wo die Revolution ausgebrochen war. Sie und die Frau von Sun Yat-sen waren wie zwei Schwestern.«

»Hat auch Gerald sie nie wiedergesehen?«

Die ganze Zeit, während Baba sprach, hatte ich an Gerald gedacht. Ich sah ihn in dem großen Haus aufwachsen, allein mit seinem Vater, aber wahrscheinlich von seiner Mutter träumend. Welches Kind träumt nicht von seiner Mutter? Als ich die Hochschule absolviert hatte, unterrichtete ich ein Jahr lang in einem Waisenhaus in New York. Es war ein Findlingsheim für Mädchen. Große und kleine Betten standen dicht nebeneinander in den Räumen, voll von Kindern, die verlassen und verraten worden waren. Bei Tage spielten sie und lachten sogar manchmal, aber nachts wurde ich oft von ihrem Weinen aufgeweckt. Mein Zimmer war in einem anderen Flügel, ich hatte nachts keine Pflichten ihnen gegenüber; eine Pflegerin kümmerte sich um sie. Aber immer und immer wieder wurde ich aufgeweckt. Denn wenn ein Kind im Schlaf stöhnte, dann murmelte es »Mutter«, und das Wort weckte jedes Kind von den zwanzig bis dreißig im Saal; erst eines, dann ein zweites, und sie jammerten laut das eine Wort: »Mutter – Mutter –« Ihr Schreien drang durch die Nacht und weckte andere Säle voll einsamer Kinder, bis das ganze Gebäude von den Stimmen unglücklicher Kinder erzitterte, die um Mütter weinten, an die sie sich nicht erinnern konnten oder die sie nicht gekannt hatten. Wer kann einen solchen Schmerz lindern?

Ich gab meine Stellung auf und ging fort, aber ich habe nie das Weinen der Kinder vergessen, die von ihren Müttern träumten, die sie nicht kannten. Das Kind Gerald, das einsam in dem Haus mit seinem ausländischen Vater lebte, gehört zu diesen weinenden Kindern.

»Er sah seine Mutter wieder«, sagte Baba als Antwort auf meine Frage. »Sie war darin sehr korrekt. Sie wollte ihn nicht im geheimen sehen, nachdem sie mein Haus verlassen hatte, aber sie ließ mich durch ihren Bruder fragen, ob Gerald sie nicht besuchen dürfe.«

»Und du warst einverstanden?«

»Im Anfang nicht. Ich wollte nicht, daß seine Seele vergiftet würde. Ich sagte das zu Han Yu-ren. Ich sagte, sie darf die Seele des Kindes nicht vergiften. Sie blieb weiter korrekt. Sie sagte, sie würde ihn nicht beeinflussen, sie überließe mir seine Erziehung. Deshalb erlaubte ich ihm, sie zu sehen. Sie kam zu diesem Zweck nach Peking. Er besuchte sie in ihrem väterlichen Haus.«

»War das auf Stunden oder Tage?« fragte ich.

»Manchmal auf Stunden, manchmal auf Tage, es hing davon ab, was sie ›ihnen‹ gegenüber für ihre Pflicht hielt. ›Sie‹ kamen immer an erster Stelle.

Das muß das Kind gefühlt haben. Gerald ist überempfindlich Menschen gegenüber. So wie er nicht glauben konnte, bevor wir heirateten, daß ich ihn liebte, so mußte ich ihm nach unserer Heirat immer und immer wieder beweisen, daß er nicht nur geliebt wurde, sondern auch liebenswert war. Mein Mittel war, die Eifersüchtige zu spielen, wie damals zum Beispiel, als wir in unserem letzten gemeinsamen Winter zum Gesandtschaftsball eingeladen waren. Ich sagte:

»Gerald, tanze mit keiner öfter als einmal, außer mit mir, ja?«

Er konnte noch immer rot werden. »Sei nicht dumm«, sagte er. Aber er wußte nicht, daß ich nie eifersüchtig war. Ich war seiner sicher, weil ich meiner selbst sicher war. Es spielte keine Rolle, wieviel schöne Ausländerinnen auf einem Diplomatenball auch sein mochten, ich war nicht eifersüchtig. Ich gebe zu, daß Gerald noch immer gut aussieht, daß man eifersüchtig werden könnte. Aber er gehört mir. Ich hatte nicht einmal Angst vor den reizenden modernen Chinesinnen, so feingliedrig in ihren engen, langen Kitteln. Ich bin jetzt froh, wenn ich daran denke, daß ich keine Angst hatte, obwohl es rührend war, wie er sich über meine Anspielung freute. So sehr ich ihn liebe, weiß ich doch, daß er bei all seiner Weisheit und seinem brillanten Verstand auch naiv ist.

»Was mir nicht gefiel, war«, sprach Baba weiter, »daß der Junge sich danach sehnte, in dem Vaterhaus seiner Mutter zu leben. Er kam immer nur ungern zu mir zurück. Wahrscheinlich gab man ihm Süßigkeiten, und die Dienerschaft und die ärmeren Verwandten machten viel Wesens von ihm. Du weißt ja, wie das ist.«

Ich wußte es wohl. Diese vornehmen alten chinesischen Familien lieben ihre männlichen Nachkommen abgöttisch. In den männlichen Nachkommen liegt ihre Hoffnung auf ein ewiges Leben. Die Knaben werden behütet, verwöhnt und geliebt. Sie werden ertränkt in einem mächtigen, jahrhundertealten Meer von Liebe. Nur die Stärksten und Charaktervollsten können sich trotz einer solchen Liebe zu unabhängigen Wesen entwickeln. Ich glaube, mein verstorbenes Kind wäre so geworden, wenn es ein Junge gewesen wäre. Aber es war ein Mädchen. Sie hieß Ru-an. Ich versuche, nicht an sie zu denken. Ich habe viele Kinder gesehen, aber nie eines wie sie. Sie war mein Erstgeborenes, und Gerald war doch so sehr Chinese, daß ich die Enttäuschung in seinen Augen lesen konnte, als er in mein Zimmer in der Klinik kam. Das Kind lag in meiner Armbeuge, es war mein rechter Arm. Wie merkwürdig genau man sich an kleine, belanglose Einzelheiten erinnert!

»Dein Fräulein Tochter«, sagte ich zu Gerald. Ich war sehr heiter und glücklich zu jener Zeit, verliebt in mein ganzes Leben, in meinen Mann, mein Haus, in die Stadt Peking und das ganze Land China.

Er setzte sich neben dem Bett nieder und betrachtete ernsthaft das Kind. Ich sah, daß er sich die größte Mühe gab, seine Enttäuschung zu verbergen.

»Sie ist aber sehr klein«, sagte er.

Ich wurde ärgerlich. »Im Gegenteil, Gerald. Sie wiegt acht Pfund. Und sie ist auch intelligent.«

»Intelligent«, murmelte er und starrte auf das runde, schlafende Gesicht.

»Jawohl.« Ich gab ihm beinahe immer nach, aber plötzlich wußte ich: Was meine Tochter betraf, würde ich ihm nie nachgeben. Sie sollte schön, stark und intelligent werden. Und das war sie auch; und sie blieb es, bis sie im Alter von fünf Jahren starb.

Nein, ich will nicht an ihren Tod denken, nicht heute, am Jahrestag meiner Hochzeit.

»Baba, du bist müde«, sagte ich und rollte meine Strickarbeit zusammen. »Du mußt schlafen gehen. Wir sprechen ein andermal weiter.«

»Ich bin noch nicht fertig«, sagte er und rührte sich nicht. Und so wartete ich.

»Ich habe dir nicht erzählt, wie Geralds Mutter umgebracht wurde«, sagte er.

Nein, er hatte es mir nicht erzählt. Es war ein schrecklicher Tod, das konnte ich sehen. Ich sah es an seinen weitgeöffneten Augen, die auf das dunkle Fenster starrten; ich sah es an der weißen Verkniffenheit um seine Nase, ich sah es an seinen gespannten Lippen.

»Sie wurde erschossen«, sagte er. Er zitterte wieder, und ich konnte es nicht ertragen.

»Baba, erzähle es mir nicht! Denk nicht daran.«

Er fuhr fort, als ob ich nichts gesagt hätte. »Im Jahre 1930 wurde sie in Nanking von der Geheimpolizei der nationalistischen Regierung festgenommen. Sie lebte damals allein. Sie hatte ihre Freundin, Madame Sun, nicht begleitet. Sie war auch nicht mit den anderen auf den ›langen Marsch‹ mitgezogen. Aus Gründen, die ich nie erfuhr, hatte man ihr befohlen, in der Stadt zu bleiben. Vielleicht war sie eine Spionin. Ich weiß es nicht. Aber an einem kalten Morgen im Vorfrühling wurde sie, noch ehe es tagte, aus dem Bett gezerrt und gezwungen, so wie sie war, im Nachtgewand zum Trommelturm zu gehen; und dort mit dem Rücken zur Mauer, die Augen nicht verbunden, wurde sie erschossen.«

Ich wollte nichts mehr fragen, und doch mußte ich es.

»Baba - wie hast du es erfahren?«

»Sie hatte eine Dienerin, eine alte Frau. Diese Frau schlug sich zu mir durch. Sie sagte, ihre Herrin habe ihr befohlen, mich aufzusuchen –« Seine Stimme verebbte in Schweigen.

Es gab nichts mehr zu sagen. Sein ganzer Körper schien einzuschrumpfen. Die Lider fielen über seinen starren Augen zu.

»Komm, Baba«, sagte ich. »Komm mit mir. Du bist zu müde.« Und ich führte ihn in sein Zimmer und blieb bei ihm, bis er im Bett lag und endlich eingeschlafen war...

Noch eine Frage hätte ich ihm stellen wollen. Ich wünschte, ich hätte Baba gefragt, ob Gerald je erfuhr, wie seine Mutter starb. Ich glaube, er wußte es. Vielleicht ist es nicht nötig zu fragen. Die Chinesen erzählen einander alles. Wer kann dort ein Geheimnis bei sich behalten? Selbst wenn die alte Frau es nicht erzählt hat und wenn Baba es nicht erzählt hat, irgend jemand wird es ihm erzählt haben. Gerald weiß es.

Gestern kam die Antwort auf die Frage, die ich nicht gestellt hatte. Der Postbote brachte eine Zeitschrift mit chinesischen Poststempeln. Drei Briefmarken waren auf der Hülle. Ich hatte diese neuen kommunistischen Marken noch nie gesehen. Eine ist orangerot, eine ist lila und eine blau. Auf jeder ist das Gesicht eines jungen Mannes. Auf der einen ist es ein Soldat, auf der zweiten ein Maschinist, auf der dritten ein Bauer. Es steht kein Name auf der Hülle, bloß: Postschließfach Nr. 305, Peking, China. Aber ich weiß, daß Gerald der Absender ist. Denn als ich die Zeitschrift aufschlug, sah ich, daß sie einer Märtyrerin der Revolution gewidmet war. Sie wurde in Nanking am 15. Mai 1930 erschossen. Ihr Name war Han Ai-lan. Sie war Geralds Mutter. Auf der Titelseite ist ein Bild von ihr. Ich sitze da, nahe am Fenster, wo das Licht darauffällt, und sehe das Gesicht an. Es ist ruhig und herb, es ist ein schmales Gesicht mit großen, glänzenden Augen. Das Haar ist straff aus der hohen Stirn gezogen, und der Mund, der in der Jugend vielleicht zart geschnitten war, ist hart. Ich kann Geralds Gesicht aus diesem Gesicht entstehen sehen. Die Linien sind dieselben.

Und so habe ich, ohne zu fragen, meine Antwort. Gerald weiß alles. Ich zweifle jetzt nicht mehr, daß die alte Frau ihm eine Botschaft von seiner Mutter überbrachte. Sicher hat die Mutter dem Sohn sagen lassen, wie sie starb und wofür.

Er wußte es, er dachte daran. Denn er war es, der unsere Hochzeit auf den fünfzehnten Mai festsetzte. Er bestimmte den Tag und sagte mir nicht, warum, aber jetzt weiß ich es. Er kann mir keinen Brief schreiben, aber er hat mir das Bild seiner Mutter geschickt und die Geschichte ihres Lebens – nicht ihres Lebens als Frau und Mutter, sondern ihres Lebens als Revolutionärin, nachdem er geboren wurde. Er wird darin nicht erwähnt. Aber er will, daß ich weiß und verstehe. Ach, mein Geliebter, ich versuche es. Ich versuche es.

Es wird nicht leichter, allein zu leben. Ich fühle eine gewisse Härte in mir. Ich bin nicht mehr so weichherzig wie früher. Mein Herz übt sich nicht mehr täglich in Liebe, und ich fürchte, es schrumpft ein. Ich möchte wissen, wie andere Frauen leben, die ihre Männer verloren haben. Aber das darf ich nicht sagen, denn Gerald ist noch am Leben. Er ist nicht tot, sondern er lebt. Ich lese nicht oft in der Heiligen Schrift, nicht regelmäßig, aber jetzt hungere ich nach geistlichem Trost, und ich finde ihn, wo immer der Geist des Menschen sein Leiden beschrieben hat. Heute morgen, nicht an einem Tag der Auferstehung, nicht in der kühlen Osterdämmerung, sondern an einem Sommertag, Anfang Juni, voll Leben und Knospen, an dem der Garten ins Kraut schießt, die späten Apfelbäume in voller Blüte stehen und das Gras neu grünt, fühlte ich mein Blut zu schnell und stark durch meinen Körper strömen, und meine Seele schrie um Hilfe. Da nahm ich das kleine, abgegriffene, ledergebundene Neue Testament, das meinem Vater gehört hatte, und es öffnete sich an der Stelle, wo die Worte standen: »Er ist nicht tot, sondern er lebet.« Das ist genug. Ich schloß das Buch und ging an meine Arbeit.

...Ach, Gott sei Dank, gute harte Arbeit, die gibt es immer auf einer Farm. Ich ging in den Stall und sah, daß meine preisgekrönte Kuh Cecily mir in der Nacht ein schönes Kälbchen geboren hat. Mutter und Kind sind wohlauf, und Cecily sah mich selbstzufrieden durch die Stangen des Gebärstandes an. Sie ist eine Guernsey-Kuh mit rosa Nase, die ein wenig hochgeht, was ihr einen frechen Ausdruck gibt. Ihre Figur ist tadellos nach Guernsey-Maßstab. Sie erhob sich nicht, als sie mich sah, was nach ihrer Großtat durchaus entschuldbar war. Das Kalb ist wunderschön, rehfarben, mit feinem Kopf und guter Rückenlinie. Da wir einander noch fremd sind, starrte mich das Kälbchen etwas ängstlich an, und die Mutter leckte ihm beruhigend die Wangen. Alle Spuren der Geburt waren säuberlich entfernt. Cecily ist in dieser Hinsicht eine gute Wirtin, und sie war mit sich zufrieden. In meiner Dankbarkeit gab ich ihr von dem Futter, das Matt für solche Gelegenheiten zusammenbraut, aber sie fraß es ohne Gier mit Anstand und eigentlich mehr mir zuliebe.

Ich ging aufgeheitert fort, nicht nur, weil ich jetzt noch eine schöne Jungkuh habe, sondern auch aus reiner Freude. Das Leben geht weiter trotz aller Herzensnöte. Ich wendete mich dem Garten zu und stürzte mich auf das junge Unkraut, obwohl mir das Jäten von aller Arbeit die unangenehmste ist. Aber das Unkraut wuchert, und man muß seiner Herr werden. Ich arbeitete den ganzen Tag lang hart und hielt nur inne, um das Mittagessen für Baba und mich zu machen. Matt ißt seine Brote an einem solchen Tag draußen auf der Terrasse, und Rennie kommt in diesen letzten, entscheidenden Monaten des Schuljahres nicht zu Mittag heim. Im Herbst wird er auf die Universität gehen, und ich weiß noch nicht, wie das sein wird. Ich fürchte mich vor der Einsamkeit, aber ich darf es ihn nicht entgelten lassen. Baba und ich werden hier miteinander leben, wie eben zwei alte Leute…

Aber ich bin nicht alt. Heute abend, als der junge Mond aufging, konnte ich nicht schlafen gehen. Rennie ist heute abend nicht zu Hause. Ich glaube, er ist verliebt. Er hat seinen besten, dunkelblauen Anzug angezogen, ein weißes Hemd und einen roten Schlips. Er hat sich sogar seine Sonntagsschuhe geputzt. Ich weiß nicht, wer das Mädchen ist. Ich muß warten.

Baba ging früh zu Bett. Er ist gerne um halb neun unter Dach und Fach, wie er es nennt. Aber das ist erst der Anfang der Nacht, und ich ging hinaus auf die schmale Terrasse, auf die der Mond scheint, und legte mich auf den Liegestuhl. Die Luft ist frostig, obwohl es Juni ist, und ich wickelte mich in meinen weißen Schal und erlaubte mir, von dem Geliebten zu träumen. Ich will die Liebe nicht sterben lassen, nicht solange er lebt, und so nähre ich mich von Träumen. Wenn der Geliebte tot ist, darf man nicht träumen. Aber ich bin keine wirkliche Witwe. Mein Geliebter lebt.

Deshalb schweben meine Gedanken über Land und Meer zu jener Stadt hin, die die seine ist, und mein Geist gleitet durch die Straßen und in das Haus, darin er wohnt. Das hat er in den Jahren, seit wir uns trennten, immer und immer wieder getan. Es sind eigentlich gar nicht so viele Jahre – bloß fünf –, und es ist nichts Ewiges in unserer Trennung. Jeden Augenblick kann er sich entschließen, zu mir zu kommen. Wenn er es tut, werde ich keine Fragen stellen. Ich werde nicht fragen: »Warum hast du es getan?« oder: »Wie konntest du es tun?« Ich werde meine Arme ausbreiten und ihn aufnehmen. Und wenn wir bis ins späte Alter zusammenleben, werde ich ihm nie die Frage stellen, die auf meinem Herzen lastet. Es ist genug, wenn er zurückkommt.

Dort oben hängt der Mond! Es ist eine Sommernacht in Peking, und wir sitzen im östlichen Hof. Unser Haus gehörte einst einem Mandschu-Prinzen, keinem mächtigen Fürsten, sondern einem von den geringeren, einem jüngeren Bruder. Es ist nicht groß genug für einen Palast, aber diejenigen, die darin lebten, liebten das Haus so, daß sie es da und dort verschönerten. So sind die Tore zwischen den Höfen mondförmig und eingerahmt von einem Spitzenmuster von Kacheln. Ein Teich mit Lotosblumen liegt im östlichen Hof, und ein Gesträuch von Bambus verbirgt die Mauer. Die Straße befindet sich auf der anderen Seite des Hauses, und der Hof ist still. Außerdem führt der Hof zu Geralds und meinem Schlafzimmer. Das riesige chinesische Bett steht an der Innenwand. Im Anfang, als junge Frau, beklagte ich mich über das Bett. »Es ist zu hart«, sagte ich, »nur ein hölzerner Rahmen und eine gewobene Strohmatte, um darauf zu schlafen.« Mir gefielen die rosaseidenen Bettvorhänge, die von silbernen Haken zurückgehalten wurden, aber die Matratze mochte ich nicht. Gerald lachte über mich und sagte, ich wolle zwar die Schönheit, aber nicht die Härte des chinesischen Lebens. Und ich sagte, warum sollten wir auf Holz und Matten schlafen, wenn wir eine Sprungfedermatratze haben könnten; wäre das eine Sünde? »Keine Sünde«, sagte er, »aber eine Inkonsequenz.« Und das wollte ich wieder nicht zugeben, denn warum sollten wir nicht das Beste von beiden haben? Als er dann nach Tientsin fuhr, um Lehrmittel für die Universität einzukaufen, brachte er eine amerikanische Sprungfedermatratze heim. Und wir machten daraus ein Spiel, bei dem ich vorgab, ich wollte ihn zu dem Geständnis zwingen, wie angenehm die Matratze sei, während er so tat, als wäre ihm das harte, alte chinesische Bett lieber. Wir lachten viel in jenen Tagen, Gerald und ich. Ich kann mich nicht erinnern, daß er mit jemand anderem jemals lachte, weder mit seinen Schülern noch mit Rennie, noch mit Baba. Nur mit mir. Er war in dieser Hinsicht nicht wie seine chinesischen Freunde, denn die Chinesen lachten leicht und unbeschwert. Aber Gerald ist ernst. Er kann sogar düster sein. Nichts, was ich sagte, konnte ihn zum Reden bringen. Nur Liebe brachte ihn mir zurück, warme körperliche Liebe, belebt durch Herz und Geist. Und als ich so allein auf der Terrasse saß, streckte ich meine Arme nach ihm aus über das Meer.

Rennie kam um Mitternacht heim und fand mich noch immer auf der Terrasse. »Du hast doch nicht auf mich gewartet, hoffe ich, Mom?« sagte er.

Ja, auf einmal fängt er an, ein Amerikaner zu werden. Der stolze Name Mutter, auf dem sein Vater immer bestand, ist Mom geworden. Ich sage nichts. Was hat es für einen Sinn, den Schatten seines Vaters lebendig zu erhalten, wenn er in Wirklichkeit so fern ist?

»Nein«, sagte ich, »ich habe nur gerade an deinen Vater gedacht und überlegt, was er wohl heute abend macht - arbeiten wahrscheinlich.«

Soviel erwähnte ich von der Wirklichkeit.

Rennie antwortete nicht. Statt dessen zündete er sich etwas großtuerisch eine Zigarette an. Ich weiß, daß er raucht, und er weiß, daß ich es weiß, aber es ist das erstemal, daß er es vor meinen Augen tut.

»Gib mir, bitte, auch eine«, sagte ich.

Er sah so überrascht drein, daß es mich amüsierte, und hielt mir das Päckchen hin. »Ich wußte nicht, daß du rauchst«, sagte er und gab mir Feuer.

»Tue ich auch nicht«, erwiderte ich. »Aber es scheint dir soviel Spaß zu machen, warum dann nicht auch mir?«

Er war verlegen, und ich fürchte, seine Zigarette hat ihm dann nicht mehr soviel Vergnügen bereitet. Vielleicht ist es für die jungen Leute notwendig, sich gegen etwas aufzulehnen. Ich habe den Verdacht, sie hassen diese moderne Nachgiebigkeit. Es gibt ihnen nichts, woran sie ihre Zähne ausprobieren können. Wie dem auch sei, Rennie drückte bald seine Zigarette aus, aber ich rauchte meine zu Ende.

»Nicht viel dran«, sagte ich. »Ich dachte, es wäre etwas Besseres.«

»Du mußt den Rauch einziehen.«

»Wenn ich Zeit habe, werde ich es tun.«

Der Mond segelte hoch über uns hinweg, eine weißgoldene Scheibe auf einem blassen sternenlosen Himmel. Rennie streckte sich auf dem anderen Liegestuhl aus und verschränkte die Hände hinter dem Kopf. Ich hörte ihn seufzen.

»Wie alt warst du, als du geheiratet hast, Mom?«

Das war eine Frage.

»Ich war dreiundzwanzig. Ich hatte gerade das Jahr zuvor die Universität absolviert.«

»Nee so was, das war aber alt.«

»Es kam einem nicht so vor«, sagte ich. »Dein Vater und ich waren ein Jahr lang verlobt.«

»Warum habt ihr nicht früher geheiratet?«

Wieviel verrät man seinem Kind? Rennies Profil im Mondlicht war nicht das eines Kindes. Er ist in diesem Jahr gute zehn Zentimeter gewachsen. Er ist bereits so groß wie Gerald. Die Knochen seines Gesichts festigen sich, und die Linien werden schärfer. Wenn dies die äußeren Zeichen des Erwachsenseins sind, dann müssen auch innere Veränderungen vorgegangen sein.

»Dein Vater hatte Angst, China könnte mir nicht gefallen. Mehr noch, er wollte sicher sein, daß ich das lieben kann, was an ihm chinesisch ist. Ehe er nicht diese Gewißheit hatte, wollte er mich nicht heiraten. Das brauchte Zeit. Es ist nicht so auf einmal zu erfassen.«

Darüber dachte unser Sohn nach.

»Was ist chinesisch an ihm?« fragte er schließlich.

»Weißt du es denn nicht?« Das war ein Ausweichen. Ich wußte nicht, was ich antworten sollte.

»Nein. Ich kann mich nicht einmal deutlich an ihn erinnern.«

»Aber Rennie, du warst doch zwölf, als wir wegfuhren.«

»Ich weiß – ich sollte mich erinnern können. Ich weiß nicht, warum ich es nicht kann.«

Er will sich nicht an seinen Vater erinnern – das ist der Grund. Aber ich kann ihm das nicht sagen. Es wäre eine Beschuldigung, und ich darf ihn nicht beschuldigen. Lieber die Gelegenheit ergreifen, um seiner Erinnerung nachzuhelfen.

»Du weißt doch, wie er aussieht.«

»Er sieht eigentlich chinesisch aus«, sagte Rennie widerwillig.

»Dann erinnerst du dich doch«, sagte ich. »Ja, er sieht chinesisch aus, bis du ihn neben Chinesen siehst, und dann sieht er amerikanisch aus.«

»Wenn er hier wäre, würde er schon recht chinesisch aussehen.«

»Und wenn? Die Chinesen sind sehr schön, besonders die Nordchinesen, dort, wo deine Großeltern lebten. Erinnerst du dich an deinen Großonkel Han Yu-ren?«

»Nein.«

Nun ja, vielleicht nicht. Wir sahen Han Yu-ren nicht wieder. Er kollaborierte mit den Japanern, und als Peking wieder frei wurde, war er verschwunden. Soviel weiß Rennie davon.

»Ich hoffe, du wirst deinen Großonkel nicht für einen Hochverräter halten«, sagte ich. »Ich bin überzeugt, er glaubte, das Beste zu tun. Vielleicht wäre Peking ohne ihn zerstört worden. Ich kann mir vorstellen, daß mancher wahre Patriot in Kriegszeiten, wenn der Feind eingedrungen ist, für den Augenblick nachgibt, um die ewigen Güter seines Vaterlandes zu erhalten. China ist schon viele Male von solchen Patrioten gerettet worden. Denk an die mongolischen Eroberer, denk an die Mandschu! Auch ihnen haben Männer wie Han Yu-ren scheinbar nachgegeben. Aber die Eroberer kamen und gingen, und China blieb bestehen. Denk immer daran, daß Peking nicht zerstört werden darf.«

Rennie sagte nichts darauf. Er hörte zu, wie junge Menschen zuhören, schweigend, und man weiß nicht, wieviel sie verstanden haben, bis man sieht, wie sie in späteren Jahren leben. Ich dachte an seine Großmutter, Geralds Mutter. Sollte ich ihm davon erzählen? Nein, noch nicht. Aber ich werde ihr Bild und die Sondernummer zu ihrem Andenken aufheben, und es wird die Zeit dafür kommen.

»Ist mein Vater innerlich mehr Chinese oder mehr Amerikaner?« Das fragte Rennie, während er zum Mond hinaufstarrte. Ich antwortete so wahrheitsgetreu, wie ich konnte. »Das läßt sich schwer sagen. Ich habe mich das schon selber gefragt. Ich glaube, wenn er chinesisch ist, dann ist er sehr chinesisch. Aber es gibt Zeiten, da ist er wieder amerikanisch.«

»Zum Beispiel?«

Rennie hat das präzise Denken eines Wissenschaftlers. Wie soll ich ihm darauf antworten? Wie kann ich von den Stunden sprechen, in denen Gerald und ich Mann und Frau waren? Denn es war in diesen Stunden, wenn wir allein waren als Mann und Frau, daß Gerald amerikanisch war. Das war bestimmt sein wahres Ich. Dann schob er die Vorhänge von Tradition und Gewohnheit beiseite, und nichts Fremdes war mehr zwischen uns.

»Er ist besonders chinesisch, wenn es sich um die Familie handelt«, sagte ich. »Er behandelte dich wie ein chinesischer Vater seinen Sohn, sanft, aber mit unerbittlicher, liebevoller Festigkeit. Er läßt es dich nie vergessen, daß du nicht nur sein Sohn bist, sondern der Enkel, der Urenkel von tausend Vorfahren. Die ganzen Generationen sind immer gegenwärtig - nicht wahr?«

»Ja«, sagte Rennie widerwillig. Einen Augenblick später setzte er hinzu: »Aber ich habe noch andere Ahnen - deine, Mom -, und vielleicht gerate ich mehr ihnen nach.«

»Das kann schon sein.«

Ich wußte, er hatte den springenden Punkt dieses ganzen Gesprächs noch nicht erwähnt. Aber bei jungen Menschen bleibt einem nichts anderes übrig, als zu warten. Gleich darauf fing er wieder an.

»Mom, glaubst du, daß die Tatsache, daß ich chinesisches Blut habe, ein Mädchen davon abhalten kann, mich gern zu haben?«

»Ein amerikanisches Mädchen?«

»Natürlich!«

Es ist also natürlich!

»Sicher nicht«, sagte ich. »Es wäre viel wahrscheinlicher, daß ein chinesisches Mädchen das Amerikanische an dir nicht mögen würde.«

»Ich könnte mich nicht in eine Chinesin verlieben.«

»Warum nicht? Sie sind wunderschön, viele von ihnen.«

»Ich werde nie zurück nach China gehen«, erklärte er mir.

»Vielleicht wirst du eines Tages hinfahren, um deinen Vater zu besuchen, wenn er nicht zu uns hierherkommt.«

»Glaubst du, er wird hierherkommen?«

Das war nun der Augenblick, ihm von dem Brief zu erzählen, den ich oben eingeschlossen habe. Früher oder später muß er es erfahren. Ich habe Angst, es ihm zu sagen. Er ist zu jung, um zu verstehen, zu unwissend, um Mitleid zu haben.

»Ich hoffe, daß er kommen wird. Wir wollen es beide hoffen. Und wer ist das Mädchen, Rennie?«

Denn natürlich ist ein Mädchen da. Das ganze Gespräch hat darauf abgezielt. Ich war plötzlich müde.

Er setzte sich überrascht auf. »Mom, woher weißt du?«

»Ach, ich weiß«, sagte ich und versuchte zu lachen. »Ich weiß wirklich mehr, als du glaubst.«

Er legte sich wieder zurück und starrte zum Mond hinauf.

»Es ist noch nichts darüber zu sagen – noch nicht. Sie ist das Mädel in dem roten und weißen Haus unten an der Straße. Sommergäste.«

Ich wußte, daß Leute in dem Haus eingezogen waren, aber ich hatte zuviel zu tun, um ihnen einen Besuch machen zu können. Manchmal besuche ich unsere Sommernachbarn und manchmal nicht. Jetzt muß ich es natürlich tun.

»Wie heißt sie?«

»Allegra.«

»Ein ungewöhnlicher Name!«

»Aber hübsch, findest du nicht?«

»Vielleicht.«

»Der Familienname ist Woods«, fuhr er fort.

»Was ist denn der Vater?«

»Geschäftlich tätig in New York. Er ist nicht viel hier. Allegra ist mit ihrer Mutter da.«

»Wie hast du sie kennengelernt?«

»Eines Tages ging sie die Straße hinunter, nach Moores Fall zu, und ich war zufällig auch da, und sie fragte mich, wo sie eigentlich sei.«

»Du mußt sie einmal zu uns einladen, wenn du sie wirklich so gern magst«, sagte ich. Alles in mir warnte mich: Mein Sohn ist in Gefahr. Die Stunde, die ich an dem Tag, an dem man ihn mir als Neugeborenen in den Arm legte, vorausgeahnt habe, ist nun da. Ein Mädchen hat ihn angesehen. Er hat das Mädchen angesehen. Was ist das für ein Mädchen?

»Es wird kalt«, sagte ich. »Wir müssen hineingehen und die Türen schließen.«

Ich hoffe, die Freundschaft wird sich nicht zu schnell zu etwas anderem entwickeln. Rennie brachte heute Allegra ins Haus. Ich glaube, sie treffen sich jeden Tag. Es ist so leicht hier im Tal. Die langen Sommertage beginnen früh und enden spät. Rennie arbeitet tüchtig mit Matt. Sie jäten im Zuckergehölz, wenn das Wetter schön ist, und packen den Ahornzucker oder ziehen den Sirup auf Flaschen, während ich mich um Haus, Garten und Stall kümmere. Aber es gibt Stunden nach Sonnenuntergang und vor der Schlafenszeit. Ich kann ihn nicht immer fragen, wohin er geht und wann er zurückkommen wird. Er will jetzt unbehindert sein.

Heute, als ich das Abendessen weggeräumt hatte, ging er aus, und ich sah ihn mit großen Schritten zielbewußt die Straße hinuntergehen. In weniger als einer Stunde kam er mit dem Mädchen zurück.

»Mutter«, sagte er nun ganz formell. »Das ist Allegra Woods.«

Ich flickte gerade im Wohnzimmer, die Lampe war angezündet, und Baba saß friedlich schweigend in dem braunen Lederarmsessel, die Füße in chinesischen Samtschuhen auf dem Schemel. Natürlich trug er sein rotseidenes chinesisches Gewand. Ich hatte ihm heute geholfen, sein Haar und seinen Bart zu waschen, und sie waren schneeweiß.

»Freut mich sehr, Allegra«, sagte ich, ohne aufzustehen. Aber ich nahm gewohnheitsmäßig meine Brille ab, da es nicht der guten chinesischen Sitte entspricht, einen Fremden oder einen Freund mit der Brille auf der Nase zu begrüßen.

Das junge Mädchen machte eine graziöse Bewegung, die nicht ganz eine Verbeugung und auch nicht ganz ein Knicks war. Dann streckte sie ihre schlanke Hand aus. »Guten Abend, Mrs. MacLeod.«

»Das ist Rennies Großvater«, sagte ich und blickte zu Baba hinüber. Aus irgendeinem Grund, den nur er wußte, wurde Baba unangenehm. Anstatt Allegra zu begrüßen, sagte er sehr deutlich auf chinesisch:

»Wer ist diese Weibsperson?«

Rennie wurde rot. Er tut so, als hätte er sein ganzes Chinesisch vergessen, aber wenn er will, erinnert er sich ganz gut.

Er sagte scharf auf englisch: »Großvater, das ist eine Freundin von mir, Allegra Woods. Mutter wollte sie kennenlernen.«

Baba starrte Rennie an und nickte dabei mit dem Kopf wie ein alter Mandarin, aber er würdigte das Mädchen keines Wortes. Er würdigte sie auch keines Blickes.

»Sie sollte daheim bei ihren Eltern bleiben«, sagte er auf chinesisch.

Ich lachte. »Allegra, Sie dürfen ihm das nicht übel nehmen. Er hat so viele Jahre in China gelebt, daß er ganz vergessen hat, daß er ein Amerikaner ist.«

Ihre blauen Augen weiteten sich. »In China? Rennie hat mir nichts davon erzählt.«

Dann hat ihr also Rennie nicht alles erzählt. Ich muß vorsichtig sein, damit ich nicht zuviel sage.

»Ja«, sagte ich fröhlich. »Wir alle haben dort gelebt. Rennies Vater ist noch immer dort. Tatsächlich ist Rennie in Peking geboren.«

»Wirklich?«

»Ja, wirklich.«

»Aber ich dachte, China ist kommunistisch?«

»Jetzt, ja.«

»Aber wie kann dann sein Vater –?«

»Er ist Rektor an einer großen Universität, und er hält es für seine Pflicht, bei seinen Studenten zu bleiben.«

»Ich verstehe.«

Aber sie verstand nicht, das wußte ich. Sie blickte nachdenklich auf Rennie, mit großen blauen Augen.

»Hol doch etwas Vanilleeis, Rennie«, sagte ich. »Im Eisschrank ist noch eine Menge.«

»Gehen wir, Allegra.« Er faßte sie bei der Hand.

»Das ist der Anfang. Ich weiß noch nicht das Ende.«

Wir leben in einem engen Tal. Ein Wort kann einen Waldbrand von Klatschereien entfachen – ein Wort, zum Beispiel »kommunistisch«. Ja sogar ein Wort wie »China«...

»Mußtest du ihr denn gleich alles sagen?« stöhnte Rennie an jenem Abend, als er heimkam.

»Ich habe ihr nicht alles gesagt«, sagte ich.

Baba war schlafen gegangen, aber ich hatte gewartet, weil ich wußte, daß Rennie sich beklagen würde.

»Sie hat gesagt, jetzt weiß sie, warum ich ihr so merkwürdig vorkomme«, sagte Rennie halb erstickt.

Ich hätte so gerne meine Arme um ihn gelegt, aber es wäre gräßlich gewesen. Besser die Wahrheit zu sagen und sie ganz zu sagen.

»Du wirst dich damit abfinden müssen«, sagte ich. »Du bist zum Teil chinesisch, ein Viertel dem Blut nach, aber vielleicht mehr nach Geschmack und Neigungen. Das wird sich noch zeigen. Aber eines weiß ich. Du wirst nie glücklich sein, wenn du nicht auf alles, was du bist, stolz bist – nicht nur auf einen Teil. Du hast ein edles Erbe anzustreben, aber es kommt von beiden Seiten des Erdballs.«

Ich sah ihn nicht an. Ich küßte ihn auf die Wange und ging. Die Allegras dieser Welt sind nicht für ihn bestimmt, aber darauf wird er selbst kommen müssen. Und wenn dann der Schmerz vorüber ist, wird er eine Frau finden, die zu ihm gehört und der er angehören kann. Ob es eine Chinesin ist oder eine Amerikanerin, wer weiß es und wen kümmert es?

Ich frage mich, woher ich wußte, daß Gerald für mich bestimmt war? Ich war, scheint mir jetzt, durchaus kein ungewöhnliches Mädchen. Nichts hatte meiner Kindheit einen weiteren Horizont gegeben. Meine Mutter wirkte sogar beschränkend. Sie hatte keine großen Empfindungen, kein Gefühl für die Welt. Die Kirche, in die wir gingen, lehrte mich nichts von der so viel besprochenen und so selten geübten Brüderlichkeit der Menschen. Mein Vater war ein Skeptiker, aber er predigte nicht einmal seine eigenen Ideen.

Ich erinnere mich an jenen Frühlingstag in meinem zweiten Universitätsjahr in Radcliffe. Ich eilte gerade in mein Philosophiekolleg, den Arm voll Bücher, denn ich war lernbegierig, und damals schämten wir uns dessen nicht. Heutzutage, scheint es, wenn ich nach dem, was mir Rennie sagt, urteilen soll, sind lerneifrige Mädchen bei den Jungen nicht beliebt. Allegra zum Beispiel hat eine niedliche Art, dumm zu erscheinen; wobei ich gar nicht weiß, ob sie es wirklich ist. Aber ich dachte nicht an solche Verstellung. Ich hatte mich verspätet an jenem Frühlingstag und war ganz abgelenkt durch die Schönheit der Jahreszeit und den warmen Sonnenschein, obwohl ich mich bemühte, die Bedeutung des Kantschen kategorischen Imperativs im Kopf zu behalten. Und in diesem schicksalhaften Augenblick sah ich Gerald in der ihm eigenen auffallenden Grazie die Stufen des Hörsaals herunterlaufen, den ich gerade betreten wollte. Und wenn meine Augen eines Tages vom Alter erblinden sollten, so werde ich doch immer den Schimmer der Sonne auf seinem schwarzen Haar vor mir sehen, das lebhafte Leuchten seiner schwarzen Augen und die fleckenlose Glätte seiner cremefarbenen Haut.

Die Chinesen haben etwas Magisches in der Struktur ihrer Haut, und schon ein wenig chinesisches Blut scheint den Teint zu läutern. Rennie hat dieselbe makellose Haut. Ich wundere mich nicht, daß Allegra gerne mit ihm Wange an Wange tanzt, wie ich es am Sonnabend in unserem kleinen Gemeindesaal bemerkte. So tanzte auch ich gerne Wange an Wange mit Gerald. Wir sprachen nicht miteinander an jenem Tag auf den Stufen, aber wir sahen einander voll in die Augen, und ich faßte einen endgültigen Entschluß: Ich würde mich nach seinem Namen erkundigen und ihm sagen, daß er für mich bestimmt sei.

Das geschah nicht am nächsten Tag oder in der nächsten Woche, aber nach einem Monat war es soweit. Denn ich sah ihn immerzu an, weil er hübsch war, und auch, weil er der schönste Mann war, den ich je gesehen hatte. Ich richtete es so ein, daß ich zugleich mit ihm den Vorlesungssaal verließ, und bald sprachen wir miteinander. Er war so scheu, daß ich den Korridor neben ihm entlanggehen mußte, damit er mir nicht weglief. Und dann weiter zum Eingangstor des Gebäudes und hinaus auf die Straße. Er konnte mich nicht abschütteln, und dann eines Tages, unter dem Vorwand, er sei doch fremd hier und habe vielleicht keine Freunde, forderte ich ihn auf, meine Mutter kennenzulernen. Und so fing alles an. Ich war verliebt. Und doch, als er mich endlich wissen ließ – was für eine lange Zeit dauerte es, bis er es mich endlich wissen ließ, es waren zwei Monate, drei Monate, vier Monate –, da dachte ich schon, er würde es mir nie sagen. Selbst als er dann anfing, es mir zu sagen, zögerte er, stammelte er.

»Weiter, weiter«, sagte ich und lachte vor Glück.

»Ich weiß nicht, ob Sie mich als Freund ansehen können –«

Er befeuchtete seine trockenen Lippen.

»Ich kann es und ich tue es«, sagte ich.

Nachdem wir verheiratet waren, fragte ich ihn, warum er an jenem Tag so gestammelt hätte, denn es war an einem hellen Mittag gewesen, und wir saßen auf einer Bank am Charles River, unsere Bücher lagen aufgestapelt auf der Erde zu unseren Füßen. Und obwohl wir, als ich ihm die Frage stellte, schon in unserem Schlafzimmer neben dem Osthof in unserem Haus in Peking waren, glücklich miteinander gewesen und im Begriff waren, einzuschlafen, sagte er und stammelte dabei wieder:

»Tatsache – Tatsache ist, ich hatte nie gedacht – daß ich – daß ich mich verlieben könnte – verstehst du, in eine Amerikanerin.«

»So? Das hast du nicht gedacht«, neckte ich ihn. »Und wen sonst hättest du, bitte sehr, heiraten wollen, wenn nicht mich?«

Und er sagte ganz nüchtern: »Ich hatte immer gedacht, ich würde eine Chinesin heiraten. Mein Onkel sagte mir, daß es der Wunsch meiner Mutter war.«

Das sagte er vor langer Zeit, als seine Mutter für mich nicht mehr war als eine Tote und ihre Worte auch nichts für mich bedeuteten. Ich hatte sogar jene Mitternachtsstunde vergessen bis jetzt, da Allegra sie mir in Erinnerung bringt.

Ich sehe immerzu das Bild von Geralds Mutter an. Ich habe es immer wieder und wieder weggelegt. Jedesmal sage ich mir, es ist endgültig, außer wenn ich es Rennie eines Tages zeigen muß; aber dann taucht ihr Gesicht vor meinem geistigen Auge auf, und ich finde keine Ruhe, ehe ich es nicht vor meinem wirklichen Auge sehe. So habe ich auch heute nacht ihr Bild aus der verschlossenen Schreibtischlade genommen, und es liegt hier vor mir, das ewig ruhige, unveränderte Gesicht. Es ist nicht kalt. Es ist nur kalt an der Oberfläche. Hinter den ruhigen, unbeirrten Augen dieser Chinesin fühlte ich eine mächtige Wärme. Wir hätten Freundinnen sein können, sie und ich, wenn sie nicht entschieden hätte, daß ich eine Feindin bin. Bei ihr hätte die Entscheidung gelegen, nicht bei mir. Ich habe mich nie von den Chinesinnen täuschen lassen, nicht einmal von den blumengleichen, lieblichen Mädchen. Sie sind die stärksten Frauen der Welt. Während sie immer nachzugeben scheinen, geben sie nie nach. Mit ihnen verglichen, sind ihre Männer schwach. Woher kommt diese Stärke der Frauen? Es ist die Kraft, die Jahrhunderte ihnen gegeben haben, die Kraft der Unerwünschten. Es waren immer die Söhne, deren Geburt freudig begrüßt wurde. Es waren immer die Söhne, die Vorrechte bekamen und Schutz und verzärtelnde Liebe. Und die Tochter mußte sich damit abfinden, Generation auf Generation, und es schweigend erdulden. Sie lernte, zuerst an sich selbst zu denken - sich im geheimen zu schützen, zu stehlen, was man ihr nicht gab, zu lügen, wenn ihr die Wahrheit Schaden bringen konnte, Verstellung zu gebrauchen wie einen Schild und einen Deckmantel für ihre eigenen Zwecke, Zwecke, die nur ihre eigene Sicherheit und ihr eigenes Vergnügen betrafen, wenn sie nichts als ein Weibchen war, aber herrlich sein konnten und voll Opfermut, wenn sie eine große Frau war wie Geralds Mutter.

Ich habe das Bild wieder in die Lade zurückgelegt und sie fest verschlossen. Aber es verfolgt mich. Heute, Sonnabend, als Baba und ich allein zu Mittag aßen - Rennie ist fischen gegangen, so sagte er mir wenigstens -, konnte ich mich nicht zurückhalten, wieder von ihr zu sprechen.

»Baba, du erinnerst dich doch, daß wir von Geralds Mutter gesprochen haben?«

»Haben wir?«

Er aß zierlich mit seinem Eßstäbchen, die er immer hervorholt, wenn ich Reis koche, und das ist oft, weil er ihn mit Appetit ißt, wenn er zu nichts anderem Lust hat.

»Ja, das haben wir«, sagte ich, »und ich möchte noch mehr über sie hören.«

Er legte seine Eßstäbchen nieder. »Was möchtest du wissen?«

»Ich habe oben ein Bild von ihr.«

Er wurde blaß. »Wie kommt das?«

»Es ist in einer Zeitschrift.«

Ich konnte ihm nicht sagen, daß Gerald sie geschickt hat.

»Hole es«, sagte er.

Ich lief hinauf und brachte es herunter und legte es vor ihn hin. Er setzte die Brille auf und sah es lange und genau an. »Ja-a«, sagte er langsam, »Ja-a, ich erkenne sie. Aber so pflegte sie nicht auszusehen.«

»Wie sah sie denn aus?«

Er runzelte nachdenklich die weißen Brauen: »Als ich ihren Hochzeitsschleier lüftete, schien sie mir beinahe schön.«

»Und, Baba?« sagte ich, weil er eine so lange Pause machte.

»Später war ich nicht sicher. Sie konnte ihrem Gesicht einen ganz fremden Ausdruck geben.«

»Warum tat sie das?«

»Ich habe sie nicht gefragt. Wir kamen einander nie nahe genug für solche Fragen.«

Ich konnte mich nicht zurückhalten. »Aber ihr hattet doch ein Kind miteinander.«

Ein verblichenes Rosa schlich über seine Wangen. »Nun ja.«

»Du wirst doch hoffentlich Gerald nicht verleugnen?« Ich mußte ein wenig über ihn lachen.

»Nein - o nein. Aber du verstehst doch -?«

»Ich verstehe nicht, Baba.«

»Ein Kind hat doch nicht so viel mit einem zu tun - verstehst du. Ich meine - nun - so etwas geschieht eben.«

»Das ist für Männer so - aber nicht für Frauen.«

»Ja, wahrscheinlich.«

Er räusperte sich. »Jedenfalls, nachdem Gerald geboren war, kam so etwas nicht mehr vor.«

»Auf deinen Wunsch?«

»Nein - auf ihren.«

»Wie genau du dich erinnerst, Baba!«

»Ich vergesse sehr viel«, sagte er vage.

Er nahm wieder seine Eßstäbchen auf und fing an zu essen. Er erinnert sich, aber er empfindet nicht mehr. Und ich frage mich, ob nicht durch einen merkwürdigen Zufall ihn die Chinesin vor langer Zeit geliebt hat, und weil er sie nicht liebte, nahm sie, was sie hatte, das Kind, und machte sich das Kind zu eigen. Wer kann mir das heute sagen? Aber das Kind war Gerald.

Heute nacht steht der Vollmond über den Bergen, und die Schatten im Tal sind schwarz. Unser Tal ist breit, und von der Terrasse fällt der Blick westwärts darauf. Die gekieste Straße ist silbrig, und ich sehe zwei Gestalten, die langsam am anderen Ende, die Arme verschlungen, unter die Bäume treten. Ich weiß, es sind Rennie und Allegra.

Es ist ein Unglück, daß diese beiden sich im Frühling kennengelernt haben. Es ist nicht so leicht, sich im Winter zu verlieben. Der Winter ist etwas für eheliche Liebe am abendlichen Kaminfeuer, wenn das Haus eingeschneit ist. Dicht fielen die Flocken in Peking, und die Schneewehen vor dem Tor waren so gut wie ein Schloß. Die Chinesen bewundern die Schönheit des Schnees, ihre Maler lieben das Weiß des späten Schnees im Kontrast zu dem Rosa der Pfirsichblüten oder dem Rot der Beeren auf dem indischen Bambus; aber sie gehen nicht gern in den Schnee hinaus, denn ihre Schuhe sind aus Stoff oder Samt, und so hatten wir, Gerald und ich, in Schneenächten nie Besuch. Sogar der alte Wächter blieb wohlweislich in seinem kleinen Zimmer neben dem Tor, und wir waren sicher, allein. Wir füllten das Kohlenbecken an und löschten die Kerzen und saßen vor der Glut des Feuers.

Das war die rechte Zeit für Liebe, und die lange Nacht erstreckte sich vor uns in Stunden unendlichen Glücks.

Auch hier in Vermont macht mich der Schnee zur Gefangenen, aber nicht der Liebe. Ich sitze allein am Feuer, und Rennie studiert in seinem eigenen Zimmer. Nun ist es Sommer, und ich bin allein, denn Rennie ist bei Allegra. Sie haben das Ende der Straße erreicht. Sie sind aus dem Mondlicht in den Schatten unter den Ahornbäumen getreten. Ich kann sie nicht sehen. Es ist nicht der erste Abend. Die Veränderung begann mit dem neuen Mond in diesem Monat. Ich wußte es, weil ich es in Rennie fühlte. Er war schweigsam und gehetzt, aber nicht durch Arbeit oder Zwang, sondern durch eine Hast und einen Trieb in ihm selbst. Er kam und ging, ohne zu sprechen; und wenn er merkte, daß ich ihn ansah, wußte er, ich wollte wissen, warum er so verändert war; und er wandte den Kopf weg und antwortete nicht.

Gestern nacht, als er heimkam, konnte ich es nicht länger aushalten, denn wen habe ich, wenn Rennie mich verläßt? Ich war bis lange nach Mitternacht auf der Terrasse geblieben, so lange, bis der Wind kühl wehte und ich meinen roten Wollschal enger um mich zog. Dann sah ich Rennie den Hügel herauflaufen. Er sah in der Nacht wie ein Mann aus, so groß und stark und mächtig. Irgend etwas hat ihn zu einem Mann gemacht. Er kam näher, sah mich, betrat aber nicht die Terrasse, sondern ging statt dessen zur Küchentür.

»Rennie!«

Bei dem Klang meiner Stimme blieb er stehen, die Hand auf der Klinke.

»Ja?«

»Komm bitte her.«

Er kam nicht widerwillig, ja, sogar still und ruhig.

»Du bist noch spät auf«, sagte er.

»Ich habe auf dich gewartet.«

Seine Stimme ist jetzt die eines Mannes. »Du darfst nicht auf mich warten – jetzt nicht mehr.«

»Ich kann nicht schlafen, wenn ich nicht weiß, wo du bist«, sagte ich.

»Du wirst dich daran gewöhnen müssen, es nicht zu wissen.«

Er sagte das ganz kühl, und ich wurde plötzlich zornig, weil ich wußte, er hatte recht. Und da ich zornig war, konnte ich mich nicht zurückhalten, die Wahrheit zu sagen.

»Ich weiß, du bist jeden Abend mit Allegra zusammen, und ich mag sie nicht.«

Es ist das erstemal, daß ich von meiner wachsenden Abneigung gegen dieses Mädchen sprach, das Rennie zu lieben beginnt. Beginnt? Ich weiß nicht, wie tief ihm diese Liebe geht. Ich weiß nicht, wie er über Liebe denkt. Wenn Gerald hier wäre, um mir jetzt beizustehen, so könnte ich mit ihm reden und seinem Rat folgen. Aber würde er mit Rennie sprechen? Meine Nachbarin, Mrs. Landes, eine Großmutter, sagt, daß Väter nicht mit ihren Söhnen »sprechen« können. Sie sagt, ihr eigener Mann konnte nie mit den Jungen »sprechen«. Sie sind jetzt erwachsen und verheiratet, aber er hat nie mit ihnen »gesprochen«, und sie konnte es nicht.

»Aber warum nicht?« fragte ich sie.

»Weil ich mir dabei nackt vorkommen würde vor meinen eigenen Jungen«, sagte sie ganz offen.

Ihre Söhne haben brave Frauen aus dem Tal geheiratet. Vielleicht ist es in ihrem einfachen, unkomplizierten Leben besser, nicht zu sprechen. Worte mögen zuviel sein für die einfache Tatsache einer körperlichen Vereinigung. Ich weiß es nicht. Aber ich habe die Liebe in ihrer Erfüllung gekannt, in Höhen und Tiefen; und ich wünsche für meinen Sohn ein gleiches Glück.

»Setz dich, Rennie«, sagte ich. »Es ist spät, aber es ist nicht zu spät für das, was ich sagen will.« Er setzte sich auf die niedrige Mauer der Terrasse mit dem Rücken zum aufsteigenden Mond, so daß sein Gesicht im Schatten war und das meine im Licht. Und ich fuhr fort:

»Ich habe nichts gegen Allegra persönlich. Sie ist wie viele andere Mädchen, niedlich und süß und oberflächlich. Sie wird irgendeinen Mann ganz glücklich machen, einen Mann, der nicht viel braucht, einen Mann, der wie die meisten Männer ist, wenig für sich verlangt, Vereinen angehört, sich mit jedermann gut verträgt, leicht Freundschaften schließt, keine Bücher liest, einen Mann, der leichte Musik liebt, wenn überhaupt welche, einen Mann, der am Sonnabend ins Kino geht und sich an Cowboyfilmen freut. Er wird glücklich sein mit Allegra und sie mit ihm, und sie werden sehr gut miteinander auskommen, denn beide haben nicht mehr Herz als in einen Maßbecher geht, und so werden sie einander genügen und ergänzen. Aber du, Rennie, wirst nicht zufrieden sein mit einem Maßbecher voll Liebe. Du brauchst einen Quell, einen lebendigen und unerschöpflichen Quell. Du mußt eine Frau mit Tiefe finden, mein Sohn, eine Frau mit einem überfließenden Herzen. Wenn du sie findest, glaube mir, dann werde ich nie wieder aufbleiben, wie spät du auch nach Hause kommst. Ich werde Ruhe finden.«

»Du kennst Allegra nicht«, sagte er.

»Eine Mutter kennt immer das Mädchen, das ihr Sohn liebt.«

Ich hatte noch nie so etwas gesagt, ja nicht einmal gedacht, aber es sprach jetzt aus mir eine Wahrheit, die durch die Generationen von Frauen, von denen ich stamme, in mir aufstieg.

»Allegra sagt, du bist eifersüchtig«, gab Rennie zurück.

»Nur deshalb, weil sie weiß, daß sie nicht die ist, die du lieben solltest, und sie weiß, daß auch ich es weiß.«

Wir waren am Rande eines Abgrunds von Bitterkeit, mein Sohn und ich, und ich wich zurück. Ich wollte ihn nicht Worte sagen hören, die uns beide in diesen Abgrund reißen würden. Ich wollte ihn nicht sagen hören, daß er lieber weggehen wolle, weil ich ihn nicht verstünde. Ich hielt mir Gerald vor Augen, und ich versuchte, ruhig zu sprechen.

»Ich glaube, der Grund für meinen brennenden Wunsch, daß du eine Frau findest, die dich wahrhaft lieben kann, liegt darin, daß dein Vater und ich so unendlich glücklich miteinander waren. Vom ersten Augenblick, da ich ihn sah, wußte ich, er ist für mich bestimmt. Ich habe nie einen anderen Mann geliebt, und auch er hatte keine Frau vor mir geliebt. Das ist altmodisch, ich weiß. Es ist, wie ich höre, jetzt gang und gäbe zu sagen, daß man in der Liebe experimentieren muß und daß es keine Rolle spielt, mit wie vielen man experimentiert, ehe man schließlich die Richtige findet. Vielleicht ist das wahr für Menschen mit oberflächlichem Gefühl. Aber es ist nicht wahr für Menschen mit tiefem Empfinden. Dein Vater und ich gehören zu diesen wenigen. Es hat unsere Liebe vollkommen gemacht, als wir wußten, daß das, was wir einander gaben, neu war und von niemandem zuvor besessen. Das kannst du mir glauben.«

Wie froh bin ich jetzt, daß ich Rennie nie den Brief gezeigt habe, der oben in meinem Schreibtisch eingeschlossen liegt! Denn was immer der Brief bedeutet, ich weiß, daß das, was ich sage, wahr ist. Ich weiß, daß Gerald immer noch nur mich liebt. Aber Rennie könnte das nicht verstehen. Es wird lange dauern, bis er es verstehen kann, und er wird es nie verstehen, wenn er nicht die Richtige findet.

»Dann ist es doch merkwürdig, daß mein Vater dir nicht einmal schreibt«, sagte er grausam.

»Nicht merkwürdig«, antwortete ich. »Er weiß, daß ich weiß, er liebt mich, und er weiß, daß ich ihn unverändert liebe. Es gibt einen Grund, weshalb er nicht schreiben kann, einen Grund, der nicht mit mir und dir zu tun hat. Es gibt viele solche Gründe, die in der heutigen Welt Menschen trennen. Wir dürfen nicht zugeben, daß sie die Liebe vernichten. Wir müssen warten und weiter lieben.«

Ich gab mir damit ebenso eine Lehre wie Rennie, aber ich glaube kaum, daß er es wußte. Man kann nur wenig begreifen, wenn man jung ist. Ich wundere mich, daß ich, als ich selbst jung war, wissen konnte, daß Gerald der Geliebte war, in dem Augenblick, als ich ihn sah. Es war nicht Weisheit, denn ich besaß damals keine Weisheit, und auch jetzt besitze ich nicht viel davon.

Rennie stand auf, kam zu mir und küßte mich auf die Wange. »Du brauchst dir keine Sorgen zu machen, Mom«, sagte er. »Und was Allegra betrifft, irrst du dich. Sie ist schon richtig. Und jedenfalls bin ich nicht mein Vater, und sie ist nicht du, und wir müssen unser eigenes Leben leben.«

Darauf konnte es keine Antwort geben, und er ging hinauf. Er erinnert mich, ohne daß er es weiß, zwanzigmal am Tag an diese zwei Tatsachen, nämlich, daß er nicht sein Vater ist und daß er sein eigenes Leben leben muß. Als sein Fenster dunkel wurde, ging ich hinauf und schlief in dieser Nacht sehr unruhig. Ich träumte, ich durchsuchte das ganze Haus in Peking und konnte Gerald nicht finden. Er war fort. Da wachte ich voll Entsetzen auf und wußte, ich war in meinem eigenen Haus, in Sicherheit, hier in Vermont, aber wie einsam!

Heute abend, als Rennie aus dem Schatten trat, sah ich ihn einen langen letzten Augenblick, die Arme um Allegra geschlungen, stehenbleiben. Es war so spät, daß sie ganz sorglos waren, denn wer hätte sie schon sehen können? Die Leute in unserem Tal gehen früh zu Bett. Da stand er, mein hochgewachsener Sohn, die Arme um das schlanke Mädchen gelegt, und ihr Gesicht war zu dem seinen erhoben. Sie gaben sich einen langen leidenschaftlichen Kuß der ersten Liebe, und dann gingen sie langsam in enger Umarmung die monderhellte Straße zu ihrem Haus hinauf. Am Gartentor verlor ich ihn aus den Augen, denn er begleitete sie zur Haustür, und es dauerte eine volle Viertelstunde, ehe er wieder beim Gartentor auftauchte, diesmal allein. Dann schlenderte er, die Hände in den Taschen, die Straße herauf. Ich war wie gewöhnlich auf der Terrasse, als er unser Haus erreichte. Ich war fest entschlossen, ihn merken zu lassen, daß ich mich nicht getröstet hatte, noch daß meine Angst besänftigt war. Allegra war für mich heute dasselbe, was sie neulich gewesen war. Er sah mich dort auf dem Liegestuhl, und diesmal rief er mir zu:

»Gute Nacht, Mom!«

»Gute Nacht, mein Sohn«, sagte ich.

Ich hörte ihn die Hintertreppe von der Küche zu seinem Zimmer hinaufpoltern. Mein Vater legte diese Treppe für den Knecht an, damit der Bursche kommen und gehen konnte, ohne die Familie zu stören. Und in diesem Sommer zog Rennie aus dem Zimmer neben dem meinen, in dem er seit unserer Ankunft daheim gewohnt hatte, aus und erklärte, er wolle das Zimmer über der Küche nehmen. Es ist ein freundliches Zimmer, niedrig, aber groß, und hat ein eigenes Bad, da mein Vater darin sehr empfindlich war. »Ein Mensch, der nur einmal in der Woche badet, braucht ein Badezimmer für sich allein«, sagte er.

Ich weiß natürlich, warum Rennie dieses Zimmer haben will. Damit er kommen und gehen kann, ohne an meiner Tür vorbei zu müssen. Ich gebe reuig zu, daß er jetzt das Recht hat, zu kommen und zu gehen, ohne es mir zu sagen. Und wenn Allegra das Mädchen wäre, das ich für ihn erträume, wurde es mir nichts ausmachen. Aber Allegra! Doch kann keine Mutter ihren Sohn vor etwas bewahren. Sie kann nur wachen und zusehen und die Hände ringen. Ich frage mich, ob er mich verstanden hat, als ich von einer tiefgehenden Liebe sprach. Sicher nicht.

Und jetzt tut mir auch Allegra leid, denn wenn es so weitergeht, wird er Ansprüche an sie stellen, die weit über das hinausgehen, was sie zu geben imstande ist. Seine Leidenschaft wird die ihre mächtig übersteigen, und sie wird unglücklich werden, weil sie weiß, sie kann ihm nicht genügen. Und während ich so überlege, erkenne ich, daß es Allegra ist, die mir leid tut; und ich sehe ein, daß auch sie bewahrt werden muß – vor Rennie. Sie ist eine Frau, und wie klein auch ihr Herz sein mag, sie soll nicht unglücklich werden. Ich bin auf seiten der Frau, selbst wenn es gegen meinen Sohn ist. Ich hatte das bis jetzt noch nicht so bedacht. Tiefer als das Muttersein ist das Frausein.

Die Entdeckung, die ich erst jetzt mache, während ich schreibe, ist verwirrend. Ich weiß nicht, was ich damit anfangen soll. Und doch fühle ich mich plötzlich erleichtert. Ich denke nicht nur an Rennie allein. Was ich denke, hat mit Männern und Frauen im allgemeinen zu tun. Es ist ein Zufall, ein seliger und gesegneter, der Geralds und meine Ehe zu einer glücklichen machte. Hätte nicht mein Vater mir das Geld in seinem Testament hinterlassen, damit ich die Universität besuche und dabei ausdrücklich Radcliffe bestimmt, weil er keinen Sohn hatte, der nach Harvard gehen konnte, so hätte ich vielleicht jemanden gewählt, wie es Rennie getan hat. In diesem Alter nimmt man, was man findet. Ich muß Rennie davor bewahren, wie mein Vater mich davor bewahrt hat; aber auch Allegra muß bewahrt werden.

Es ist lange nach Mitternacht. Ich bin zu müde, um diese neue Verantwortung genau durchzudenken. Der Morgen wird Klarheit bringen.

Heute ist Rennie voll Freude. Er glaubt, er hat seine Beziehung zu mir ins reine gebracht. Er ist frei, meint er. Und heute morgen kam er herunter, ganz lebhaft und fröhlich, sein schönes Gesicht strahlte, seine Augen glänzten vor Liebe. Er küßte mich munter auf die Wange – er vermeidet es jetzt sorgfältig, meine Lippen zu berühren –, und setzte sich an den Tisch, um ein Frühstück, das des Tages würdig war, zu vertilgen.

»Ich muß heute das Gestrüpp im oberen Zuckergehölz ausräumen«, sagte er mit lauter, klarer Stimme. »Matt kann mir helfen, wenn er mit dem Stall fertig ist. Der Dünger sollte für die Weideplätze drüben verwendet werden.«

»Ja, wahrscheinlich«, sagte ich.

Dann ging er ganz geschäftig fort – und ich wusch das Geschirr und kümmerte mich um das Haus. Rennie meint, ich sollte eine Geschirrspülmaschine haben, aber ich will das nicht. Ich habe diese ruhigen nachdenklichen Minuten nach einer Mahlzeit gern, wenn meine Hände im heißen Seifenwasser stecken und ich den Ausblick vom Küchenfenster vor meinen Augen habe. Und dann liebe ich auch mein Geschirr. Einen Teil davon brachte ich mit aus dem Haus in Peking, und das übrige ist von meiner Mutter, Teller, von denen ich als Kind aß. Ich verstehe die Frauen nicht, die sich über ihr Haus und ihre Kinder und ihren Mann beklagen. Das ist unser liebes Tagewerk. Und ich mag neue Sachen nicht. Es braucht Zeit, bis man sich mit Dingen anfreundet, und dann sollte man sie nicht wechseln. Wann immer ein Geschirr in Verlust gerät oder zerbricht, geht ein Stück Leben mit. Heute morgen hatte ich den Haferbrei in den blauen chinesischen Porzellanschalen, die innen gelb sind, angerichtet. Als ich meine wusch, glitt sie mir aus den Fingern, fiel in die Abwaschschüssel und brach in Stücke. Ich konnte die Tränen nicht zurückhalten. Ich brachte es auch nicht über mich, die Scherben des entzückenden Gefäßes in den Mülleimer zu werfen. Ich trug sie hinaus und vergrub sie unter dem alten Apfelbaum neben der Haustüre.

Als ich zurückkam, saß Baba in der Küche und wartete darauf, gefüttert zu werden. Er wird jetzt sehr alt und kindisch. Ich steckte ihm die Serviette in den Kragen, aber er wollte den Löffel nicht zur Hand nehmen, und so fütterte ich ihn. Er aß dann ganz geduldig, schweigend, die Augen vage auf das Fenster geheftet. Er trägt zur Zeit nichts anderes als seine chinesischen Gewänder, und wenn er spricht, ist es fast immer chinesisch.

»Ich geh' zurück ins Bett«, sagte er, als die Schüssel leer war.

»Setz dich doch eine Weile auf die Terrasse in die Sonne«, schlug ich vor.

Er schüttelte den Kopf, und ich mußte ihn schmeichelnd überreden: »Erinnerst du dich nicht, daß die Großväter in Peking sich immer mit dem Rücken an die Hausmauer setzen, wo die Sonne scheint? Sie stehen nicht auf und essen und gehen wieder ins Bett zurück. Sie lieben die Sonne, und die Luft ist heute warm und windstill.«

Daraufhin erhob er sich gehorsam, und ich wickelte ihm einen Schal um den Hals, führte ihn an der Hand auf die Terrasse und setzte ihn auf die Bank an der Hausmauer nieder. Dort saß er, ohne sich zu rühren, die Augen geschlossen, als ob er schliefe, und ich vergaß ihn. Beschämt eilte ich zu Mittag hinaus und fand ihn immer noch dort, ein wenig keuchend von der Hitze, mit rosa Wangen und vorwurfsvoll aufgeschlagenen Augen.

»Darf ich jetzt zu Bett gehen?« fragte er.

»Natürlich darfst du«, sagte ich, »wenn du etwas Tee getrunken und ein Ei zu deinem Reis gegessen hast.«

Er aß ohne Widerspruch, trank mit Genuß den chinesischen Tee, und ich führte ihn hinauf in sein Zimmer, zog die Läden zu und ließ ihn fest eingeschlafen zurück. Die Sonne und die Luft haben ihm gutgetan, aber wie konnte ich ihn nur vergessen? Wie selbstsüchtig von mir, mich in meinen Gedanken nur mit meinem Sohn zu beschäftigen!

Und doch haben diese Stunden, während ich den Haushalt versah, meinen Gedanken Klarheit gebracht. Es gibt keine bessere Zeit für eine Frau, zu überlegen und zu grübeln, als die Stunden, in denen sie ihre Wohnung in Ordnung bringt. Ja, ich werde Allegras Mutter aufsuchen. Ich weiß nicht, wieviel sie von dem, was ich sagen möchte, verstehen wird. Und wenn ich zurückkomme, werde ich es Rennie erzählen. Ich will keine Geheimnisse vor ihm haben. Und ich werde darauf bestehen, daß ich das Recht habe, frei zu handeln – wenn er, dann auch ich.

Mrs. Woods saß auf der Veranda ihres Hauses, als ich die Gartentür öffnete. Das Haus ist freundlich, weiß gestrichen, mit grauen Läden, ein konventionelles Haus, konventionell bis zu den Blumenbeeten und dem Weg dazwischen. Mrs. Woods machte eine Gobelinarbeit, eine Kunst, die mir meine Mutter beizubringen versucht hatte, die mir aber keine Freude machte, und so vergaß ich, was sie mich lehrte.

Mrs. Woods erhob sich, als ich zu den Stufen der Veranda kam. Sie ist eine pummelige Frau in mittleren Jahren, nicht dick, mit einem runden freundlichen Gesicht und lockigem Haar, die Art Frau, wie man sie überall auf irgendeiner Veranda sehen kann, eine brave Frau, etwas zaghaft, wie die Amerikanerinnen oft sind, obwohl ich nicht weiß, warum sie es sind. Chinesinnen sind vielleicht schüchtern, oder tun so, als ob sie es wären, aber das meiste davon ist Verstellung, weil sie glauben, eine Frau soll schüchtern sein, oder weil die Männer es gern haben, wenn sie schüchtern ist, aber zaghaft sind sie nie.

»Kommen Sie doch herein«, sagte Mrs. Woods, anscheinend verwirrt.

»Ich bin Mrs. Gerald MacLeod«, sagte ich, »ich wohne da weiter oben an der Straße.«

»Ich kenne Ihren Sohn Rennie«, sagte sie. »Kommen Sie doch herein. Wir setzen uns lieber hinein, denn die Mücken sind heute sehr arg. Ich wollte gerade hineingehen.«

Wir gingen hinein in eine schmale Diele mit einem roten Teppich, von der eine gerade Treppe zum oberen Stockwerk führte. Zur Rechten lag ein nettes, kleines Eßzimmer und zur Linken ein größeres Wohnzimmer, mit Möbeln, wie man sie in den meisten Wohnzimmern sieht. Der Raum war freundlich und behaglich. Auf dem Tisch vor dem Diwan lagen ein paar Zeitschriften, aber keine Bücher. Wie könnte Rennie in einem Haus ohne Bücher leben?

»Setzen Sie sich in diesen Sessel hier«, sagte Mrs. Woods. »Es ist der von meinem Mann und also der bequemste.«

Es war plötzlich ein sanft spitzbübisches Blinzeln in ihren grauen Augen, das mir gefiel. Ich setzte mich und kam gleich zur Sache.

»Sie wissen sicher, daß Rennie und Allegra viel zusammen sind. Ich möchte gerne wissen, wie Sie darüber denken. Sie sind beide so jung, und es gibt keine anderen jungen Leute hier in der Nähe.«

Ihr rundes Gesicht wurde bekümmert. Sie hatte einen runden, kleinen Mund und runde Augen, und ihre Nase ist so aufgestülpt, daß man ihre zwei runden Nasenlöcher sieht. Es ist ein süßes Kindergesicht. Sie muß ein reizendes Baby gewesen sein. Allegra ist viel hübscher. Vielleicht hat sie die geraden Linien des Gesichts von ihrem Vater. Aber sie hat die rundliche Figur ihrer Mutter, geschwellte Hüften und volle Brüste, die jetzt noch bezaubernd sind. Mrs. Woods ist eng geschnürt. Diese lächerlichen Einzelheiten schwirrten mir durch den Kopf, während ich auf ihre Antwort wartete.

»Sie sind jung«, stimmte sie zu. »Mr. Woods und ich haben uns etwas Sorgen gemacht. Natürlich wollen wir, daß sich Allegra nicht beengt fühlt. Aber sie wird erst nächstes Jahr das Lyzeum absolviert haben. Wir leben in Passaic, New Jersey. Wir möchten nicht, daß Allegra auf die Idee kommt, das Lyzeum nicht zu absolvieren.«

»Du lieber Himmel, nein«, sagte ich entsetzt. »Und Rennie muß noch auf die Universität - nach Harvard, wo sein Vater und sein Großvater studiert haben -, und dann wird er noch mehrere Jahre anderswo studieren, vielleicht in Europa, oder vielleicht in China, wo sein Vater ist.«

Echtes Entsetzen breitete sich über das Gesicht meiner Nachbarin. »China? Da kann doch niemand hin, oder?«

»Jetzt nicht«, sagte ich, »aber es ist zu hoffen, daß Rennie eines Tages dorthin zu seinem Vater fahren wird, wenn die Welt besser geworden ist.«

»Ist sein Vater - ein Chinese?« Mrs. Woods sprach das Wort aus, als wollte sie um Entschuldigung bitten.

»Nein«, sagte ich, »zumindest nicht ganz, sonst wäre sein Name nicht MacLeod. Sein Vater, Rennies Großvater, ist ein Amerikaner. Er lebt bei uns. Er ist alt, und er ist nicht ganz wohl. Er geht nie aus dem Haus.«

Ich hatte nun so viel gesagt, daß sie erwartete, mehr zu hören, und so fuhr ich fort. »Mein Mann ist Rektor einer großen Universität in Peking. Wir hatten gehofft, er würde uns hierher nachfolgen, aber er hält es für seine Pflicht, dort zu bleiben, wo seine Arbeit ist.«

»Ist denn China nicht kommunistisch?« In ihrer Stimme lag ein unbestimmter Vorwurf.

»Ja«, sagte ich, »und mein Mann ist kein Kommunist, das kann ich Ihnen versichern. Aber trotzdem hat er das Gefühl, er darf sein Amt nicht verlassen und muß seine Aufgabe so gut erfüllen, wie er nur kann.« Und dann entfuhr mir die Wahrheit ganz von selbst: »Denn seine Mutter war doch eine Chinesin und deshalb –.«

»Nein, wahrhaftig?« Mrs. Woods Stimme klang ganz erregt, »ach, deshalb sieht Rennie – wir dachten, er hätte vielleicht Indianerblut.«

»Hat es denn Rennie Allegra nicht gesagt?«

»Nein, nein, das hat er bestimmt nicht. Allegra erzählt mir alles. Ich weiß, sie hätte es mir gesagt.«

»Dann bin ich froh, daß ich es gesagt habe. Es ist besser, daß Sie es wissen, bevor sie sich zu stark verlieben.«

»Das will ich meinen.« Man sah an ihrem Gesicht, wie ihr Gehirn arbeitete. Sie wurde rot vor Denken, sie biß sich auf die kleine, volle Lippe, sie vergaß mich. Ihre pummeligen kleinen Hände lagen zusammengeballt im Schoß. Plötzlich sah sie auf, und ihre Augen begegneten den meinen.

»Sie Ärmste«, sagte sie, »das muß schrecklich für Sie sein, nicht wahr?«

»Was – Rennie?«

»Die ganze Angelegenheit – jemand so Ausgefallenes zu heiraten – einen Chinesen!«

»Mein Mann ist Amerikaner«, sagte ich. »Sein Vater meldete seine Geburt bei der amerikanischen Botschaft in Peking an. Auch Rennie wurde dort angemeldet.«

»Ja, aber trotz allem – es ist doch irgendwie anders.«

»Ich bin vollkommen glücklich gewesen«, sagte ich. »So glücklich, daß ich die Gewißheit haben will, daß auch Rennie glücklich sein wird. Ich könnte nicht zulassen, daß er eine Frau heiratet, die sich bloß damit abfindet, daß er chinesisches Blut hat. Sie muß darüber froh sein. Sie muß stolz darauf sein. Sie muß verstehen, daß es ihn bereichert als Mann und als Mensch – ja sogar als Amerikaner.«

Sie konnte mir nicht folgen. Sie versuchte es, die Gute, denn irgendwie konnte ich nicht umhin, sie immer sympathischer zu finden. Sie ist einfach und aufrichtig. Ich hoffe, sie wird, was immer geschieht, weiter meine Freundin bleiben. Ich möchte gerne jemanden wie sie näher kennen, so daß wir miteinander sprechen könnten von Frau zu Frau. Mir fehlt eine gute Freundin. Matts Frau ist eine brave Person, aber sie ist einfältig, und außerdem liegt sie in einem ständigen Streit mit Matt, um irgendeiner vergangenen Angelegenheit willen, von der mir keiner von beiden erzählt. Sie leben allein auf dem Bergabhang uns gegenüber, ihre Kinder sind nun fortgezogen, und sie streiten unaufhörlich. Matt stöhnt manchmal an einem grauen Morgen: »Ach, dieses Weib ist seit vierzig Jahren mein Tod!« Und wenn ich Mrs. Matt einen Salatkopf bringe, dann erzählt sie mir, wie widerlich Matt ist, und daß er sich nicht öfter als einmal in der Woche rasieren will, wieviel sie auch redet; und sie erklärt, daß die vierzig Jahre mit ihm ein Martyrium gewesen sind. Sie ist zu einer Freundschaft nicht fähig. Aber Mrs. Woods ist eine glückliche Frau und Mutter. Das merke ich ihr an. Es ist nicht ihr Fehler, daß in ihrem Herzen nicht mehr Raum ist als in einem Meßbecher.

Und es ist ihr Glück, daß ihr Mann auch nicht mehr verlangt. Denn nach einer Weile kam er herein, ein magerer

Mann mit einem Kahlkopf und sehr blauen Augen. Das sei sein Urlaub, sagte er mir. Er ist in der Firma eines Bücherrevisors in Passaic angestellt, und er bekommt zwei Wochen im Jahr frei, in denen er tun kann, was er will. Plötzlich tat er mir leid. Zwei Wochen!

»Macht Ihnen Ihre Arbeit Freude?« fragte ich. Das war, nachdem wir einander vorgestellt waren und er mir erzählt hatte, was er arbeitete und wie schön es sei, einmal auszuspannen. – »Ich habe meine Arbeit gern, aber ich bin froh, einmal nichts zu tun«, sagte er.

»Obwohl es eine Menge Arbeit hier im Haus gibt«, sagte seine Frau vorwurfsvoll. Aber sie sprach sanft und sogar liebevoll, und lächelte ihm zu. Er hatte keine Angst vor ihr, und sie wollte ihn nicht antreiben. Es war eine friedliche Ehe zwischen Gleichaltrigen und deshalb ein Vergnügen für den Beschauer. Sie würden nach ihrem Maßstab verstehen, was ich damit meinte, als ich vom Glück redete.

»Ich bin Ihre Nachbarin, Mr. Woods, und ich wollte offen gestanden mit Ihnen und Mrs. Woods über meinen Sohn und Ihre Tochter sprechen. Sie sind beide so jung«, sagte ich. Er wurde sofort verlegen, wie nur die guten amerikanischen Männer verlegen werden können, wenn irgend jemand von der Liebe in Gegenwart ihrer Gattinnen oder Mütter oder überhaupt irgendwelcher Frauen mittleren Alters spricht. Sie haben das Interesse von Halbwüchsigen an sexuellen Dingen, aber trotzdem sind sie merkwürdig naiv und unverdorben. Sie verstreuen heutzutage ihre Saat über die ganze Erde und zeugen Kinder in Europa und Asien, so unschuldig und verantwortungslos wie junge Kater im Frühling. Sie machen halt, um sich zu paaren, und eilen wieder weiter.

»Mrs. MacLeod sagt mir, daß ihr Mann ein Chinese ist«, sagte Mrs. Woods bedeutungsvoll.

»Nein, nein«, rief ich. »Ich habe gesagt, er ist Amerikaner, ein amerikanischer Staatsbürger, obwohl seine Mutter Chinesin war. Sie war eine Dame von hoher Geburt, ihre Familie ist eine der vornehmsten von Peking. Sie ist jetzt tot.«

»Was Sie nicht sagen«, rief Mr. Woods mit unterdrückter Stimme. »Na, so etwas! Ich glaube, ich habe noch nie von so einer Mischung gehört.«

Er war verblüfft. Es war offenbar, daß es ihn schockierte, aber gleichzeitig war er zu gutmütig, um es zu zeigen. Er wollte mich nicht verletzen. Er bedauerte mich, konnte aber nicht die richtigen Worte dafür finden. Er sah seine Frau hilflos an. Sie waren beide wirklich liebe Leute, und ich fing an, sie gern zu haben, obwohl ich wußte, daß sie mich nicht verstehen konnten und auch nie verstehen würden. Gerald hat recht gehabt, in Peking zu bleiben.

Aber ich mußte jetzt an Rennie denken, und ich stand auf. »Ich danke Ihnen beiden«, sagte ich, so heiter ich konnte. »Bitte, machen Sie sich keine Sorgen. Rennie wird bald fort müssen auf die Universität, und junge Leute vergessen leicht. Ich glaube nicht, daß es sehr tief gegangen ist. Und was Allegra betrifft, sie ist so hübsch, daß sie sicher eine Menge von Anbetern hat.«

Sie griffen meine Bemerkung auf. »Sie ist sehr beliebt«, sagte Mrs. Woods stolz. »Ja, das ist wahr«, sagte Mr. Woods, »man hat sie im vorigen Sommer zum beliebtesten Mädchen im Lyzeum erklärt.«

»Einige unserer Freunde glauben sogar, sie sollte sich zur Wahl als Schönheitskönigin in unserem Staat aufstellen lassen«, sagte Mrs. Woods, »aber ihrem Vater gefällt die Idee nicht.«

»Nein, sie gefällt mir nicht«, sagte Mr. Woods.

»Da bin ich ganz Ihrer Meinung, Mr. Woods«, sagte ich. »Es wäre schade um sie.«

In diesem Augenblick kam Allegra herein. Sie hatte geschlafen, und ihre Wangen waren rosenrot. Sie hatte ein weißes ärmelloses Kleid an, das kurz und eng war und in seiner Strenge nur von einem hübschen, jungen Mädchen getragen werden konnte. Sie ist hübsch - und ich verstehe, wie mein hochgewachsener, dunkler Sohn sich in sie verlieben konnte. Ich hoffe nur, es geht nicht zu tief!

»Begrüße doch unseren Gast, mein Süßes«, sagte Mrs. Woods. Es war kläglich und rührend zu sehen, wie die Eltern dieses Kind, ihr einziges, vergötterten.

»Guten Tag, Mrs. MacLeod«, sagte Allegra mit einem munteren Lächeln.

»Rennie hat Sie gestern nacht zu lange wachgehalten«, sagte ich. »Ich habe ihn deswegen ausgezankt.«

»Ach, ich kann immer schlafen«, sagte Allegra. Sie setzte sich auf den Diwan neben ihren Vater, und er legte den Arm um ihre Schultern und drückte sie an sich.

»Wie geht's meinem Schätzchen?«

»Ausgezeichnet«, sagte Allegra und lehnte ihren blonden Kopf an seine Schulter.

»Du solltest nicht so lange aufbleiben. Mrs. MacLeod hat ganz recht.«

Sie zog ein Mäulchen und antwortete nicht, und er drückte sie wieder an sich. Mrs. Woods betrachtete sie zärtlich. »Sie sind richtig dicke Freunde«, murmelte sie und bewunderte die beiden, stolz auf ihren Besitz.

Trotzdem wünschten sie sehnlichst, daß ich ginge. Sie wollten sicher nicht vor mir mit dem Kind sprechen. Ich stand auf und sagte adieu, ohne mich zu beeilen, als ob nichts Wichtiges vorgefallen wäre, als ob wir nicht in zwei Leben eingegriffen hätten. Wir blieben noch einen Augenblick auf der Veranda, denn alle drei folgten mir. Wir bewunderten die Federnelken, die den Weg einsäumten. Von ihrem Haus gibt es keine weitere Aussicht als auf den Weg und die Blumen und die weiße Tür im Gartenzaun. Und so ging ich heim. Als Rennie zum Abendessen kam, sagte ich nichts von allem, was ich getan hatte. Er aß in Eile, in seinem Arbeitsanzug, und stürmte dann in sein Zimmer, um zu baden und sich umzuziehen. Kurz darauf rannte er durch die

Küche, in sauberen, blauen Leinenhosen und einem frischen Hemd.

»Gute Nacht, Mom«, rief er im Fortgehen.

»Gute Nacht, mein Sohn«, sagte ich.

Er ging zu seinem Rendezvous, und als ich das Geschirr gewaschen und Baba zu Bett gebracht hatte, ging ich in mein Zimmer und verschloß die Tür. Heute nacht würde ich nicht aufbleiben. Heute nacht konnte ich schlafen. Was immer mir bevorstand, ich würde mich am Morgen damit auseinandersetzen.

»Sie ist fort«, sagte Rennie.

Ich war früh erwacht und stand sofort auf, ich wußte, was mich erwartete. Als ich hinunterkam, saß er am Küchentisch. Er hatte sich eine Kanne Kaffee gemacht und trank ihn, schwarz und stark.

»Du bist gar nicht zu Bett gegangen«, sagte ich.

Er brauste auf. »Wie hätte ich schlafen können?«

Ich setzte mich und schenkte mir eine Tasse Kaffee ein. »Sprich nur weiter. Sag, was immer du zu sagen hast. Wir wollen ganz offen reden.«

Mein Sohn sah schrecklich aus. Sein Gesicht war blaß, und seine Augen waren brennend schwarz, die Lippen ausgetrocknet und zerbissen.

»Du bist zu ihren Eltern gegangen. Du hast es ihnen erzählt.«

»Nichts als die Wahrheit«, sagte ich ruhig.

»Du konntest nicht warten, bis sie mich richtig kennengelernt hatten!«

Was für eine Bitterkeit lag in seiner Stimme! Wie hart, wie hart war es für mich, sie zu hören!

»Es ist besser, daß sie gleich die Wahrheit wissen«, sagte ich. »Wenn sie dich so liebt, daß sie sich gegen ihre Eltern stellt, dann werde ich nichts sagen – das schwöre ich dir.«

»Du hättest mich wenigstens warnen können«, rief er.

Ich wollte ihm nicht nachgeben. »Ich mußte wissen, wie ihre Einstellung ist, ich mußte es sehen mit meinen eigenen Augen. Ihre Einstellung kann nicht überwunden werden, wenn nicht deine Liebe und ihre gleich sind. Ich weiß – ich weiß!«

»Sie liebt mich«, murmelte er. »Sie hat es mir gesagt.«

»Sie liebt dich, so sehr sie kann, aber das ist nicht genug. Es wird nie genug sein, weil sie klein ist – klein, sage ich dir! Ich mache ihr daraus keinen Vorwurf. Sie kann nichts dafür, daß sie so geboren ist, aber du bist von Natur aus groß – so groß wie die Welt.«

»Geh zum Teufel«, flüsterte er.

Ich sah ihn an. »Jetzt bin ich froh, daß dein Vater nicht hier ist.«

Wir starrten einander an.

»Eines Tages wirst du mir dankbar sein«, sagte ich und wünschte, ich hätte es nicht gesagt. Es ist das, was alle Eltern sagen. Meine Mutter sagte es zu mir, als sie versuchte, mich von der Ehe mit Gerald abzuhalten. Aber wir hatten einander bereits geliebt, und nichts konnte uns mehr trennen. Ich wußte es und widersetzte mich meiner Mutter. »Ich werde dir nie dankbar sein, wenn du uns auseinanderbringst«, sagte ich zu ihr.

Und ich hatte recht, nicht sie. Trotz des Briefes, der in meinem Schreibtisch eingeschlossen liegt, und wenn ich auch nie mehr das Gesicht meines Mannes sehen werde, habe ich recht gehabt und sie unrecht.

Ich sah meinem Sohn weiter ins Gesicht, und sein Blick senkte sich. Er war so jung, so stolz in seinem Kummer.

»Warum hast du mich überhaupt geboren?« murmelte er, und dann schluchzte er einmal auf und rannte aus dem Zimmer.

Das Haus ist zu still. Als ich heute morgen meine Augen öffnete, wußte ich, daß Rennie fort war. Es war ein grauer Morgen, ein sanfter Regen nieselte herab auf die Bäume und wie ein Nebel zu meinem offenen Fenster herein. Die Gardinen hingen schlaff. Ich horchte. Es war schon eine gute Weile nach Sonnenaufgang und Zeit zum Melken. Jetzt hätte ich schon Rennie irgendwo rumoren hören müssen. Ich stand auf, schloß das Fenster und blickte hinunter ins Tal, das hinter einem dichten Regenschleier lag, und wollte Mut fassen, in Rennies Zimmer zu gehen. Ich versuchte, an Gerald zu denken, aber mein Herz rief nicht und das seine gab keine Antwort. Ich konnte sein Gesicht nicht sehen, und wenn ich meine geistigen Augen nach ihm hinlenkte, sah ich nur meilenweite Strecken von Land und das furchtbare, graue Meer zwischen uns.

Da ging ich denn zu Rennies Zimmer, ich öffnete die Tür und blickte hinein. Das Bett war leer, ordentlich gemacht, aber leer. Das ganze Zimmer war ordentlich, und bei dieser Ordnung erfaßte mich Angst. An jedem anderen Morgen wären seine Kleidungsstücke auf dem Lehnstuhl aufgehäuft gewesen, seine Schuhe verstreut, seine Bücher aufgeschlagen auf dem Tisch. Nur wenn er sein Zimmer verließ, brachte er es in Ordnung, aber nie so in Ordnung, wie es jetzt war. Ich lief quer durch das Zimmer zu seinem Schrank, ob der vielleicht auch leer war. Aber er war es nicht. Was für eine Freude zu sehen, daß seine Anzüge noch immer dort hingen! Ich zählte sie: der braune gute Anzug, sein Arbeitsanzug, die Jacken und Kordhosen. Nein, sein bester dunkelblauer Anzug war fort.

Dann sah ich das Buch auf seinem Schreibtisch, geschlossen, aber ein Umschlag steckte darin. Er war an mich adressiert: »Mutter.« Mutter? Nicht Mom –

Ich setzte mich zum Lesen hin, weil ich zu schwach war, stehenzubleiben.

»Liebe Mutter«, schrieb mir Rennie. »Ich bin fort, um Allegra zu suchen. Ich muß mit ihr allein sein, und ich muß selber sehen, warum sie umgeschwenkt ist – wenn es wirklich so ist. Versuche nicht, mich zu erreichen – nicht telefonisch, nicht brieflich. Wir werden uns sehen, wenn ich wieder heimkommen kann. Rennie.«

Denn Allegras Eltern waren mit ihr am Tag nach unserem Gespräch abgereist. Rennie hat seither kaum mit mir geredet. Jetzt kann ich nichts tun als abwarten. Gesegnet sei der alte Baba, der jetzt alles ist, was mir noch bleibt. Ich ging zurück in mein Zimmer, badete, zog mich an und stieg hinunter in die Küche und machte mir das Frühstück. Wie seltsam mein Leben ist – wie einsam. Einsamkeit ist das, was ich hier in meinem eigenen Lande empfinde. Jeder ist einsam, geht seinen einsamen Weg. Wir vertrauen einander nichts an, wir lassen andere nicht teilnehmen. Es ist die ungeheure Größe des Landes selbst, die uns absondert. Ich bin so weit entfernt von Kansas und der Hütte, in die Baba sich verirrte – denn er hatte sich wirklich verirrt –, wie von Peking – nein, noch weiter, denn ich habe ja meine Erinnerungen, die mir das Meer überbrücken helfen.

Und dann wurde ich aufgestört durch Klagelaute aus dem Oberstock, und ich hörte Babas Stimme. Ich ging sogleich hinauf. Er lag im Bett, die Decke bis zum Halse hinaufgezogen, und seine dunklen Augen blickten verwirrt.

»Ich kann nicht aufstehen«, murmelte er.

»Hast du Schmerzen, Baba?« fragte ich.

»Keine Schmerzen«, sagte er undeutlich.

»Bleib still liegen«, sagte ich. »Ich lasse den Arzt kommen.«

So ging ich zum Telefon, wählte die Nummer, und es war so früh, daß Bruce Spaulden das Haus noch nicht verlassen hatte.

»Ja?« Seine Stimme war frisch und scharf.

»Bruce, ich glaube, Baba hat wieder einen Schlaganfall gehabt.«

»Ich komm' gleich rüber.«

»Soll ich irgend etwas tun?«

»Nein, er soll nur gut zugedeckt sein und sich nicht rühren.«

Ich legte den Hörer auf, ging zurück zu Baba und sagte ihm, daß Bruce gleich kommen werde, und dann räumte ich das Zimmer auf. Baba ist sehr sauber. Er ist so alt, daß sein Körper keinen Geruch hat. Er lag da, still und brav, und beobachtete mich; und ich sah, daß sein Gesicht anfing, sich nach links zu verziehen. Er spürte es auch und versuchte, es mir zu sagen.

»Macht nichts«, sagte ich. »Bruce wird gleich dasein.«

Ich lasse Babas Fenster nachts nicht offen. Es ist wenig Wärme in seinem Körper, und er atmet nur leicht. Aber der Morgen war strahlend schön; ich öffnete das Fenster, und die Sonne flutete einige Minuten lang herein, die Luft wurde belebt. Dann schloß ich das Fenster wieder.

Nun hörte ich Bruces Schritte unten in der Diele, dann kam er herauf und trat ins Zimmer.

»Guten Morgen, Elisabeth«, sagte er.

Es war das erstemal, daß er mich bei meinem Namen nannte, und ich war überrascht.

»Guten Morgen«, sagte ich. »Da liegt mein armer Baba und wartet.«

Baba blickte den Arzt kläglich an.

Bruce setzte sich ans Bett und untersuchte ihn. Es liegt etwas Wunderbares in der Art, wie ein guter Arzt einen Patienten untersucht, sein Geist ist so konzentriert, seine Hände so sicher beim Abtasten. Ich blieb respektvoll stehen und bewunderte Bruce. Er ist sehr amerikanisch. Ich möchte wissen, warum er nicht verheiratet ist. Er würde einen guten Gatten abgeben für eine rechtschaffene Frau, die feinfühlig genug ist, ihn zu verstehen. Er ist mager, wie die meisten Leute aus Vermont, hochgewachsen und ernst, wenn er nicht lächelt. Es ist schwer, sich die Farbe seiner Augen zu merken – grau, glaube ich, übergehend ins Blaue. Sein Haar ist braun – ein gewöhnliches Braun – und straff, seine Nase ist gerade und sein Mund fest. Wenn er lächelt, so verändert sich sein Gesicht vollkommen. Es wird spitzbübisch und beinahe lustig. Er ist ausgeglichen, neigt zum Nachdenken und zur Schweigsamkeit, laute gute Eigenschaften für eine Ehe. Die chinesische Neugier ist mir zur zweiten Natur geworden, und ich hätte ihn gerne gefragt, warum er nicht verheiratet ist. Die Chinesen finden, daß man alles fragen kann unter Freunden.

Er deckte Baba sorgsam zu. »Nicht allzu ernst«, sagte er. »Es werden noch mehr von diesen kleinen Anfällen kommen. Lassen Sie ihn ruhen. Er wird sehr viel schlafen. Lassen Sie ihn schlafen.«

Und wirklich, Baba schlief bereits, hörbar atmend. Wir verließen ihn und gingen hinunter ins Wohnzimmer.

»Haben Sie gefrühstückt?« fragte ich.

»Nein«, sagte Bruce.

»Ich auch nicht. Frühstücken wir also miteinander. Ich bin allein, weil Rennie fort ist –«

»Fort?«

»Nur auf ein paar Tage, hoffe ich, aber ich weiß es nicht.«

Und ich erzählte ihm von Allegra. Bruce lächelte etwas grimmig. »Er wird zurückkommen. Wir kommen immer zu unseren Müttern zurück. Außer, das Mädchen ist so wie Sie, dann werden Sie nicht mehr gebraucht!«

»Ich bin überzeugt, Allegra ist nicht so wie ich«, sagte ich.

Ich war damit beschäftigt, das Frühstück auf den Tisch zu stellen. Eier, für ihn zwei, für mich eins. Die Hennen legen gut, worüber ich sehr froh bin. Ich mag Hühner nicht, aber ich habe gerne frische Eier, und man kann nicht eines ohne das andere haben. Kaffee und Röstbrot und Obst – ich würde mein übliches gutes Frühstück essen, und Rennie mag tun, was er will.

Als wir am Tisch saßen, ich am oberen Ende, da es mein Tisch ist, und Bruce an der Seite, stellte ich meine Frage:

»Weil ich so glücklich verheiratet bin, Bruce, möchte ich Sie fragen, warum Sie nie geheiratet haben.«

»Zuviel zu tun«, sagte er und strich sich Butter auf den Toast.

»Es geht mich ja nichts an - aber -«

»Nur weiter«, sagte er. »Ich führe ein einfaches Leben. Keine Geheimnisse.«

»Würde Ihnen eine Frau nicht eigentlich Zeit ersparen?«

»Nein. Ich müßte an sie denken - ihr Gesellschaft leisten.«

»Sind Sie glücklich, so wie Sie leben?«

»Ich weiß nicht. Ich nehme an. Ich habe nie darüber nachgedacht.«

Ich schenkte ihm eine zweite Tasse Kaffee ein. Was er mir nicht sagen will, das wird er mir auch nicht sagen, soviel ich auch frage. Da merkt man ebenfalls, daß er aus Vermont ist.

Als er fort war, begann ich plötzlich und zu meiner eigenen Überraschung zu weinen, um Gerald und nur um ihn. Es ist Monate her, seit ich geweint habe, und sogar während ich weinte, wußte ich, es hatte keinen Sinn. Die Türen des Hauses in Peking sind mir verschlossen.

Ich schlich hinauf, um nach Baba zu sehen, und fand ihn in tiefem Schlaf. Selbst er braucht mich jetzt nicht.

Heute morgen, als ich heimkam von meinen Sonnabendeinkäufen - keine große Sache, nun da ich allein bin, denn Baba ist zur Nahrung der Kindheit zurückgekehrt und nimmt jetzt kaum mehr etwas anderes als Milch, Brot und Reis und ein wenig Obst zu sich -, war ich ganz bezaubert von dem Anblick einer schwarzen Schafmutter und ihrer zwei weißen Lämmchen, die auf dem grünen Gras einer Wiese am Straßenrand weideten. Das Bild erweckte in mir eine kleine, unerklärliche Freude, und ich hielt den Wagen an und stieg aus, bloß, um die Mutter mit ihren Kindern zu beobachten. Die Sonne schien hell und freundlich, eine echte Vermont-Sonne, nie so heiß wie die glühende Sonne in China. Der Ort war verlassen, und ich setzte mich auf einen runden grauen Felsen. Darüber war das Mutterschaf leicht erschrocken und blökte leise. Sofort liefen die Lämmchen zu ihrer Mutter, blieben auf ihren dünnen Beinchen stehen und glotzten mich an.

»Habt keine Angst vor mir –«

Jetzt bin ich wirklich zu einsam, denn ich fange an, laut mit mir selbst zu sprechen. Und ich bin zu allein, denn mein nächster Gedanke war, daß ich gern das schwarze Schaf und die zwei weißen Lämmchen besitzen und mit heimnehmen möchte. Sie können das Gras auf dem Abhang an meinem Haus abknabbern und es so kurz halten wie einen Rasen.

Nach diesem Entschluß ging ich den Mann suchen, dem das Schaf gehört; und nach einiger Zeit fand ich ihn – nicht einen Farmer, sondern einen von diesen verdrehten Gesellen, die sich an den Boden von Vermont klammern, einen Mann, der zum Teil von der Landarbeit lebt und zum größten Teil auf allen möglichen anderen Gebieten herumpfuscht, wie sich ihm die Gelegenheit bietet. Er darbt und wartet, bis er irgendeine Arbeit findet; und wenn sie ihm angeboten wird, so streckt er vielleicht nicht einmal die Hand danach aus. Dieser Mann gehörte zu der Sorte. Er bastelte an einem zerbrochenen, unlackierten Küchentisch herum, als ich hinter seinem kleinen Holzhaus auf ihn zutrat, das weiß getüncht war und grüne Läden hatte. Er war über seine Arbeit gebeugt und richtete sich auf, als er mich sah.

»Na?« fragte er, ohne guten Morgen zu sagen.

»Ich möchte wissen, ob Ihr schwarzes Mutterschaf und die weißen Lämmer zu verkaufen sind«, sagte ich auch ohne Gruß.

»Kann sein«, sagte er.

»Wieviel wollen Sie dafür haben?« fragte ich.

Ich zweifle nicht daran, daß er weiß, wer ich bin, die verwitwete Frau drüben vom Berg, oder die so gut wie verwitwet ist, weil doch ihr Mann in China lebt. Aber er ließ sich nichts davon anmerken. »Ich weiß nicht, ob ich sie verkaufe«, sagte er und hielt sein Metermaß an eine Holzlatte.

»Ich weiß auch nicht, ob ich sie kaufe«, sagte ich. »Vielleicht aber doch, damit sie mir das Gras ums Haus herum kurzhalten.«

»Ich werd's mir überlegen«, sagte er.

»Gut«, sagte ich. »Ich bin heute nachmittag zu Hause.«

Er kam natürlich nicht am selben Nachmittag, weil ich es vorgeschlagen hatte, aber er kam heute morgen, zwei Tage später, und zerrte das Schaf und die Lämmer an einem schmutzigen Strick hinter sich her.

»Zehn Dollar bar und den Rest in Ahornsirup«, erklärte er.

Wir stritten etwa eine halbe Stunde über die Menge von Sirup, aber ich gab nach, da er als echter Vermonter nicht nachgab; und nun weiden das Mutterschaf und die Lämmchen im Gras auf meinem Abhang. Das Mutterschaf hat sich noch nicht eingewöhnt, und ich habe das Ende des Stricks an den Apfelbaum gebunden, aber das Tier ist nun schon weniger verschreckt als zu Anfang, und in ein paar Tagen werde ich den Strick wegwerfen können. Und es ist wahr, daß die Mutter mit den Lämmchen mir einen Trost bietet, den ich nicht ermessen kann. Es ist ein kleiner Trost, aber er geht tief, ein mütterliches Band, das mich mit diesem Boden verbindet. Ich besitze noch etwas Lebendiges. Ich werde mich mit all diesen kleinen Fäden fesseln müssen, damit ich nicht entwurzelt bin, jetzt, nachdem die Pfahlwurzel weg ist. Nein, sie ist nicht weg, aber sie ist nicht hier. Sie ist weit fort in meinem Leben mit Gerald begraben und in unserer Liebe. Ich muß mich wieder irgendwie in diesen Boden einpflanzen. Aber wird das gehen, wenn ich allein bin? Ich habe keine Nachricht von Rennie.

»Ich bin nicht religiös«, sagte ich einmal zu Gerald.

Das war, als er an einem Abend voll Zweifel sagte: »Aber werden dir die chinesischen Götter genügen?«

»Genügen sie dir?« fragte ich.

»Ich habe gelernt, auf zwei Arten zu leben«, antwortete er. »Es gibt Tage, an denen ich an keine Götter glaube. Und an anderen glaube ich an alle.«

»Dann werde ich wahrscheinlich lernen, an alle Götter zu glauben«, sagte ich.

Eine Frau, die liebt, verliert sich selbst, und ich verlor mich. Ich sehnte mich zu glauben, was Gerald glaubte, anzubeten, was er anbetete. Als ich merkte, daß er überhaupt nichts anbetete, sein Glaube eine Sache des Gehirns und Willens und nicht der tiefe, unwillkürliche Trieb der Seele war, sprach ich nicht mehr mit ihm über das Thema Gott. Manchmal, wenn wir auf der chinesischen Landstraße außerhalb der Stadt wanderten, trafen wir auf einen Bauern, der in stiller Verehrung vor einem kleinen Heiligtum am Straßenrand stand. In diesem Heiligtum saßen zwei Gottheiten, eine männliche und eine weibliche, ein Ehepaar, denn so fassen die Bauern ihre Gottheiten auf. Sie können sich nicht einen einzigen Gott vorstellen ohne ein weibliches Gegenstück. Das, glauben sie, wäre gegen das Naturgesetz. Und so stand also der Bauer vor dem göttlichen Paar, um ein Räucherstäbchen anzuzünden und in seinem Herzen einen Wunsch auszusprechen.

Es war ein einfacher, erfreulicher Anblick. Ich sagte zu Gerald:

»Wenn wir doch auch in dieser Weise beten und glauben könnten!«

»Daß wir nicht glauben können, das ist es nicht«, erwiderte er. »Daß wir nichts stark genug wünschen, das ist es. Glaube entspringt aus der Not. Wir haben keine Not.«

Das ist wahr. Denn in meiner jetzigen Not habe ich das Bedürfnis zu beten. In meiner tiefen Angst um meinen Sohn bin ich jede Nacht in sein Zimmer gegangen, und dort in der furchtbaren, schweigenden Leere betete ich für ihn. Wie weit mein Gebet aufsteigt, weiß ich nicht. Ob es ein Ohr gibt, das mich hört, weiß ich auch nicht. Aber in meiner Not glaube ich, daß etwas von meiner Last genommen wird.

Bis jetzt habe ich der Versuchung widerstanden, den Telefonhörer abzunehmen und bei Allegra anzurufen. Es wäre leicht zu fragen: »Ist Rennie dort?« Und dann: »Kann ich mit ihm reden?« Aber ich tue es nicht. Nicht nur, weil er es mir nicht verzeihen würde. Auch deshalb, weil ich lernen muß, allein zu leben.

In diesem Augenblick hörte ich Baba rufen. Ich ging zu ihm und fand ihn auf dem Fußboden. Er hatte aus dem Bett steigen wollen und war ausgeglitten, und nun lag er da, freundlich und hilflos, und wußte nicht, wie er da hingekommen war. Er lebt von Augenblick zu Augenblick, ohne sich um etwas anderes zu kümmern als um das, was er momentan braucht. Er war aufgewacht, hatte beschlossen, aufzustehen, und war dann hingefallen. Ich half ihm auf die Beine, und er winkte mir, hinauszugehen. Obwohl jede seiner Bewegungen unsicher ist, läßt er mich nicht in der Nähe bleiben, wenn er sich wäscht oder sich anzieht. Erst wenn er das chinesische Gewand um hat, ruft er mich, damit ich ihm den Kragen zuknöpfe.

So wartete ich draußen vor seiner Tür, und als er rief, ging ich wieder hinein, knöpfte ihm den Kragen zu, und er sagte, er sei bereit zu seinem mittäglichen Frühstück. Er ist glücklich, er ist heiter, er hat keine Ängste, keinen Kummer, er braucht nicht zu glauben oder zu beten. Eine kleine Verletzung in seinem Gehirn, ein winziges geplatztes Blutgefäß, so sagt mir Bruce, hat ihn aller Sorgen enthoben. Wer sagt, daß die Götter nicht gütig sind?

Rennie ist heimgekommen. Als ich aufgehört hatte, mich aufzulehnen, als mein Herz still geworden war und ich mich abgefunden hatte und nicht mehr betete, da erwies mir das Schicksal diese Gunst. Er kam gestern nacht, spät. Ich schlief, aber ich erwache beim leisesten Geräusch im Haus. Ich hörte eine Tür gehen, die Küchentür. Ich hatte sie, wie gewöhnlich seit ich allein bin, verschlossen, und niemand außer Rennie hat einen Schlüssel. Daher wußte ich, er war es. Das nächste Geräusch würde dann das Öffnen und Schließen des Eisschrankes sein..., ja, auch dieses Geräusch hörte ich. Was sollte ich tun? Ich brannte darauf, aus dem Bett zu springen, hinunterzulaufen und ihn zu umarmen. Aber in meiner Einsamkeit war ich vorsichtiger geworden. Es handelt sich nicht mehr darum, was ich geben möchte, sondern was er annehmen würde. Er war einmal fortgelaufen, und so würde es ihm von jetzt an immer leicht werden, wieder fortzugehen. Er hatte gelernt, ohne mich und ohne sein Heim zu leben. Nein, ich würde nicht hinuntergehen. Er soll glauben, daß ich schlafe. Am Morgen konnte er mich überraschen, und ich würde überrascht tun. Die Tage der kindlichen Vertrautheit waren vorüber.

Ich rührte mich nicht, ich bewegte mich nicht. Ich stieg nicht aus dem Bett. Ich lag nur da, während das schwache Mondlicht auf die Bettdecke fiel, und horchte. Er saß am Küchentisch. Ich hörte das Klirren einer Schüssel und das Scharren eines Stuhles. Er aß ausgiebig, denn es dauerte eine volle halbe Stunde, vielleicht sogar mehr, ehe ich die Tür zur Treppe öffnen hörte, zu jener kleinen Wendeltreppe, die nur zu seinem Zimmer hinaufführt. Ich hörte, wie er das Wasser vorsichtig und mit halb aufgedrehtem Hahn in die Wanne laufen ließ, um mich nicht zu wecken. Er wollte mich also nicht wecken. Ich hatte richtig gehandelt. Ich würde nicht in sein Zimmer gehen, nicht einmal, um ihn anzusehen, wenn er schläft. Aber wie froh und dankbar war ich, daß er heimgekehrt war!

Als alles still war, wollte ich schlafen. So sagte ich mir, aber wie konnte ich schlafen, bevor ich wußte, wie es ihm ging? Und doch würde ich nicht nachschauen. Obwohl er da in seinem Bett lag und nur ein Raum zwischen uns, war er von mir in diesem Augenblick so weit, oder beinahe so weit entfernt wie Gerald in Peking. Eine Wand stand zwischen meinem Sohn und mir. Er war ein Mann geworden, und ich wußte es. Ich mußte warten, bis er mir sagte, wie wir von nun an miteinander leben sollten. Vielleicht brauchte er keine Mutter, vielleicht brauchte er nur eine Freundin, eine ältere Frau, eine, die nur zufällig eben seine Mutter ist.

Ich wartete, die Zeit schlich langsam vorüber, und ich dachte, es wären Stunden, bis ich auf meine Uhr neben dem Bett sah. Nur eine Stunde und zehn Minuten waren vergangen. Dann hörte ich, wie die Türklinke leise niedergedrückt wurde. Ich lag bewegungslos und zündete die Lampe nicht an. Als ich ihn dort auf der Türschwelle stehen sah, in seinem alten, roten, wollenen Bademantel, sprach ich so ungezwungen, als wäre er nie fortgewesen:

»Bist du's, Rennie?«

Wer sonst sollte es sein? Aber in so törichten Worten drücken sich große Augenblicke aus. Und er antwortete ebenso ungezwungen:

»Wie geht's dir, Mutter?«

»Danke, gut. Bist du eben zurückgekommen?«

»Ich habe unten noch etwas gegessen.«

Er kam zum Bett und setzte sich an den Rand, und wir sahen einander im Mondlicht an.

»Soll ich Licht machen?« fragte ich.

»Nein«, sagte er. »Bleiben wir so. Außer du willst schlafen. Habe ich dich geweckt?«

»Vielleicht«, sagte ich und tat, als ob ich schläfrig wäre. »Es macht nichts. Ich stehe nicht mehr so früh auf wie früher. Matt melkt die Kühe.«

»Ist alles in Ordnung?« fragte er.

Ich rang um Gleichmut. »Ich habe ein schwarzes Mutterschaf und zwei weiße Lämmchen gekauft, damit ich das Gras nicht mähen muß.«

»Ich habe sie im Mondlicht gesehen.«

Und dann schien es, als hätten wir nichts mehr zu sagen.

Ich wollte mir nicht die Frage entschlüpfen lassen, die ich in meinem Herzen verschlossen hatte. Was immer er mir sagen wollte, mußte ich als Antwort hinnehmen. Aber auf das, was er sagte, war ich nicht vorbereitet:

»Du hast mich nicht gefragt, wo ich war, Mutter.«

»Du hättest mir schreiben können«, sagte ich.

»Ich konnte nicht«, sagte er. »Und es spielt auch keine Rolle, wo ich war... Mutter, warum hast du mich in die Welt gesetzt? Ich habe dich das schon einmal gefragt?«

»Du hast meine Antwort nicht abgewartet«, erinnerte ich ihn.

»Ich will sie jetzt abwarten«, sagte er.

Er ist es, der Fragen stellen darf, nicht ich. Ich kann nur antworten, so aufrichtig wie möglich.

»Dein Vater und ich liebten einander aus ganzem Herzen, und wenn eine solche Liebe zwischen zwei jungen, gesunden Menschen besteht, dann ist ein Kind ihre Erfüllung.«

»Du hättest daran denken können, was es für mich bedeuten würde.«

Was war das für ein bitterer Aufschrei!

»Es ist nur fair gegen deinen Vater, wenn ich dir sage, daß er daran dachte und daß ich jede Sorge für überflüssig hielt. Ich sagte, unser Kind würde so stark, so schön, so unabhängig sein, daß es jeder Situation gewachsen sein und als Sieger daraus hervorgehen würde.«

Seine Augen waren schwarz wie erloschene Kohlen in seinem blassen cremefarbenen Gesicht.

»Als ich in China war«, sagte er, »hat man mich einen Ausländer genannt. Das machte mir damals nichts, weil ich glaubte, ich hätte eine Heimat - ein anderes Land. Ich glaubte, es wäre Amerika.«

»Die Leute sind hier sehr freundlich zu dir gewesen«, sagte ich, meine Lippen und meine Zunge waren staubtrocken.

»Ich will nicht Freundlichkeit - ich will Liebe.«

»Du hast sehr viel Liebe«, sagte ich. »Dein Vater liebt dich, und ich liebe dich. Und eines Tages wirst du auch Liebe von einer Frau erfahren.«

»Allegra darf mich nicht lieben«, sagte er. »Ihre Eltern verbieten es.«

»Kann sie nicht ungehorsam sein?« fragte ich. »Auch meine Mutter hat mir verboten, deinen Vater zu lieben, aber ich habe ihr nicht gehorcht. Und ich habe es nie bereut.«

Nein, ich bereue es nicht, obwohl in meiner Kassette Geralds letzter Brief eingeschlossen liegt. Ich weiß, er wird mir nie wieder schreiben.

»Nicht alle Frauen sind stark«, sagte Rennie und sah mich mit einer gewissen Abneigung an. »Und weil eine Frau nicht stark ist«, fuhr er fort, »so bedeutet das nicht, daß ihre Liebe weniger wert ist.«

»Wovor hat Allegra Angst?« Ich versuchte, meine Verachtung zu verbergen.

»Sie hat nicht vor mir Angst«, sagte er. »Sie hat Angst vor dem, was ich in meinem Blut habe, vor dem Erbgut, dem Teil von mir, den ich nicht loswerden kann.«

»Du meinst, das Chinesische in dir«, sagte ich.

Er nickte und verschränkte die Hände. Seine Hände sind ganz amerikanisch, nicht glatt und blaß wie Geralds Hände, sondern hart, mit starken Knöcheln.

»Das dachte ich mir«, sagte ich, »gerade der Teil von dir, den ich am meisten liebe und auf den ich am meisten stolz bin, weil ich deinen Vater liebe, den wünschst du, nicht zu haben. Schäm dich, Rennie!«

»Du verstehst das nicht«, schrie er. »Du bist amerikanisch, deine Abstammung ist rein –«

»Was, rein!« schrie ich zurück. »Die Rebellen von einem halben Dutzend europäischer Nationen, ein Überläufer, der jüngere Sohn eines englischen Lords und einer Irländerin, ein verschlagener holländischer Händler, der die Indianer um Grund und Boden betrogen hat, ein Einschlag von deutschem Blut…«

»Das spielt alles keine Rolle«, sagte er halsstarrig. »Ihr seid alle weiß.«

Ich gab nach. Es war nicht der Augenblick, zu streiten.

»Sag, was du willst«, sagte ich.

»Ich gehe nach Kansas«, fuhr er fort. »Ich werde auf der Ranch von Sam Blaine diesen Sommer arbeiten und im Herbst auf die Universität gehen. Sam wird mir ein Stipendium verschaffen.«

Kein »Wenn es dir recht ist«, kein »Wenn du nichts dagegen hast, Mutter«, kein »Wenn du nicht hier meine Hilfe brauchst«. Aber ich bin auch stolz, und ich bitte meinen Sohn nicht um seine Hilfe.

»Es wundert mich, daß du heimgekommen bist, mir das zu sagen«, sagte ich.

»Damit du es weißt«, sagte er und seine Kinnbacken waren hart wie Eisen.

Da lag mein Schicksal vorgezeichnet vor mir, und ich mußte mit beiden Händen zugreifen, ohne mich zu beklagen.

»Wann willst du fort?« fragte ich.

»Ich denke, ich sollte doch so lange bleiben, daß ich Baba noch sehe«, antwortete er.

»Doch ein bißchen länger«, protestierte ich.

Vielleicht habe ich noch Zeit, ihm von Babas Frau zu erzählen, seiner Großmutter. Etwas von diesem rebellischen Blut stammt von ihr. Auch sie litt, weil sie nicht geliebt wurde. Vielleicht kann sie ihm jetzt helfen, da ich es nicht kann.

»Bleib doch wenigstens einen Tag, Rennie. Es gibt Dinge, die ich dir sagen möchte, ehe du gehst – Dinge, die ich dir nie erzählt habe.«

Er warf mir einen schnellen Blick zu aus seinen tiefdunklen Augen.

»Na, schön«, sagte er, »wenn du es so willst –«

Wo werde ich eine Heimat für meinen Sohn finden? Wo kann er ein Land finden, zu dem er gehört?

Als Baba am nächsten Morgen aufwachte, gingen wir zu ihm hinauf. Da lag er auf seinen Kissen, genauso wie er eingeschlafen war, das weiße Haar kaum verwirrt, die dunklen Augen vage und nur halb geöffnet. Ich redete ihn an.

»Baba, guten Morgen. Schau doch, wer dich besuchen kommt.«

Er öffnete die Augen und starrte uns an. »Wer ist das?«

»Das weißt du doch.«

»Ist es Gerald?«

»Nein - nein - nein. Es ist Rennie.«

Er erkannte Rennie nicht. Er hat seinen eigenen Enkel vergessen. Er bewegte die Lippen. »Sollte ich ihn kennen?« fragte er schließlich.

»Ja, das solltest du«, sagte ich. »Er ist Geralds Sohn - und der meine.«

»Geralds Sohn«, sagte er nachdenklich. »Hatte Gerald einen Sohn?«

Ich drehte mich um und bat: »Rennie, verzeih ihm. Er ist so alt. Er hat alles vergessen.«

Was für ein Ausdruck von Trauer lag doch auf dem jungen Gesicht!

»Es spielt keine Rolle«, sagte Rennie. »Nichts spielt eine Rolle.«

»Schlaf nur wieder ein, Baba«, sagte ich. »Ich komme bald zurück.« Wir gingen auf den Fußspitzen wieder hinaus, und ich wußte, ich hatte verloren. Baba, in aller Unschuld, hat mich und die Meinen im Stich gelassen. Er hat sich von uns in die weiten Fernen des Greisenalters zurückgezogen.

Und dann versuchte ich wie eine Wahnsinnige, meinen Sohn zurückzuholen. »Rennie, komm jetzt in mein Zimmer. Ich habe dir Bilder zu zeigen. Ich muß sie dir zeigen, bevor du gehst.«

Er folgte mir ruhig und setzte sich in meinem Zimmer so

formell nieder wie ein Gast und wartete. Und ich holte meine Schachtel mit Fotografien hervor und suchte die von Geralds Mutter heraus.

»Das ist die vornehme Chinesin, die Baba heiratete«, sagte ich zu ihm. »Das ist deine Großmutter, die Mutter deines Vaters. Sie ist durchaus schön in ihrer eigenen würdigen Art. Man kann stolz auf sie sein, sie ist die Tochter einer uralten Familie, die in Peking verwurzelt ist. Du erinnerst dich doch sicher an deinen Großonkel Han Yu-ren.«

Rennie nahm das Bild und blickte auf das ruhige chinesische Gesicht. »Warum hat Baba sie geheiratet?«

»Er wollte - er wollte ein Teil des Landes werden, dem er sein Leben gewidmet hatte. Er dachte, er könnte so dem Volk, das er liebte, nahekommen. Er wollte - aufhören, ein Fremder zu sein.«

»Und jetzt hat er alles vergessen«, sagte Rennie. »Er erkennt nicht einmal mich. Wahrscheinlich hat er sie nie geliebt.«

»Warum sagst du das? Du weißt es doch nicht.«

»Wenn er sie geliebt hätte, würde er sich an mich erinnert haben.«

Ich konnte nichts dagegen tun. Wie alt ich auch werde, was immer für Veränderungen in meinem Körper und Geist vor sich gehen werden, so lange ich atme, werde ich Gerald nie vergessen und auch nicht Geralds Sohn.

»Baba tat, was er für richtig hielt«, sagte ich.

»Das ist nicht genug«, sagte Rennie. »Es muß Liebe dabei sein.«

Und er gab mir das Bild zurück. Dann stand er auf, beugte sich zu mir und küßte meine Wangen.

»Leb wohl, Mutter«, sagte er. Er ging sofort weg. Ich sah seinen alten Wagen die Straße hinunterwirbeln in einer Wolke von sommerlichem Staub. Diesmal kommt er vielleicht nicht mehr zurück. Ich weiß es nicht. Woran ich mich erinnere, ist, daß er wieder sprach, wie sein Vater es ihn gelehrt hat, sein Englisch war klassisch und rein. Die Dialektausdrücke, die Redeweise des amerikanischen Schuljungen, waren wie fortgewischt von seinen Lippen. Was das bedeutet, weiß ich noch nicht.

Ich kann nicht fort von hier; ich kann Rennie nicht folgen, selbst wenn ich es wollte, denn Baba ist da, der niemanden hat als mich. Ich bin festgenagelt auf dieser stillen Farm, fern von allen, außer Matt und seiner Frau, und sie haben so lange hier im Tal miteinander gelebt, daß sie nur die Sprache einer haßerfüllten Liebe kennen. Sie haben Vergnügen daran, miteinander zu hadern, und streiten den ganzen Tag, und ich zweifle nicht, auch bei Nacht. Ja, ich bin überzeugt, daß ihre hauptsächlichen Kämpfe sich bei Nacht abspielen in dem großen alten Doppelbett, das den kleinen Schlafraum ausfüllt. Sieben Kinder haben sie miteinander in die Welt gesetzt, und jedes von ihnen war die Frucht eines Streites. Sie haben keine andere Gesellschaft gebraucht, keine anderen aufregenden Erlebnisse, glaube ich. Matt ist maßlos eifersüchtig, und seine Frau ist stolz auf seine Eifersucht und prahlt damit, wie sie darunter zu leiden habe.

»Wenn Matt bloß den Hut von einem Mann im Haus sieht, dann kriegt er Krämpfe«, sagt sie stolz. »Und ich muß es dann ausbaden, und wie«, erklärt sie, und ihr kleines rundes faltiges Gesicht strahlt vor Freude.

Sie sagte das heute morgen, als ich erstarrt vor Einsamkeit die staubige Straße überquerte, um ihre Blumenbeete zu loben. Ehe ich antworten konnte, wie ich es immer tue, sie habe Glück, daß Matt sie noch immer so liebt, daß er eifersüchtig ist, ging der Postbote vorüber, und ich rief schnell adieu und rannte ihm nach. Dort im Schatten des großen Ahorns am Gattertor blieb er stehen und gab mir ein paar Briefe, keiner von Wichtigkeit, außer einem dünnen grauen Umschlag. Er kam aus Singapur, ich kannte die Marke, aber die Handschrift war mir fremd.

»Von Ihrem Mann?« fragte der Postbote.

»Nein«, sagte ich. Und dann bekam ich Angst vor dem, was

vielleicht in dem Brief stand, und so ging ich zu dem Felsen neben dem Brunnen, setzte mich dort in den Schatten eines schiefgewachsenen Apfelbaumes und riß den Umschlag auf.

»Liebe ältere Schwester«, begann der Brief.

Er war von ihr.

All die Monate hindurch habe ich Geralds Briefe nicht beantwortet. Er bat mich um meine Erlaubnis, und ich habe sie ihm nicht gegeben. Hinter allem, was ich tue, stand immer das Bewußtsein dieses Hinauszögerns, ein Geheimnis, so verborgen wie eine Sünde. Jetzt kann ich es nicht länger verbergen.

Sie schreibt auf englisch, aber nicht gut. Sie versucht, mir etwas begreiflich zu machen. Sie will mir zu verstehen geben, daß sie mein Haus nicht betreten wird, um meinen Platz einzunehmen, ehe ich die Erlaubnis gegeben habe.

»Du hast sehr lange in Peking gelebt«, schreibt sie. »Ich glaube, du verstehst sehr viel über uns chinesisches Volk. Hier ist es jetzt schwer zu leben trotzdem. Es ist auch schwer für MacLeod, Deinen Gatten, und er wünscht so sehr, daß soll eine Frau Sorge tragen, um Haus und flicken und kochen und so weiter. Auf mein früheres Ersuchen schrieb er Dir, um Dein Einverständnis zu bitten, daß ich in sein Haus komme als Frau-in-Abwesenheit. Du weißt, das ist ganz üblich, nicht mehr zweite Frau oder Konkubine, wie früher, welches zu altmodisch ist, sondern Frau-in-Abwesenheit. Natürlich, wenn Du zu anderer Zeit zurückkommst, werde ich weggehen, wenn Du wünschst. Für Dich habe ich Verehrung als Jüngere zu der Älteren. Bitte, erlaube mir und sage mir, wie alles soll sein im Sorgen für unseren Gatten. Ich wünsche zu tun, was Du mir sagst, und mache ihn glücklich so. Dies ist meine Pflicht. Aber erst Deine Erlaubnis, bitte, um sein Leben zu retten. Ich sende diesen Brief zu einem geheimen Freund in Singapur und, bitte, erwidere an selbigen.
Deine untertänige jüngere Schwester,

Mei-lan«

Die Adresse in Singapur ist ein Seidengeschäft. Irgend jemand dort, nehme ich an, ist ihr geheimer Freund, irgend jemand, der mit diesem seltsamen neuen China in Verbindung steht, diesem China, das mich zurückweist. Ich wünschte, ich hätte den Mut, ganz offen an Gerald zu schreiben. Aber was würde ich schreiben? Soll ich die Erlaubnis geben, daß eine andere Frau meinen Platz einnimmt? Und kann sie meinen Platz einnehmen? Sicher ist noch keine Amerikanerin je in einem solchen Zwiespalt gewesen.

Diese felsige Farm, die mir gehört, in diesem abgeschiedenen Staat Vermont, ist jetzt so fern von Gerald, als ob er gar nicht existierte. Vielleicht bin ich es, die nicht mehr existiert. Warum sollte ich auch wirklich existieren, ich, die niemand mehr braucht - oder liebt? Oder werde ich geliebt? Ich kann diesen Brief heute nicht beantworten. Ich bin stumpf, ich kann nicht denken. Ich weiß nicht, was ich sagen soll, ehe ich nicht wieder die Verbindung mit ihm hergestellt habe.

Ich komme in mein Zimmer. Ich nehme seinen Brief aus der verschlossenen Kassette; und obwohl ich mir geschworen habe, ihn nie wieder zu lesen, tue ich es doch. Ich lege ihn hier nieder. Ich schreibe jedes Wort ab und mache mir so seine Gedanken zu eigen. Ich werde sie jetzt nie mehr vergessen. Dies ist der Brief aus Peking, Geralds letzter Brief:

»Meine liebe Frau,
vor allem, ehe ich sage, was gesagt werden muß - sollst Du wissen, daß ich nur Dich liebe. Was immer ich jetzt tue, vergiß nie, daß Du es bist, die ich liebe. Wenn Du nie wieder einen Brief von mir erhältst, wisse, daß ich Dir jeden Tag in meinem Herzen schreibe. Ich schicke das dem, was ich Dir jetzt sagen muß, voraus. Es ist unumgänglich notwendig, daß ich eine chinesische Frau zu mir ins Haus nehme. Nicht nur, weil ich jemanden brauche, der sich um das Haus kümmert,

meine Sachen wäscht, instand hält und so weiter. Du weißt zur Genüge, wie hilflos ich in all diesen Dingen bin, in denen Du mir so behilflich warst. Aber es ist jetzt notwendig, daß ich für mich Beweis erbringe. Es ist anscheinend nicht genug, daß ich denen, die jetzt an der Macht sind, einen Treueid leistete. Ich muß meiner ganzen Vergangenheit abschwören, ich muß mein nichtchinesisches Blut verdammen und mich öffentlich gegen die andere Hälfte meiner Person erklären. Man hat mir befohlen, eine zweite Frau zu nehmen. Ich sage Dir das, weil wir immer miteinander ehrlich und aufrichtig gewesen sind. Wäre ich weniger aufrichtig gegen Dich, so würde das heißen, daß ich unser gemeinsames Leben tatsächlich vergessen habe. Ich werde es nie vergessen, und deshalb sage ich es Dir.

Ich kann Dir nicht mehr schreiben. Es wäre zu gefährlich für mich und auch sogar zu gefährlich für unseren Sohn. Du glaubst, er ist sicher in Deinem Land, aber er ist nirgends sicher, wenn ich nicht ihn und Dich verstoße. Wenn Du erfährst, daß ich das öffentlich getan habe, glaube nicht, daß ich es in Wirklichkeit getan habe. Ich möchte möglichst am Leben bleiben, bis diese Zeiten vorüber sind. Wenn mir trotz all meiner Bemühungen, ihm zu entgehen, der Tod beschieden ist, dann vergiß nicht, daß Du mein einziger Gedanke bist, Du, meine Eva.

Gerald«

Natürlich muß ich die Erlaubnis geben. Ich weiß nicht, warum ich all diese Monate gezögert habe, zu tun, was, wie ich wußte, getan werden muß. Nun, da dieser Brief von der Frau gekommen ist und ich weiß, daß sie noch nicht bei ihm ist, sehe ich ein, daß ich meine Erlaubnis sofort geben muß. Vielleicht werde ich telegrafieren. Nein, das wäre zu überraschend. Ein Telegramm aus Amerika könnte einem Chinesen, selbst in einer britischen Kolonie, Unannehmlichkeiten machen. Ich werde schreiben und den Brief durch Luftpost schicken. Und so schreibe ich. Ich kopiere meinen Brief hier, damit ich immer weiß, was ich geschrieben habe. Wenn Gerald und ich uns je wieder begegnen, habe ich es hier niedergelegt. Denn tatsächlich schreibe ich nur für Gerald. Ja, mein Lieber und Geliebter, ich schreibe dies für dich. Wenn du nicht zu mir kommen kannst, und ich nicht zu dir, dann ist es vielleicht doch eines Tages möglich, dir das zu senden, was ich hier aufgezeichnet habe. Ich wünschte, ich hätte dir an jenem letzten Tag gesagt, daß auch du alles aufzeichnen sollst. Doch nein, es wäre zu gefährlich für dich, dort, wo du bist. Die Dienerschaft ist vielleicht bestochen. Hier, in diesem stillen Tal in Vermont, gibt es keine Spione. Ich glaube, daß es keine Spione gibt. Ich schreibe meinen Brief an Meilan. Und jetzt fällt mir ein, daß sie sich nicht mit ihrem Familiennamen unterzeichnet hat. Mei-lan ist ein landläufiger Name, dem man nicht nachspüren kann. Aber ihr Name tut nichts zur Sache.

»Liebe jüngere Schwester,
Dein Brief ist in meine Hände gelangt. Ich habe ihn gelesen. Ich gebe meine Erlaubnis. Du sollst nicht meinen Platz einnehmen, denn jede Frau hat ihren eigenen Platz im Leben eines Mannes, aber Du darfst mein Haus betreten und Dir Deinen eigenen Platz darin schaffen. Ich werde es niemandem hier in meinem Land erzählen, denn niemand würde es verstehen. Es ist wahr, wie Du sagst, daß ich es verstehe. Trotzdem bricht mir das Herz. Sorge gut für ihn, denn ich liebe ihn.

Elisabeth«

Ich klebte selbst die Marke auf und trug den Brief zum Postamt und ließ ihn in den Kasten unter dem Fenster gleiten. Aber Miss Myra sah es. Sie ist die Vorsteherin unseres Postamtes, eine rundliche, freundliche Frau, und da sie unverheiratet ist, verzehrt von Neugier und brennend an allem interessiert, was die Ehe betrifft und ganz besonders die meine.

»Brief an Ihren Mann?« fragte sie munter. Sie hat runde rosa Wangen mit einem Netz von feinen Linien darüber und ein kleines rosa Mündchen und zwei runde blaue Augen ohne Brauen. Ihr Haar ist gekräuselt und gelb.

»Nein, nicht an meinen Mann«, sagte ich.

Sie nahm den Brief aus dem Kasten und besah ihn genau. »Eine ausländische Adresse, China, nicht?«

»Nein, Singapur, eine britische Kolonie.«

»Ich dachte, die hätten jetzt gar keine Kolonien mehr.«

»Sie haben Indien den Indern zurückgegeben, aber sie haben noch immer Hongkong und Singapur.«

»Nicht die Möglichkeit!«

Sie sah ungläubig drein, aber ich sagte nichts mehr. Ich hatte getan, was ich tun mußte, und ging heim. Baba war noch nicht aus dem Bett, sein Tag beginnt zu Mittag und endet bei Zwielicht. Er schien verschlafen, verstört, verständnislos, und ich versuchte nicht, wie ich es sonst manchmal tue, ihn aufzumuntern. Aber als er angezogen war und in seinem Lehnsessel saß – er kommt jetzt nicht mehr hinunter –, als er seine Schale Haferbrei gegessen und eine Tasse Tee getrunken hatte, schien er plötzlich wach und bei vollem Bewußtsein. Vielleicht hatte Rennies Besuch Erinnerungen in ihm lebendig gemacht.

»Ist gestern jemand gekommen?« fragte er.

»Ja, Baba, es war Rennie.«

Er überlegte. »Rennie – wer ist Rennie?«

»Dein Enkel, Baba.«

Er dachte über diese Mitteilung nach und sagte nichts. Eine halbe Stunde später, während ich sein Zimmer aufräumte, sprach er plötzlich ganz klar:

»Aber ich dachte, es wäre Ai-lan.«

»Wie wäre das möglich, da sie doch eine Frau war und Rennie ist ein Mann – oder beinahe?«

Ich sprach halb im Scherz, während ich seinen Tisch abstaubte.

»Sie sah aus wie ein Mann«, sagte er. »Sie trug eine Uniform. Aus dunkelblauer Baumwolle, die Jacke durchgeknöpft und Hosen wie ein Mann. Ich war ganz verblüfft.«

»Es muß auch verblüffend ausgesehen haben – an einer Frau.«

Ich horchte jetzt auf. Also Rennie sieht seiner chinesischen Großmutter ähnlich. Dann sieht also Gerald wie seine Mutter aus. In Peking sagte man, er gliche seinem Vater. Aber so ist das eben immer. Jede Seite behauptet, daß die andere Seite stärker zum Ausdruck kommt, und so lehnt jede das ab, was nicht so ist wie sie.

»Ai-lan wurde umgebracht«, sagte Baba schmerzlich. Sein Greisengesicht verzog sich, und Tränen rannen aus seinen Augen.

»Das ist schon lange her, Baba.«

»Das glaube ich nicht«, antwortete er. »Ich glaube, es war erst voriges Jahr oder höchstens vor zwei Jahren. Ihr Grab ist noch ganz frisch.« Er hielt inne. »Wo ist denn ihr Grab?« fragte er.

Er war entschlossen, um seine tote Frau zu weinen. Aber warum nach all den Jahren?

»Hast du sie geliebt, Baba?« fragte ich.

Er machte eine Pause und überlegte. Als er dann sprach, hatte er wieder einen seiner seltenen klaren Augenblicke.

»Ich konnte sie nicht lieben«, sagte er. »Ich versuchte es, denn es steht in der Schrift, ein Mann soll seiner Frau anhangen. Es steht nicht geschrieben, wie man es tun soll. Und sie weiß, ich konnte es nicht.«

»Du hast ihr einen Sohn geschenkt«, erinnerte ich ihn als Trost.

»Ja, aber sie wußte es«, gab er zurück. »Sie wußte es sehr gut. Am Morgen, als er geboren wurde, und zwar zu einer unüblichen Stunde, ich glaube um zehn Uhr, an einem schönen Frühlingsmorgen, da ging ich in ihr Zimmer, als mir der Arzt sagte, ich dürfte. Sie lag da mit dem schlafenden Kind im Arm.

›Ich habe dir einen Sohn geboren.‹ Das sagte sie. Und ich konnte nicht sprechen. Das Kind hatte lange schwarze Haare. Es war ein Schock für mich, der Gedanke, daß mein Sohn ein Chinese war. Ich war darauf nicht vorbereitet.«

Ich versuchte zu lachen. »Aber Baba, die Mutter war eine Chinesin – deine Frau!«

Aber er schüttelte den Kopf in der vagen Erinnerung an einen Kummer.

»Ich war nicht darauf vorbereitet«, beharrte er.

Was er meinte, war, daß er an ein Kind nicht gedacht hatte. Er hatte Geralds Mutter aus bestimmten Gründen geheiratet, aber nicht um einen Sohn zu haben. Er wollte ihn nicht. Und dieses Ungewolltsein war wie ein Dolch in Geralds Seele geblieben. Es war dieser Dolch und diese Wunde, die Gerald davon abhielten, mit mir in mein Land zu gehen. Ich verstehe es, fühle es. Aber Rennie trägt auch das Zeichen, und er ist hier. Ach, wie tief geht die Wunde des Nichtgeliebtwerdens!

Baba hatte wieder zu weinen begonnen, und ich fragte, um ihn abzulenken:

»Baba, erinnerst du dich an Sam Blaine?«

Das lenkte ihn auch wirklich ab. Er war im Zweifel. »Kenne ich ihn?«

»Du hast in seinem kleinen Haus in Kansas gelebt.«

»Wirklich?«

»Ja, und ich spreche davon, weil Rennie dorthin gefahren ist, um auf seiner Ranch zu arbeiten. Sam Blaine war während des Krieges in China. Es gefiel ihm dort, und er mochte die Leute. Sie waren gut zu ihm. Deshalb war er so gut zu dir, als du im Zug krank wurdest und man dich herausgesetzt hatte. Sam Blaine war zufällig dabei – ich muß ihn doch mal fragen, wieso –, und er wurde dein Freund. Jetzt ist er Rennies Freund.«

Er erinnerte sich an nichts, aber zumindest vergaß er zu weinen. Ich schob seinen Lehnstuhl zum Fenster, an dem er gerne sitzt, und er blickte friedlich hinaus auf die ansteigenden Hügel und auf das Tal. Er hat die Schafe gern, und er beugte sich dann und wann vor, um zu sehen, wo sie gerade das Gras abweideten.

»Ich bin bald wieder zurück«, sagte ich und ging, um mein Tagewerk zu verrichten.

...Heute abend, als Baba im Bett war und im Begriff, einzuschlafen, erinnerte er sich plötzlich sehr gut an Sam Blaine. Ich hatte schon beinahe die Tür geschlossen, ich hatte ihm gute Nacht gewünscht, da sagte Baba:

»Was Sam Blaine angeht –«

»Ja?«

»Sam Blaine ist zweiundvierzig Jahre alt. Er hat nie geheiratet. Sein Vater hatte zweitausend Morgen guten schwarzen Boden. Er war Viehzüchter, und es gehörten ihm auch zwei Gruben in Nevada. Seine Frau starb, als das Kind erst zwei Jahre alt war. Sam war sein einziges Kind.«

»Baba«, rief ich, »wie genau du dich erinnerst!« Und so ging ich ins Zimmer zurück, setzte mich, und Baba erzählte, man habe ihn krank und fiebernd aus dem Zug herausgeschafft und habe ihm gesagt, er solle auf dem Bahnhof warten. Und dann war Sam Blaine gekommen, um irgendwelches Frachtgut abzuholen. Statt dessen nahm er Baba mit heim und brachte ihn zu Bett.

»Ich hatte Typhus«, sagte Baba. »Ich war sehr krank. Sam blieb bei mir in der Hütte.«

Und Stück für Stück erzählte er mir die ganze Geschichte. Als er in der Nacht erwachte, ohne eine Ahnung zu haben, wo er war, saß Sam am Bett und sprach über China. Er sprach von chinesischen Dörfern und Landstraßen und davon, wie die Nachtigallen im Zwielicht der Sommerabende singen. Er war während des Krieges dort gewesen, aber er sprach nicht von Krieg oder Tod. Statt dessen sprach er zu Baba von friedlichen Szenen, von den Familien, die des Abends auf der Schwelle ihres Heimes sitzen, von den Männern, die ihre Felder bestellen, von den Frauen, die am Teich die Kleider waschen.

Als er mir diese Dinge erzählte, wurde Baba plötzlich ganz verwirrt. Er sah mich mit bestürztem Blick an, und sein Gesicht war das eines müden, alten Kindes.

»Wo ist das Land hin, in dem wir einmal lebten?« fragte er.

»Es ist dort, wo es immer war«, sagte ich. »Es ist jenseits des Meeres. Und Gerald ist dort.«

Er war verwundert. »Warum sind wir dann hier?«

Ja, warum? Mir brach das Herz, und ich lehnte meinen Kopf an seine knochige, alte Brust.

»Jetzt bist du es, die weint«, sagte er und lag geduldig und still und wartete, daß ich meinen Kopf von seiner Brust heben würde. Es war keine Wärme in ihm, nur eine letzte Geduld, und meine Tränen versiegten; ich hob den Kopf.

»Es ist Zeit, daß du schläfst«, sagte ich zu ihm.

»Und wirst du schlafen?« fragte er.

»Früher oder später werde auch ich schlafen«, versprach ich, zog die Decke über seine Schulter und ging hinaus.

Ach, die furchtbare Stille des Tals bei Nacht! Niemand kommt zu mir, und ich bin so einsam, als ob ich allein auf einem Planeten leben würde. Da und dort in der Ferne brennt ein Licht. Das bedeutet ein Haus, ein Heim, zwei Menschen, vielleicht Kinder. Die Petroleumlampe brennt gelb in Matts kleinem Haus; und weit drunten am Ende des Tals scheint ein einzelnes helles Licht, die nackte elektrische Birne, die nie erlischt, über der Tür des Sprechzimmers von Bruce Spaulden. Ich erkenne auch die hier und da aufblitzenden Lichter der Sommergäste. Keines davon brennt für mich. Manchmal zünde ich alle Lampen an in meinem leeren Haus, und ein Fremder, der vorübergeht, könnte glauben, das Haus sei voller Gäste. Aber ich habe keine Gäste.

Heute abend, als die Einsamkeit unerträglich wurde, ging ich hinauf, holte die Kassette mit Geralds Briefen hervor und ordnete sie auf meinem Tisch nach ihrem Datum. Es sind nicht viele - im ganzen nur zwölf, ohne den letzten. Der erste wurde bald nachdem wir Gerald in Shanghai verlassen hatten, geschrieben. Ich fragte mich jetzt, ob es richtig war, Gerald zu verlassen. Doch er befahl mir zu gehen. Ich glaube, er hatte noch keine Angst. Ja, er war sogar heiter und glaubte, es würde nicht schlimmer sein als die Kriegsjahre, die wir bereits durchgemacht hatten. Er setzte seine Hoffnung auf die neue Regierung. Diese Schöpfer einer neuen Ordnung versprachen Gutes. Wir hatten keine Vorahnungen, trotz allem, was der alte Pilowski, der Weißrusse, der das Hotel, in dem wir wohnten, leitete, auch sagte.

»Kein Verlaß auf sie«, erklärte Mr. Pilowski und zwirbelte seinen struppigen Schnurrbart. Der war schwarz, aber selbstverständlich gefärbt. Pilowski muß weit über siebzig gewesen sein. »Auf Revolutionäre ist kein Verlaß - nie, nie im Leben. So sind sie auch in mein Rußland gekommen, haben alles versprochen und alles an sich gerissen. So haben sie es seinerzeit in Frankreich gemacht, Könige und Königinnen umgebracht und sich schaudervoll betragen.«

Gerald diskutierte mit ihm. »Wir können es doch kaum so lassen, wie es ist, Mister Pilowski. Das Volk ist verelendet nach dem Krieg. Die Inflation ist erdrückend. Nichts wird getan.«

»Eines Tages werden Sie merken, daß es besser ist, es wird nichts getan, als es wird Böses getan«, erklärte Mr. Pilowski. Er wurde rot und zornig, und Gerald lächelte, wollte nicht weiter debattieren, aber glaubte doch, daß er im Recht sei. Es ist die Überheblichkeit der Chinesen - und ich darf nie vergessen, daß Gerald Halbchinese ist -, zu glauben, daß sie anders sind als alle anderen Völker, vernünftiger und geistig gesünder als andere Völker. Und in mancher Hinsicht ist es auch wahr.

Geralds erster Brief ist beinahe lustig. »Alles geht gut«, schreibt er. »Ich beginne zu glauben, Du hättest doch in China bleiben sollen. Rennie hätte hier in Peking die Oberschule absolvieren können. Ich weiß nicht, warum wir uns so leicht ins Bockshorn jagen ließen. Ich glaube, ein neuer Tag bricht an in diesem meinem uralten Land.«

Nicht »unser« uraltes Land, sondern »mein«. Ich merke nun die erste Andeutung einer Trennung von mir. Er hatte bereits sein Land gewählt, und wenn es sein mußte, allein.

Der hoffnungsvolle Ton ändert sich nicht bis zum fünften Brief. Dann merke ich die erste Andeutung eines Zweifels.

»Meine Eva«, schreibt er, »vielleicht ist es besser, daß Du ein Jahr oder so wegbleibst. Um Erfolg zu haben, muß die neue Regierung alle Hindernisse aus dem Weg räumen. Du erinnerst Dich doch an Liu Chin, den Seidenhändler? Es scheint, daß er ein Verräter ist. Er ist so mild, so sanft – erinnerst Du Dich? Heute wurde er mit elf anderen bei der Marco-Polo-Brücke erschossen. Zwei davon waren Frauen. Es ist unvermeidlich, daß manchen Leuten die neue Ordnung nicht gefällt. Aber die neue Ordnung ist da. Wir müssen in ihr leben, in ihr und durch sie. Der Erziehungsminister ist bedauerlicherweise nicht ein Mann von hoher Bildung. Ich werde Ersatz finden müssen für –«, das Folgende hat er ausgestrichen. Es scheint, daß es bereits gefährlich ist, offen zu sprechen. Danach schreibt Gerald nichts mehr von Bedeutung. Er erzählt mir, daß die gelbe Shantung-Rose im Osthof in Blüte steht.

»Liebe Eva, die Rose blüht in diesem Jahr spät. Wir haben arge Sandstürme gehabt, die schwersten, die ich je erlebt habe. Die Goldfische sterben im Teich, obwohl ich versucht habe, das Wasser frisch zu erhalten. Der Gärtner ist vor einem Monat in das Heim seiner Eltern in Schansi zurückgekehrt. Ich habe Schwierigkeiten gehabt, einen anderen zu finden. Die Leute wollen nicht arbeiten –« Wieder sind die Worte ausgestrichen. Man sollte es nicht für möglich halten.

Die Leute wollen nicht arbeiten? Warum nicht? Gerald schreibt nicht, daß er meine Briefe bekommen hat. Ich schrieb ihm jeden Tag und schickte die Briefe einmal in der Woche ab.

Der achte Brief ist sehr kurz. »Liebe Frau. Der heutige Tag ist wie jeder andere jetzt in meinem Leben. Ich habe den Lehrplan gemacht und engagiere Professoren für das nächste Semester. Der neue Dekan ist ein kluger, junger Mann mit vielen Ideen. Der weibliche Dekan ist eine frühere Studentin von mir. Sie war schon in ihrer Jugend ehrgeizig. Sage Rennie, er soll Technik studieren. Das wird besser für ihn sein als die Laufbahn eines Professors. Heute nacht ist es heiß und still. Ich sehe einem langen, einsamen Sommer entgegen.«

Der neunte Brief ist apathisch. Die Promotionsfeier ist vorüber, und er ist müde. Ich kenne diese Stimmung. Wir pflegten eine Reise zu machen, Ferien zu nehmen, vielleicht ans Meer, nach Peitaiho zu fahren oder nach den Diamond Mountains in Korea zu reisen. Einmal gingen wir nach Tai Shan und lebten einen Monat lang in einem buddhistischen Tempel. Ob sich Rennie daran erinnert? Der alte Abt war besonders freundlich zu ihm und lehrte ihn sogar mit einem Strang Seide das Schnurspiel.

Drei Monate vergingen, ehe mich der zehnte Brief erreichte, und es steht eigentlich nichts drin. Ich weinte, als ich ihn las, und ich muß jetzt wieder weinen. Denn ich merke, daß mein Geliebter sich mit dem abgefunden hat, was er nicht begreift. »Ich frage mich, ob ich recht getan habe, nicht mit Dir und unserem Sohn nach Amerika zu fahren. Jetzt ist es zu spät. Falls ich Dich nie wiedersehen –« Hier hat er wieder Worte ausgestrichen. Der elfte Brief ist beinahe ein Abschied. »Meine Geliebte, es ist besser, wenn wir keine Pläne machen für einen Tag des Wiedersehens. Es ist besser, das Leben zu leben, wie es kommt, Du auf Deiner Seite der Welt, ich auf meiner. Rennie soll amerikanischer Bürger werden.

Hilf ihm, sein eigenes Vaterland zu finden. Wenn er mich vergißt, so laß es geschehen.«

Es ist nicht schwer, nun den ganzen Ablauf zu sehen. Er ist ein Gefangener. Die Stadt, die er gewählt hat, ist seine Zelle geworden. Er ist kein freier Mensch mehr. Und ich bin nicht frei, weil ich ihn liebe. Solange er lebt, werde ich nicht frei sein... Ich will froh sein, daß ihm wenigstens eine Frau zur Seite steht. Obwohl es sie ist und nicht ich, so hat er doch wenigstens jemanden bei sich. Warum weine ich also?

Heute morgen erschreckte mich Baba durch einen Ohnmachtsanfall. Er stand wie gewöhnlich auf, aß sein bescheidenes Frühstück, das jetzt nur aus Orangensaft, einem Löffel Haferbrei und heißer Milch besteht. Und dann, während er sich bei mir bedankte, wie er nie verabsäumt es zu tun, fiel er in seinem Stuhl zusammen. Ich schickte Matt in großer Eile zu Bruce Spaulden, und es war ein Glück, daß Matt in der Nähe war und gerade die Hecke aus Schierlingstannen beschnitt. Ich blieb inzwischen neben Babas Stuhl stehen, da ich nicht wagte, ihn aufzurichten, und Angst hatte, daß Bruce vielleicht schon auf seiner Besuchsrunde und deshalb unerreichbar wäre.

Aber wir hatten wieder Glück. Er kam den Kiesweg vom Gattertor, ohne Hut und Rock, die Tasche in der Hand, heraufgelaufen. Die Tür war offen, und er kam herein, sprang die Treppe herauf und trat ins Zimmer, ohne Lächeln auf seinem mageren Gesicht, und hatte für nichts Augen als für seinen Patienten. Ich hütete mich zu sprechen, ehe ich angeredet wurde, und so stand ich schweigend da und wartete auf seine Anordnungen.

»Streifen Sie ihm den Ärmel hoch.«

Ich streifte Babas Ärmel hoch. In das schlaffe alte Fleisch des Oberarms stach Bruce schnell und geschickt die Injektionsnadel. Dann hob er Baba auf und trug ihn aufs Bett.

»Decken Sie ihn zu und halten Sie ihn warm, mehr kann

ich nicht tun. Er wird sich wahrscheinlich wieder erholen, aber eines Tages wird es dann aus sein. Sie sollten sich nicht ängstigen. Selbst wenn ich neben ihm sitzen würde, wenn es passiert, könnte ich nichts tun. Ich würde ihm natürlich eine Injektion geben, so wie heute, aber es wäre nicht mehr als eine Formsache.«

»Ich werde bei ihm bleiben, bis er aufwacht«, sagte ich.

»Nicht nötig«, sagte Bruce. »Gehen Sie nur ruhig an Ihre Arbeit. Kommen Sie dann und wann herein und schauen Sie, wie es ihm geht.«

Er packte seine Sachen wieder in die Tasche, während ich Baba zudeckte und das Federbett einstopfte. Es war ein verhältnismäßig warmer Morgen für unsere Berggegend, aber Babas Haut war kühl wie die Haut eines eben Verstorbenen. Und doch atmete er.

Ich blickte auf und sah, daß Bruce mich beobachtete.

»Kommen Sie mit hinunter«, sagte er.

Ich folgte ihm hinunter. Ich dachte, er wollte zur Tür gehen, aber nein, er setzte sich in der Diele auf den Holzstuhl neben der Standuhr.

»Es ist nicht die richtige Zeit, das zu fragen«, sagte er in seiner abrupten Art. »Aber eine Zeit ist wie die andere, wenn ein Mensch etwas auf dem Herzen hat… Elisabeth, wollen Sie mich heiraten?«

Er machte keinen Scherz. Eine Sekunde lang dachte ich es, aber sein intensiver Blick belehrte mich eines Besseren.

»Ich bin schon verheiratet«, sagte ich. »Mein Mann ist nicht tot.«

»Das wußte ich nicht«, murmelte er. »Er läßt sich nie sehen.«

»Er kann nicht«, sagte ich. »Er ist in China, in Peking.«

»Fast so gut wie tot«, brummte er.

Ich sagte: »Für mich lebt er.«

Bruce stand auf, ergriff seine Tasche, die er auf den Boden gestellt hatte, und ging zur Tür. Dort blieb er stehen, drehte sich um und sah mich an. Ich stand am Fuß der Treppe und hielt mich am Geländer.

»Trotz allem, Elisabeth«, sagte er, und seine Augen blitzten grau unter seinen schwarzen Brauen hervor, »so unsicher alles in der heutigen unsicheren Welt und Zeit ist, ich halte meinen Antrag aufrecht.«

»Ich wünschte, Sie hätten ihn nicht gemacht«, sagte ich. »Jetzt werde ich immer dran denken, wenn ich Sie sehe.«

»Das ist es gerade, was ich will«, sagte er.

Er fing plötzlich an zu grinsen, und ich sah in ein vollkommen anderes Gesicht, ein Gesicht, das beinahe lustig war auf eine nüchterne Art. Dann war er fort. Und ich stand da, mit einem merkwürdigen Gefühl - nicht von Liebe, das ganz und gar nicht -, bloß von einer seltsam freundlichen Art von weiblicher Wärme. Zum zweiten Mal in meinem Leben hatte ein Mann mir einen Heiratsantrag gemacht. Um ganz ehrlich zu sein, müßte ich wohl sagen, daß es das erste Mal war, denn als mich Gerald fragte, ob ich ihn heiraten wolle, war es so zögernd, so voller Zweifel, so ängstlich geschehen, ob es auch nur ja fair gegen mich wäre - er sei doch eine ganz unbekannte Art von menschlichem Wesen, hatte er gesagt, dessen Ursprung ein doppelter sei und von beiden Seiten der Welt, und so gehöre er eigentlich nirgends hin -, so daß ich schließlich diejenige war, die das entscheidende Wort aus ihm herauslockte. Mit diesem Antrag, der mir jetzt gemacht wurde, habe ich nicht das geringste zu tun. Ich hatte nie die Möglichkeit in Betracht gezogen, daß Bruce eine Frau lieben könne, geschweige denn mich. Er liebt Kinder, das weiß ich, und nur mit Kindern habe ich sein gleichmütiges Äußeres sich in etwas wie Zärtlichkeit verwandeln sehen. Er ist beinahe vollkommen schweigsam. Ich kann allein leben, ich lerne es jetzt, allein zu leben. Aber ich bin nicht überzeugt, daß ich mit einem wortkargen Mann leben könnte.

Verstört ließ ich die Tür offen und ging zu Baba zurück. Er war noch immer bewußtlos.

Heute brachte mir der Postbote einen Brief mit einer Marke der Volksrepublik China.

»Der muß von Ihrem Mann sein«, sagte er und reichte mir den Brief so stolz, als hätte er ihn persönlich von jenseits des westlichen Meeres geholt.

»Danke sehr«, sagte ich, aber ich erzählte ihm nicht, daß ich nach einem Blick auf die Handschrift wußte, der Brief war nicht von Gerald. Er war von - wie soll ich sie nennen? -, denn Geralds Frau bin ich. Und ich kann das Wort Konkubine nicht benutzen. Aber das ist sie wahrscheinlich doch. Wahrscheinlich nennen die Chinesen in unserer Straße in Peking sie seine chinesische Frau und mich seine amerikanische Frau. Aber die Frage, die mich wie ein Dolch durchbohrt, ist - wenn sie schreiben kann, warum kann er nicht schreiben? Gibt es irgendein Gefühl der Loyalität oder Furcht, das ihn daran hindert? Ist es aus Loyalität gegen mich, daß er, eingedenk unserer großen Liebe, es nicht über sich bringt zu bestätigen, daß er unsere Liebe entweiht?

Ich machte den Brief auf und las die unbeholfene Handschrift.

»Liebe ältere Schwester,

Dein Brief ist angekommen. Ich danke Dir für solche Antwort. Nun ist es meine Pflicht, Dir von unserem Gatten zu erzählen. Ich weiß nicht, ob dieser Brief Dir je unter die Augen kommen wird, aber ich tue meine Pflicht. Ich sende ihn auf dem geheimen Weg. Wenn er in unrichtige Hände kommt, dann wirst Du ihn nie lesen. Aber ich versuche es. Nun erzähle ich Dir, daß unser Gatte gesund ist, aber er ist traurig. Er spricht nicht mit mir. Er geht jeden Tag in sein Amt, und am Abend kommt er heim. Das Haus ist, wie Du es verlassen hast. Ich ändere nichts. Nur kann ich es nicht so rein halten. Manchmal beklagt er sich, weil es nicht so rein ist. Ich sage ihm, ich kann nicht alles so gut machen wie Du. Aber ich koche, was er gerne ißt. Er spricht Deinen Namen nicht aus, aber er behält Dich in seinen Gedanken als eine geheime Freude. In der Nacht geht er in die Höfe und starrt den Mond an. Ist es derselbe Mond in Deinem Land? Ich habe gehört, es ist derselbe Mond. Dann gibt er dem Mond seine Gedanken an Dich.

Was seine Gesundheit betrifft, so ist sie gut, nur schläft er nicht viel. Wir haben keine Kinder. Er hat mir gesagt, er will kein Kind. Ich sagte, und was ist mit mir? Er sagte, es ist besser, du hast kein Kind von mir, weil das Blut gemischt ist. Aber ich hoffe auf ein Kind. Ich gehe zum Tempel und bete zu der Göttin der Niederkunft. Ich gehe im geheimen, weil man uns sagt, wir sollen jetzt nicht mehr an Götter glauben. Bitte gibt acht auf Dich. Wenn Du hier wärest, dann wäre das Haus nicht so einsam wie jetzt. Wir könnten Freundinnen sein.

Deine jüngere Schwester«

Sie unterschreibt diesmal nicht mit Namen, aus Sicherheitsgründen. Und der Brief war nicht in Singapur aufgegeben, sondern in Hongkong. Ich fühle mich seltsam wohler nach diesem Brief. Er ist lieb und einfach, und ich bin erstaunt, daß ich nicht eifersüchtig bin. Wenn der Mond über den Bergen in Vermont aufsteigt, dann werde ich hinausgehen und in seinem Licht stehen und wissen, daß Gerald einige Stunden vorher so dagestanden hat. Ich danke dir, meine jüngere Schwester.

Ich führe dieses seltsame innere Leben. Niemand hier im Tal könnte es verstehen, selbst wenn ich davon reden könnte. Und ich kann nicht davon reden. Aber jetzt habe ich ganz ernsthaft den Wunsch, jene Welt, in der ich mit Gerald lebte, zu verlassen und diese Welt zu betreten, in der ich zu leben gezwungen bin durch Umstände, über die ich ebensowenig Macht habe wie über das Untergehen der Sonne und das Aufgehen des jungen Mondes, der in diesem Augenblick über den Zedern auf den Bergen schwebt. Und doch kann ich jene Welt nicht hinter mir lassen und kann nicht in dieser Welt aufgehen, in der ich leben muß. So existiere ich gewissermaßen im leeren Raum.

...Wenn ich nur aufhören könnte, mich zu erinnern! Ich wünsche sehnlichst, mich nicht zu erinnern; denn ich fühle, wie Gerald einen Faden nach dem anderen zwischen uns zerschneidet. Nicht nur, daß er mir nicht mehr schreibt. Er erlaubt sich auch nicht mehr, an mich zu denken. In früheren Zeiten, als die Gewißheit oder wenigstens die Hoffnung eines Wiedersehens bestand, konnte ich seine Verbindung mit mir fühlen. In den schroffen Hügeln von Szechuan, als ich in Tschungking war und er zu Fuß mühselig quer durch das Land zog, an der Spitze seiner Studenten und Professoren, da konnte ich, besonders am Abend bei Sonnenuntergang und wenn der Mond aufging, fühlen, wie sein Herz und seine Gedanken zu mir strebten, und wir waren vereint. Aber jetzt, obwohl ich meinen Geist über Land und Meer nach ihm aussende, finde ich ihn nicht. Er verbirgt sich. Er hat sich von mir zurückgezogen. Das bedeutet nur eines - er hat keine Hoffnung, mich jemals wiederzusehen. Ich glaube nicht, daß er aufgehört hat, mich zu lieben. Das ist nicht möglich. Es ist einfach, daß für uns das irdische Leben zu Ende ist. Und doch bleibe ich weiter im leeren Raum. Ich kann mich nicht von der Vergangenheit loslösen, und Gegenwart und Zukunft existieren nicht.

Als Bruce mich bat, ihn zu heiraten, drangen die Worte an mein Ohr, aber nicht in mein Herz. Sie widerhallen in mir. Ich höre sie noch immer wie einen leeren Schall. Nur wenn ich Babas Zimmer betrete, dann kommt eine Bedeutung in mein Leben, nicht stark und lebendig wie damals in dem Haus in Peking, sondern still und ergeben, aber sie ist da. Ich habe dasselbe Gefühl, das man beim Anblick von verfallenen Palästen und schweigenden Gärten hat, die da sind, aber in denen niemand mehr wohnt und lebt. Ich merke, daß ich oft in Babas Zimmer gehe aus keinem anderen Grund, als um seine Gestalt zu sehen, wie er eingehüllt in das chinesische Gewand aus blauem Seidenbrokat am Fenster sitzt. Die wenigen Dinge, die ich aus China mitgebracht habe, ein paar seidene Bildrollen, eine kleine Vase aus Jade, einige Porzellanschalen aus Kiangsi, ein Teppich, so blau wie der nordchinesische Himmel, haben sich irgendwie aus dem ganzen Haus hier in Babas Zimmer zusammengefunden.

»Ist dir gut, Baba?« frage ich.

»Ganz gut«, sagt er friedlich.

Er weiß nicht, wo er eigentlich ist. Es hat keine Bedeutung. Er ist nirgendwo in einer Welt, die er einst kannte und die nicht mehr existiert, außer in ihm. Dann und wann fragt er etwas vage nach der Dienerschaft.

»Warum sagst du eigentlich der Amah nicht, sie soll meine Sachen waschen?«

»Die Amah ist nicht da, Baba.«

»Was du nicht sagst!«

Aber er fragt nicht, wo sie ist. Dadurch würde er Gefahr laufen, etwas zu erfahren, das er nicht ertragen kann. Er schweigt und vergißt. Da sitzt er, Geralds Vater, ein wunderschöner alter Mann, aufrecht und groß, mager wie ein asketischer Heiliger, das Haar weißer als der Schnee auf den Bergen, mit weißem ungestutzten Bart. Er hat sogar Rennie vergessen. Er denkt nicht. Er ist nur da. Und es ist dieses elementare Dasein, kindlich und rein, eingesponnen in sich selbst, das mich zwingt, an Peking zu denken.

Oh, diese traumhafte Stadt! Wenn ich an Gerald denke, so sehe ich ihn in der Stadt der Kaiser. Die Essenz des Lebens war dort, die Paläste unter ihren Dächern von Blau und Gold, umwoben von einer Geschichte voll majestätischer Männer und Frauen. Auf den breiten Straßen vergaß das niedere Volk seine Niedrigkeit und trug ein fürstliches Gehabe zur Schau, weil die Stadt, in der es lebt mit seinen Ahnen, eine königliche Stadt ist. Sogar die Bettler waren nicht feige und verzagt. Sie kamen aus ihren Winkeln heraus, die Hände ausgestreckt, aber erhobenen Hauptes. Ich erinnere mich nicht an die Stadt im ganzen. Dazu ist sie zu reich an Leben. Ich sehe sie in den strahlenden Streifen von Sonnenlicht, die den gelben Staub eines Frühlingssturms durchdringen. Ich sehe sie als einen riesigen sommerlichen Garten, in dem blaue Porzellandächer und goldene Verzierungen zwischen dem dunklen Grün der Zedern durchschimmern. Ich sehe sie unter dem Schnee, der schwer auf Dächern und Straßen liegt, durch den Erwachsene und Kinder ihren Wert suchen, so vorsichtig wie Katzen, die Fellmützen über die Ohren gezogen, aber fröhlich und die Wangen rot vor Kälte. Ich sehe die Straßen bei Nacht, bunt und geräuschvoll an Festtagen, oder still in der Einfachheit des täglichen Lebens, mit brennenden Lampen, angezündeten Kerzen, Familien, die um den Eßtisch zusammensitzen, Männern, die Wasserpfeifen rauchen, schwatzen, eine Frau, die ihr Kind nährt...

Wie still die Berge in Vermont sind, wie leer an menschlichem Leben und Treiben! Wenn es Nacht wird, bekommt der Wald etwas Unheimliches in der Dunkelheit. Manchmal scheint die Sonne durch die Bäume auf die Farne und Kräuter, und die Welt da unten scheint ganz Unschuld und zarte Schönheit. Aber die Sonne sinkt früh in dem Tal, und die Schatten steigen herab.

Es ist wieder Herbst, und die Blätter verfärben sich. Was ist das für ein Leben auf dem kargen Boden dieser Berge, das den Saft in den Ahornbäumen im Frühjahr zum Fließen bringt und das im Herbst in so bunten, grellen Farben erstirbt?

Die Bäume bluten in Farben, so wie im März der Saft aus ihnen blutet. Gestern, als ich mit unserem Staatsforstbeamten sprach, einem mageren jungen Mann, der ganz erfüllt ist von seiner Mission, sagte er mir, daß niemand weiß, warum der Ahornsaft im Frühling steigt. Es gibt keine Erklärung für diese Kraft, aber wenn man sie zähmen könnte, wäre sie stark genug, Maschinen zu treiben. Es ist eine Kraft in den Zellen, die nicht unmittelbar aus der Erde durch die Wurzeln hinauftreibt; denn wenn ein Ahornbaum gefällt wird, steigt der Saft noch immer weiter nach oben im Stamm. Es gibt kein Herz in den Bäumen, so wie im menschlichen Körper, nur eine reine Kraft, elementar und beinahe unkörperlich in ihrem Ursprung. Es ist die Lebenskraft, die ihren Ausdruck in der Materie findet.

Die Blätter schweben herab, und die Berge zeichnen sich in großen, weiten Konturen gegen einen königsblauen Himmel ab. Die Arbeit auf der Farm ist für dieses Jahr vorüber, außer der Pflege der Kühe und ihrer Kälber, dem zweimal täglichen Melken, dem Füttern der Hühner und dem Einsammeln der Eier im Hühnerstall. Ich finde Trost in der täglichen Arbeit, obwohl Matt mich eigentlich gar nicht braucht. Vorigen Monat habe ich drei Kühe verkauft, um das Winterfutter zu sparen. Matt hat gestern die Winterfenster und -türen eingesetzt, und heute ist es sofort warm geworden, geradeso, wie es in China zu sein pflegt. Aber ich kann nicht wie der chinesische Bauer aufs Feld gehen und dem alten Mann im Himmel mit der Faust drohen. Zwischen den Bauern und den chinesischen Göttern bestand ein freundschaftlich kritisches Verhältnis. Das Volk erwartete, daß die Götter es schützten und ihm zur rechten Zeit Regen und Sonne schickten. Warmes Wetter nach dem ersten Winterfesttag ließ den Winterweizen zu hoch wachsen und brachte ihn in Gefahr zu erfrieren, wenn die bittere Kälte kam. So hörte ich einen Bauern seine Mißbilligung den Göttern gegenüber ausdrücken:

»Du altes Haupt, da oben! Was fällt dir ein, jetzt Hitze herunterzuschicken statt Kälte? Seid ihr da oben im Himmel besoffen? Seid ihr schwachsinnig geworden? Nimm dich mal zusammen! Ich warne dich – sonst gibt's keinen Weihrauch mehr und keine Opfergeschenke im Tempel!«

Ich bin einigermaßen skeptisch, was Götter betrifft, aber

wie soll ich es erklären, daß zwei Tage darauf ein wilder Schneesturm von Norden her kam? Und wie wir lachten, Gerald und ich! Ach, wir haben soviel und herzlich gelacht in unserer Ehe. Ich mußte ihn das Lachen lehren, das weiß ich noch. Ich mußte seinen starken chinesischen Humor von Hemmungen befreien. Wenn er besonders chinesisch war, war er besonders lustig. Ich möchte wissen, ob seine chinesische Frau ihn zum Lachen bringen kann.

Es sind jetzt ihre Briefe, die ich hervorhole und lese, nicht seine. Ich merke, daß ich Geralds Briefe an mich nicht mehr lesen kann. Sie scheinen mir einer vergangenen Zeit anzugehören. Was immer er jetzt ist, er ist nicht mehr der, als den ich ihn kannte. Ich versuche, ihn durch die Briefe seiner chinesischen Frau hindurch zu sehen, aber ich sehe nur seinen Schatten.

Heute abend, als ich das Fenster aufmachte, das auf mein enges Tal hinunterblickt, wirbelte eine Schar von Schneeflocken herein. Ich fühlte sie kalt auf meinem Gesicht, und der Wind blies durch mein Nachthemd. Schnell zurück ins Bett und die warme Decke über die Schultern gezogen. Ich will nicht daran denken, wie einsam ich hier liegen muß. Ich will an die wohlige Wärme meiner Decken denken. Sie sind aus der Wolle meiner Schafe gemacht. Meine Schafe halten mich warm, meine Kühe geben mir Milch, Butter und Käse, mein Grund und Boden gibt mir Nahrung und Schönheit, an der ich meine Augen weide. Was die Decken betrifft, so verlangte ich, als ich die Säcke mit Wolle an die Fabrik schickte, daß sie doppelt stark gemacht und dunkelrot gefärbt werden sollten. Und sie kamen zurück in der Farbe von zerdrückten Rosen. Nun liege ich darunter und tröste mich mit ihrer Wärme und Farbe. Mein Trost und mein Vergnügen liegt in solchen kleinen Dingen. Es sind die kleinen Dinge, die ewigen Bestand haben.

Heute, da die Erde weiß unter dem Schnee liegt und die Berge doppelt so hoch erscheinen, ist Rennies erster Brief an mich gekommen. Es war der einzige Brief, den der Postbote in den Kasten warf. Und so war nichts da, das mich hätte davon ablenken können.

Ich setzte mich nieder, wo ich gerade war in der Küche; ich ließ meinen Besen fallen, warf das Staubtuch beiseite und riß den Umschlag auf.

»Liebe Mutter –«

Ich küßte die Worte und las weiter. Er schreibt, als hätte er das Heim erst gestern verlassen und nicht schon vor Monaten.

Aber wo bist du, Rennie. Der Brief ist von einer Universität im Mittelwesten abgeschickt. Er will nicht nach Harvard gehen, wie sein Vater, sagt er. Er will nur er selber sein, erklärt er. Das also ist er, er schlägt sich durch, wie Sam es vorausgesagt hat. Es ist ein Brief mit Tatsachen und ohne Einzelheiten. Er studiert fleißig, er ist sehr begeistert von Physik. Er teilt das Zimmer mit einem Jungen namens George Bowen. Ach, George Bowen hat eine Schwester. Nicht hübsch? Aber sehr intelligent und sieht sehr gut aus. Hochgewachsen, scheint es.

»Aber, Mutter, Du darfst Dir keine Dinge in den Kopf setzen. Ich habe für immer von den Frauen genug.«

Hier halte ich inne. Mit neunzehn Jahren hat mein Sohn für immer von den Frauen genug! Ach, Allegra, du hast ihn tief verletzt. Aber jeder Mann und jede Frau wird verletzt durch die erste Liebe, mit ganz seltenen Ausnahmen, so wie Gerald und ich, aus deren erster Liebe die einzige Liebe wurde.

»Ich komme heim zu Weihnachten«, schreibt Rennie. Das ist eine herrliche Nachricht. Das ist für mich genug. Der Junge kommt heim, und so werden wir ein richtiges Weihnachten feiern. Es wäre zu traurig für Baba und mich, an das Weihnachtsfest zu denken. Er hat zweifellos den Tag vergessen, und ich allein könnte ihn nicht feiern. Ich weiß, wenn Rennie mir diesen Brief nicht geschrieben hätte, so hätte ich den Tag vorübergehen lassen und so getan, als wäre es ein Tag wie alle anderen. Aber jetzt werde ich einen Plumpudding machen, einen Puter braten und frische Austern aus dem Lebensmittelgeschäft kommen lassen. Ich werde verzuckerte Walnüsse für Rennie machen und sofort anfangen, ihm einen roten Sweater zu stricken. Und seine Sachen sind alle die Monate hindurch nicht nachgesehen worden! Er muß alles heimbringen, und ich muß sehen, was zu flicken ist.

Das Haus ist plötzlich erfüllt von Licht und Leben. Ich stürme hinauf zu Baba, der gleichmütig am Fenster sitzt, so, wie ich ihn verlassen habe.

»Meine Knie sind kalt«, sagt er zu mir auf chinesisch.

»Du hast die Decke auf den Boden gleiten lassen, wie unachtsam, Baba!«

Ich tue so, als ob ich ihn ausschelten würde – auch auf chinesisch.

Wenn er chinesisch spricht, vergißt er sein Englisch. Ich erzähle ihm die herrliche Neuigkeit, aber auf englisch.

»Rennie kommt zu Weihnachten heim, Baba, hörst du, verstehst du? Sag mir einmal nach: Rennie ist mein Enkel.«

Er schlägt seine geduldigen Augen zu mir auf. Er wiederholt mit zittriger Stimme: »Rennie ist mein Enkel.«

»Er kommt heim zu Weihnachten.«

»Kommt heim zu Weihnachten«, wiederholt Baba.

Ich zweifle sehr, ob er weiß, was es bedeutet, aber er wird es wissen, wenn Rennie selbst ins Zimmer kommt. Ja, dann wird er es wissen!

Ich küsse Baba auf den Kopf und eile weg, um Rennies Zimmer zu inspizieren. Ob mir Matt vielleicht helfen könnte, die Wände anzustreichen? Ein zartes Gelb vielleicht –

Die Zeit ist im Flug vergangen. Es ist vier Tage vor Weihnachten und Rennie kommt heute abend heim. Inzwischen habe ich noch zwei Briefe aus dem Haus in Peking bekommen, die aber anderswo aufgegeben waren, einer in Manila, einer in Bangkok. Diese kleine Chinesin weiß sich zu helfen. Ich fange an, mich für sie zu interessieren. Es scheint, sie hat Freunde, die ihre Briefe in weit entfernten Orten aufgeben. Sie tut das sicher, damit Gerald nicht gefährdet wird. Seine Briefe werden zweifellos überwacht und gelesen, aber sie kann ihre in den Ärmel gleiten lassen und mitnehmen, wenn sie irgendeine Familie besucht, und auf sie fällt kein Verdacht. Ich möchte wissen, wie sie aussieht. Ich hatte den Wunsch und dann auch wieder nicht, sie um eine kleine Fotografie zu bitten. Aber sie würde sie mir schicken, wenn sie könnte. Sie ist diese Art von Frau, eine Plaudertasche, eine heitere und liebevolle Frau, eine, die großen Wert legt auf Fotografien und Andenken und derlei Dinge. Sie schreibt von Gerald und von dem Haus und was sie tun. Sie erwähnt seinen Namen nicht, aber wir wissen beide, wer »Er« ist.

»Er hat eine Erkältung heute. Es ist der Sand, der ihm in die Kehle kommt, wenn er im Hörsaal spricht. Ich habe ihm einen heißen Ingwertee gemacht und Honig hineingemischt. Er trinkt ihn schluckweise, und es tut ihm gut.«

Ja, der Sand der Herbststürme brachte Gerald immer zum Husten, und dann konnte er nicht gut schlafen. Wir pflegten daran zu denken, in irgendeinen anderen Teil von China zu übersiedeln, der von der nordwestlichen Wüste weiter entfernt war, vielleicht in eine der großen Städte am Jangtse-Fluß; aber wenn es zu einem endgültigen Entschluß kommen sollte, konnte sich Gerald nie von Peking trennen.

»Man gehört zu dieser Stadt wie zu einem Land«, sagte er. »Es gibt keine, die ihr gleicht. Überall sonst wäre ich ein Fremder.«

Und so blieben wir... Aber warum habe ich nie daran gedacht, ihm heißen Ingwertee mit Honig zu geben? Sie sorgt besser für ihn, als ich es getan hab. Aber liebt sie ihn so wie ich? Ich glaube, sie liebt ihn aus ihrem ganzen Herzen, aber es ist ein kleines Herz – ein Meßbecher voll Liebe füllt es bis zum Rand. Ist das genug für ihn? Vielleicht ja. Ich kann es nicht wissen. Sie plaudert weiter:

»Die Chrysanthemen sind schön und stark diesen Herbst. Sie blühen an der Nordmauer des großen Hofs.«

Dort haben sie immer geblüht, und ich pflanzte rosa und weiße an der Mauer des kleinen Hofs vor unserem Schlafzimmer, aber sie erwähnt sie nicht.

»Er arbeitet gerade jetzt sehr schwer. Es sind neue Vorlesungen und viele neue Studenten. Er arbeitet schwer. Des Nachts kann er nicht schlafen. Wenn er schläft, murmelte er Worte, die ich nicht verstehen kann.«

Spricht er jemals meinen Namen aus? Wenn ja, so wäre es vielleicht zuviel von ihr verlangt, es mir zu sagen. Er ist jetzt weit entfernt von mir. Wenn wir uns wiedersehen würden, glaube ich, wäre er noch immer sehr fern. Es liegen alle diese Tage zwischen uns, an denen ich kein Teil hatte. Er würde nicht imstande sein, davon zu sprechen. Ich könnte ihn nicht danach fragen, und das um so weniger, als wir nichts voreinander geheimhielten, solange wir zusammen waren.

Ich lege die Briefe weg. Jetzt ist keine Zeit für all dies Grübeln. Rennie kommt heute abend heim. Sein Zimmer steht bereit; die Wände sind blaßgelb, die Möbel poliert und abgestaubt; sein Bett ist frisch überzogen; auf dem Sims steht eine Schale mit roten Beeren, und in dem großen, altmodischen Kamin ist Holz aufgeschichtet. In der Nacht ist wieder Schnee gefallen, und er wird sicher Ski laufen wollen, und so habe ich seine Skier gewachst und bereitgestellt. Natürlich war ich mit allem zu früh fertig, und die Zeit dehnte sich, die Uhr wollte nicht weitergehen. Ich spielte mit dem Gedanken, den Christbaum aufzustellen, aber ich wußte, daß ich das nicht tun dürfte, denn er und ich haben an der Sitte meiner Kindheit festgehalten. Damals ging mein Vater am Heiligen Abend mit mir den Hügel jenseits des Zuckergehölzes hinauf und fällte den Baum. Es ist jetzt wichtig, an Familiensitten festzuhalten. Sie verbinden die Gegenwart mit der Vergangenheit und reichen weiter in die Zukunft. Wenn Geralds Mutter imstande gewesen wäre, ihre Familie in Babas Haus mitzunehmen und Gerald einen Platz in der Geschichte der Sippe zu geben, wäre er nicht so einsam aufgewachsen. Aber Baba hat es vielleicht nicht erlaubt, oder vielleicht fühlte sie sich selbst durch ihre ungewöhnliche Heirat abgeschnitten, und so wurde sie eine Revolutionärin. Revolutionen werden nur von denen gemacht, die verlassen und verzweifelt sind. Nun muß ich dafür sorgen, daß Rennie das nicht wird. Er muß seinen Platz finden, hier in dem Tal, wo meine Vorfahren begraben liegen. Er muß das Gefühl bekommen, daß er zu meinem Land gehört, sonst wird er ein Rebell werden.

Ich werde wieder zu heftig. Das eben ist die Stärke und Schwäche, wenn man die Mutter eines Sohnes ist. Eine Tochter, glaube ich, würde mir immer nahe sein; ich könnte sie immer mit meinen Worten erreichen. Aber Rennie hat sich bereits von mir entfernt. Er kommt zurück als Fremder. Ich muß mich ganz neu mit ihm bekannt machen, als hätten wir einander noch nie getroffen. Ich hoffe, ich werde weise genug sein.

Und so nähert sich der ersehnte Abend. Die Berge verwehren den Anblick der untergehenden Sonne, aber der Himmel ist rot über dem Schnee. Baba spürte die Aufregung im Haus und weigerte sich heute abend, früh schlafen zu gehen. Er verlangte sein bestes chinesisches Gewand, aus dunkelbraunem Atlas mit goldenen Knöpfen; und da sitzt er nun in seinem Lehnstuhl am Fenster seines Schlafzimmers, den Bambusstock mit dem drachengeschmückten Knauf in der Hand. Der Bambusstock ist nicht gerade angenehm zu halten, und er benützt sonst einen glatten Malakkastock, aber heute abend erinnerte er sich an den mit dem Drachenkopf, und ich mußte ihn heraussuchen aus dem Wandschrank. Das weiße Haar und der lange weiße Bart verleihen ihm das Aussehen eines alten chinesischen Patriarchen, denn seine Haut, die immer dunkel war, ist jetzt lederfarben und zerknittert. Nur die stolze Adlernase zeigt, daß er schottische und nicht chinesische Ahnen hat.

Ich aber ging unter dem Vorwand, es seien noch einige letzte Handgriffe am Eßtisch nötig, hinunter, um nahe der Haustüre zu sein. Ich habe einen Tannenzweig und einen Buschen von scharlachroten Beeren an den Messingtürklopfer gebunden.

Im Zwielicht sehe ich endlich die Scheinwerfer eines Autos aufleuchten. Das ist er. Wahrscheinlich hat er einen Wagen am Bahnhof in Manchester gemietet. Er schrieb mir nicht, wann er käme, und so konnte ich ihn nicht abholen. Der Wagen ist da. Mir wird plötzlich ganz schwach, und ich muß den Kopf an die Tür lehnen. Dann höre ich den Klopfer auf die Messingplatte heftig aufschlagen. Vielleicht ist es gar nicht Rennie. Vielleicht ist es einer von den wenigen Leuten, die vorbeikommen. Die Tür ist nicht verschlossen, und ich ziehe daran, und dann wird sie plötzlich aufgestoßen, und da stehen zwei hochgewachsene Männer. Einer von ihnen ist Rennie, und der andere ist Sam, und es ist Sam, der als erster spricht.

»Abend, Mrs. MacLeod! Ich dachte, ich komme mal mit Rennie ran und gucke nach, was der alte Herr macht. Sie können mich rausschmeißen, wenn Sie mich zu Weihnachten nicht brauchen können.«

Er schüttelt mir die Hand, daß mir beinahe das Gelenk bricht, und seine blauen Augen funkeln und lachen. Er wirft seine Arme um meine Schultern und küßt mich schallend auf die Wange. Und während ich irgendeine Art von Willkommensgruß stammle, sehe ich nur Rennie, der dasteht, ein schlanker, großer, dunkler junger Mann, lächelnd, und kein Wort spricht. Es kommt Sam zum Bewußtsein, daß er etwas zu stürmisch war, denn jetzt tritt er zurück.

»Ach, Verzeihung, gnädige Frau.«

Und Rennie tritt vor, nimmt meine Hand in beide Hände und beugt sich herunter und küßt mich auf die andere Wange, so leicht, daß ich kaum die Berührung seiner frischen, kühlen Lippen spüre.

»Guten Abend, Mutter –«

Er sieht auf mich herunter, ich sehe zu ihm hinauf. Er sagt jetzt nichts mehr. Ich beeile mich, zu reden:

»Kommt herein – kommt herein. Es ist heute abend kalt. Kommt herein ins Warme. Morgen wird gutes Skiwetter sein, Rennie!«

Sie kommen herein; Rennie bleibt stehen und sieht sich in der Diele um, und dann gehen sie ins Wohnzimmer. Ich habe alle Lampen angezündet und alle Kerzen auf dem Eßtisch. Der Tisch ist mit meinem besten Tuch gedeckt und dem alten Silber meiner Mutter. Ich habe eine Schale mit Stechpalmen in die Mitte gestellt. Stechpalme wächst bei uns hier nicht, und ich kaufte sie für teures Geld in der Blumenhandlung in der Stadt.

»Findest du, daß es aussieht wie immer?« frage ich Rennie.

Er schüttelt den Kopf und antwortet nicht. Nein, es sieht für ihn nicht aus wie immer, denn er ist nicht derselbe geblieben. Er hat sich verändert. Ich bemerke an ihm eine herzbrechende Angst vor mir, seiner Mutter. Er hat Angst, daß ich versuchen werde, ihn wieder zu dem zu machen, was er früher war: zu einem Jungen. Er ist nicht einmal willens, mein Sohn zu sein, wenn er wieder ein Junge sein müßte. Das wird mir klar in einem Aufblitzen von Schmerz.

»Wollt ihr auf eure Zimmer gehen?« frage ich sehr formell. »Rennie, dein Zimmer steht bereit, und für Sie brauche ich nur frische Handtücher in das Fremdenzimmer zu tun, Sam. Ich bin froh, daß Sie gekommen sind.«

Ja, ich bin froh. Als ich ihn zuerst sah, war ich beinahe böse, daß ein Fremder mit meinem Sohn gekommen war. Aber ich weiß, warum er gekommen ist. Rennie wollte es, damit er nicht allein mit mir sein muß, seiner Mutter. Er braucht einen Mann, um sich vor mir zu schützen. Ich muß sehr kühl und ruhig sein. Ich darf keine Ansprüche an diesen großen, schweigsamen jungen Mann stellen. Und so bin ich froh, daß Sam gekommen ist. Es wird leichter sein, sie beide als Fremde zu behandeln.

»Du kennst ja dein Zimmer, Rennie«, sagte ich munter. »Und Sie, Sam, wenn Sie sich nach rechts begeben wollten –«

»Wie geht's dem alten Herrn?« fragte Sam lebhaft.

»Er wird entzückt sein, Sie zu sehen«, sagte ich und hoffte nur, daß Baba sich an ihn erinnern würde.

»Wo ist er?«

»Hier.« Ich öffnete die Tür zu Babas Zimmer, und Sam ging hinein, aber ich sah Rennie daran vorübergehen, sein eigenes Zimmer betreten und die Tür schließen.

»Na, da wären wir«, brüllte Sam. Er fiel über Baba her und schüttelte ihm die Hand, während Baba ihn hilflos anstarrte.

»Sitzt da und sieht aus wie ein alter Kaiser von China«, schrie Sam herzlich. »Wie geht's Ihnen denn, Doktor MacLeod?«

Er zog sich einen Holzstuhl zu Baba hin und setzte sich rittlings darauf, mit seinem verstrubbelten roten Haar und einem breiten Grinsen, das alle Zähne sehen ließ.

»Danke, gut«, sagte Baba vorsichtig. Er sah mich flehentlich an und blickte dann auf Sam. »Bist du mein Enkel?« fragte er sanft.

Sam schrie vor Lachen. »Nicht ganz – nicht ganz! Rennie hat sich nicht so verändert. Erinnern Sie sich nicht an mich, Doktor? Ich habe Sie in die Hütte auf meiner Ranch gebracht. Erinnern Sie sich nicht? Aber Sie und ich, wir waren doch so dicke Freunde!«

Baba fing langsam an, sich zu erinnern. Er nickte mit dem Kopf. Er klopfte mit seinem drachenköpfigen Bambusstock ganz leicht zwei-, dreimal auf den Teppich.

»Sam«, sagte er vorsichtig. »Es ist Sam.«

»Stimmt«, schrie Sam begeistert. »Na, Sie sind aber prächtig beisammen. Man hat hier richtig für Sie gesorgt –«

Ich sehnte mich danach, sie zu verlassen, und mich zu Rennie ins Zimmer zu schleichen. Wenn ich allein wäre mit meinem Sohn, dann würde sich ein Augenblick einer herzlichen Umarmung ergeben, bloß ein Augenblick, und ich würde nicht mehr verlangen. Aber Sam beobachtete mich. Als ich mich zur Tür stahl, hielt er mich auf.

»Gnädige Frau«, sagte er, »Sie werden mich nicht mißverstehen, wenn ich sage, es ist besser, Rennie eine Weile sich selbst zu überlassen. Er wird schon mit der Zeit zu Ihnen zurückkommen, aber die Zeit wird er bestimmen müssen.«

»Das fühle ich«, sagte ich, setzte mich nieder und wartete.

Und endlich öffnete sich Rennies Tür, und er kam herein. Er hatte sich umgezogen, trug braune Kordhosen und eine Tweedjacke, die ich noch nie an ihm gesehen hatte. Sein schwarzes Haar war glattgebürstet, und er trug eine rote Krawatte. Ich sah in ihm einen Mann, einen sehr gut aussehenden Mann... Würde ich ihm je wieder nahekommen und wenn, wie?

»Wie geht es dir, Großvater?« sagte er und kam zu Baba, kniete neben ihm nieder, wie es ein chinesischer Enkel getan hätte, und nahm Babas Hand.

Baba starrte ihn nachdenklich an.

»Bist du mein Sohn Gerald?« fragte er.

»Nur dein Enkel«, sagte Rennie.

Sie sahen einander an und so, ein Gesicht neben dem anderen, merkte ich zum erstenmal die Ähnlichkeit zwischen ihnen. Rennies Profil hat sich mit dem Männlicherwerden verändert und gerät nun mehr der schottischen Seite nach als der chinesischen.

»Mein Enkel«, wiederholte Baba, und plötzlich beugte er sich vor und küßte Rennie auf die Stirn. Ich habe noch nie gesehen, daß er jemandem einen Kuß gibt. Rennie war gerührt und legte Babas Hand an seine Wange.

»Ich bin froh, daß ich heimgekommen bin«, sagte er. Er drehte sich zu mir um, und ich sah Tränen in seinen Augen.

Danach verbrachten wir einen lustigen Abend. Die beiden jungen Männer machten einen Sitz aus ihren gekreuzten Händen und trugen Baba hinunter, und er saß mit uns am Tisch. Dann lief ich zur Feier des Tages hinauf und zog mein weinrotes Samtkleid an, das ich nicht mehr getragen habe, seit Gerald und ich uns trennten. Am letzten Abend in Shanghai gingen wir allein in das Astor-Hotel und nachher tanzen, und ich zog dieses eine festliche Gewand an, das ich den ganzen Krieg hindurch aufbewahrt hatte. Wir tanzten Wange an Wange, vergaßen die überfüllten Straßen draußen und waren entschlossen, uns einige wenige Stunden unter die europäischen Gäste zu mischen, die sich im Hotel zusammengefunden hatten und von denen die meisten im Begriff waren, für immer das Land zu verlassen, das sie liebten, aber zu dem sie nie gehören konnten. Und wir wußten, Gerald und ich, ohne es je auszusprechen, daß er bleiben würde und ich fort mußte. Ich bin überzeugt, er wußte es.

Einen Augenblick war ich heute abend drauf und dran, das Kleid wieder auszuziehen, aber dann tat ich es doch nicht. Alles, was ich bin und besitze, muß ein Teil dieses Hauses werden, dieses Tals, denn ich habe kein anderes Land als mein eigenes. So ging ich hinunter, und die zwei jungen Männer standen auf, als ich eintrat, und beide sahen mich überrascht an. Ich war mit einemmal eine Frau, das war ihnen vorher nicht zum Bewußtsein gekommen. Nun, ich war froh, daß Rennie in mir etwas anderes sah als die Mutter, denn jetzt wird er sich vielleicht nicht mehr so vor mir fürchten. Was Sam betrifft, so spielt es keine Rolle, was er in mir sieht.

Ich setzte Rennie an das obere Ende des Tisches und mich an das untere Ende und Baba rechts von mir, damit ich ihm das Fleisch schneiden konnte. Die Suppe dampfte in den chinesischen Schalen, die ich einmal in New York gekauft hatte, weil sie so waren wie die, die ich in Peking hatte – nur ist das Porzellan nicht so fein –, und so begannen wir unser Abendessen. Und Rennie wurde plötzlich auch ganz lustig und fing an zu reden, und Sam war ebenso plötzlich schweigsam geworden und beinahe schüchtern.

»Ich werde Sam das Skilaufen beibringen«, sagte Rennie. »Er hat in einem so flachen Land gelebt, daß er nicht weiß, was es heißt, eine Berglehne hinunterzufahren.«

»Auf dem Boden sind noch ein Paar Skier«, sagte ich.

»Ich weiß nicht, ob ich so scharf drauf bin, eine Berglehne hinunterzufahren«, sagte Sam. »Dazu gehört Mut, eine Art von Mut, wie ich ihn nicht habe.«

»Zu den vielen Arten von Mut, die du hast«, sagte Rennie, »wirst du dir schon noch eine zulegen können. Ich hab' dich aus dem Himmel herunterstoßen sehen in deinem einmotorigen Flugzeug, mit einer Geschwindigkeit, die dich dazu fähig machen müßte, den Everest selbst hinunterzuschlittern.«

»Ich hab' die Maschine aber nicht an den Füßen«, sagte Sam.

Sie waren hungrig und aßen herzhaft, und ich saß da und beobachtete sie. Es war schön, Gäste am Tisch zu haben. Ich hatte so lange allein dagesessen. Ich war stolz auf den Lammbraten und die Erbsen und die kleinen, wohlgebräunten Kartoffeln und den Kopfsalat. Und ich hatte auch die Apfelküchlein nicht vergessen, die Rennie liebt, und dazu Käseschnitten und heißen Kaffee.

»Ich erinnere mich gar nicht, daß du eine so gute Köchin bist«, sagte Rennie und warf mir ein Lächeln zu.

»Ich habe mich besonders angestrengt«, sagte ich.

»Ich möchte gar nicht jeden Tag soviel Gutes essen müssen«, erklärte Rennie. Er hatte alle Schüchternheit abgestreift und war wieder der alte. Ich sah, wie er seinen Gürtel weiter machte, was er höflicherweise vor mir verbarg. Rennies gute Manieren sind für ihn etwas so Natürliches wie das Atmen. Er hat sie in Peking in sich aufgenommen von dem höflichsten Volk der Welt; und obwohl er versuchte, grob und unhöflich zu sein, als er China verließ, war er jetzt doch alt genug, um es sich zu leisten, er selber zu sein - oder doch beinahe. Er war noch immer auf der Hut vor mir.

Als das Abendessen vorüber war, ertönte wieder der Türklopfer. Wir waren vom Tisch aufgestanden, und ich hatte mir jede Hilfe beim Abräumen verbeten. Dafür wäre später noch Zeit, sagte ich Sam, der sofort anfing, die Teller zusammenzustellen. Baba wurde in das Wohnzimmer getragen und in einen Stuhl am Feuer gesetzt, und ich hatte ihm gegenüber Platz genommen, während Rennie und Sam das große, gelbe Sofa vor den Kamin gezogen hatten. Da hörten wir den Türklopfer.

Rennie drehte sich zu mir. »Erwartest du jemanden?«

»Nein«, sagte ich. »Ich kann mir nicht vorstellen, wer jetzt um diese Zeit kommt.«

Er ging in die Diele hinaus, öffnete die Tür, und da stand Bruce Spaulden, in der Hand einen Strauß rosa Rosen in Zellophan gewickelt. Rennie starrte ihn an. Sie kannten einander, denn Bruce hatte Rennie bei einer Halsentzündung behandelt, aber sie starrten einander an wie Fremde.

»Hier ist niemand krank«, sagte Rennie.

»Rennie«, rief ich. »Um Himmels willen -«

Ich ging selbst zur Türe, und Bruce hielt mir die Rosen hin, und ich nahm sie.

»Kommen Sie herein«, sagte ich. »Wir sitzen alle um das Feuer herum.«

Er kam herein, und Rennie blieb beobachtend und schweigsam stehen. Ich stellte die Rosen in eine alte graue Tonschale, die auf dem Tisch gestanden hatte seit meiner Kinderzeit. Bevor ich sie niederstellte, sah ich, daß Baba friedlich eingeschlafen war, den Kopf zurückgeworfen und die Augen geschlossen.

»Sollten wir ihn nicht hinaufschaffen?« fragte ich Bruce.

»Er scheint sich behaglich zu fühlen«, sagte Bruce, »und er könnte gar nicht fester schlafen.«

Wir setzten uns, Rennie schweigsam zwischen den beiden Männern, und ich ertappte ihn dabei, daß er mich dann und wann merkwürdig ansah. Ich fühlte mich plötzlich so glücklich, wie schon seit langem nicht, und bald waren wir alle eifrig im Gespräch. Dann stand Bruce auf, ging zu der Anrichte und machte Kaffee, denn er trinkt nichts anderes; aber Rennie holte den Wein, den ich immer im Haus habe, und schenkte sich und Sam ein Glas ein. Ich wollte keinen Wein, und so setzten wir uns wieder, und das Gespräch ging zwischen den zwei Männern und mir hin und her. Rennie saß nur schweigend da und beobachtete.

Ich gehöre doch wirklich hierher, dachte ich immerzu. Hier bin ich geboren, und wenn ich nicht so allein wäre, könnte ich Peking vergessen, und vielleicht könnte ich schließlich sogar Gerald vergessen. Ich habe seit langer Zeit nicht mehr gelacht, aber jetzt mußte ich lachen, lachen über die drei Männer. Jeder bemühte sich in seiner Weise um meine Aufmerksamkeit, Sam sehr brüsk, auf Wildwestart und männlich, Bruce dunkel, wortkarg und bedächtig und Rennie, der junge Mann, der schweigend, aber wachsam das Feuer schürte. Das Gespräch ging vom Hundertsten ins Tausendste, aber es war alles für meine Ohren bestimmt, die Gefechtspartner paradierten und schlugen Rad vor meinen Augen. Ich fühlte für sie eine belustigte, unbestimmte, aber doch entschieden vorhandene Zuneigung.

»Revolution«, erklärte Sam, »ist ein unvermeidlicher Vorgang. Wir wachsen nicht nur durch Zahlreicherwerden wie die Entenmuscheln. Wir häuten uns wie die Schlangen, wir werfen die alte Hülle ab und gehen erneuert hervor.«

Ich war erstaunt, ihn ohne eine Spur seines rauhen Dialektes sprechen zu hören. Die Cowboyausdrücke waren für ihn ein Schild. Ich hatte den richtigen Mann noch nie gesehen.

Bruce zog an seiner Pfeife, langsam und tief. Zwei Rauchfäden kräuselten sich aus seinen schmalen Nasenlöchern. »Es hat in der menschlichen Geschichte nie eine Revolution gegeben, die sich bezahlt gemacht hat. Das Ende verliert sich immer in Streit und Wirrnis, aus denen dann Bösewichte zur Macht gelangen.«

»Aber deshalb kann man nicht die Revolution verhindern«, beharrte Sam. »Es gibt eine Grenze des Erträglichen, Explosionen sind unvermeidlich. Nehmen wir China –«

Er wendete sich zu mir, und die Stürme Asiens brausten in das warme, geschlossene Zimmer. Ich wurde wieder über das Meer mit fortgefegt. Mit aller Willenskraft stemmte ich mich dagegen.

»Sprechen wir nicht von China«, sagte ich. »Sprechen wir nie mehr von China. Wer weiß, was dort geschieht?«

Rennie blickte auf vom Feuer, und der Eisenhaken fiel aus seiner Hand. Seine Augen begegneten den meinen. Ich wußte, ich würde es ihm jetzt sagen müssen. Der Abend hatte alles Leben verloren. Ich konnte nicht mehr der Diskussion der Männer zuhören. Sie sprachen weiter, die Augen verstohlen auf mich gerichtet, eine Aufmerksamkeit heischend, die ich ihnen nicht schenken konnte... Wie kann ich mit Rennie über seinen Vater reden?

»Komm in mein Zimmer, Rennie«, sagte ich, als der Abend vorüber war. Ich sagte es sachlich, mit absichtlich munterer Stimme. »Wir haben noch gar keine Gelegenheit gehabt, miteinander zu reden, du und ich. Zünden wir das Feuer an, und machen wir es uns bequem.«

Wir hatten Bruce an der Haustür gute Nacht gesagt und Sam oben an der Treppe. Bruce hielt meine Hand einen Augenblick lang fest, aber ich konnte nicht herzlich sein. »Vielen Dank noch für die rosa Rosen«, sagte ich ganz stumpf.

»Wenn ich an Rosen denke, denke ich an Sie«, sagte er

leise. So etwas zu sagen, bedeutete für ihn eine ganze Menge, aber ich konnte mir kein Lächeln als Antwort abzwingen. Mein Herz hämmerte bereits in meiner Brust. Wie kann ich es Rennie erzählen, ohne daß er seinen Vater dafür haßt?

»Setz dich, Rennie«, sagte ich.

Ich saß in dem alten rotsamtenen Lehnstuhl, der einst meiner Bostoner Großmutter gehört hatte. Er setzte sich auf den Holzstuhl mir gegenüber. Er hatte das Feuer in meinem Kamin angezündet, und die Scheite waren trocken und loderten bereits.

»Ich kann mich gar nicht daran gewöhnen, wie du jetzt aussiehst«, sagte ich. Ich kann es auch wirklich nicht. Sein Gesicht hat die kindliche Rundung verloren. Die Backenknochen zeichnen sich ab, und das Kinn ist fest. Wenn er ein Fremder wäre, so würde es mir schwerfallen zu sagen, woher er stammt. Aus Spanien? Italien? Brasilien? Nordindien? Und doch ist er mein eigener Sohn.

»Sag mir, welches Fach dir auf der Hochschule am liebsten ist.«

»Mathematik. Mathematik und Musik.«

Ich habe vergessen zu erwähnen, daß Rennie immer Musik geliebt hat. Das ist vielleicht etwas, das er von mir hat. Viele Stunden meiner Jugend verbrachte ich an dem alten viereckigen Klavier unten im Wohnzimmer, aber seit meiner Rückkehr bin ich nicht mehr imstande gewesen zu spielen. Ich habe nicht einmal Rennie Stunden gegeben, was ich hätte tun können. So wie ich gelebt habe, immer am Rande einer endgültigen Trennung von Gerald, konnte ich Musik nicht ertragen. Aber ich habe Rennie nie verboten zu spielen, und er hat es getan, wann er wollte.

»Das ist eine gute Kombination, Rennie – die Kombination, die Konfuzius für den zivilisierten Menschen forderte. Der höhere Mensch muß die Fächer Musik und Mathematik beherrschen.«

»Sie gehören zusammen«, sagte Rennie. »Sie verlangen die gleiche Präzision und das gleiche abstrakte Denken.«

Ich bin fast erschreckt von seiner geistigen und körperlichen Reife. »Willst du Musik als Beruf wählen?« fragte ich.

»Ich will Physiker werden. Physik verbindet das Abstrakte und das Präzise.«

»Dein Vater wird sich darüber freuen.«

Darauf antwortete Rennie nicht. Er antwortete nie, wenn ich seinen Vater erwähne.

»Und was ist mit George Bowens Schwester?« fragte ich halb im Scherz. Ich wollte ganz einfach die Gelegenheit, die sein Schweigen mir bot, vorübergehen lassen. Mir lag gar nichts an George Bowens Schwester.

Rennie sah mich nicht an. Seine Augen starrten ins Feuer. »Was soll mit ihr sein?«

»Nun, ist sie hübsch?«

»Sie ist nicht hübsch - sie ist schön.«

»Brünett oder blond? Groß oder klein?«

»Groß, blond und ruhig.«

»Nicht wie ich -?«

Er warf mir einen schnellen Blick zu, messend, vergleichend, und sah dann wieder ins Feuer. »Nein.«

»Magst du sie gern, Rennie?«

»Ich weiß es nicht. Wahrscheinlich will ich es nicht wissen. Ich möchte nicht noch mal leiden müssen.«

»Du hast noch viel Zeit«, sagte ich.

»Ja.«

Nun entstand wieder eine Stille, und diesmal wollte ich nicht feige sein.

»Rennie, ich möchte mit dir über deinen Vater sprechen.«

Er hob widerwillig interessiert den Kopf:

»Hast du einen Brief bekommen?«

»Nicht kürzlich - nicht von ihm. Aber ich habe einen - einen ganz speziellen Brief bekommen.«

»Warum hast du mir nicht davon erzählt, als der Brief kam?«

»Du warst zu jung«, sagte ich. »Du hättest es nicht verstanden. Du hättest ihm daraus einen Vorwurf gemacht.«

»Was hat er getan?«

»Warte doch«, sagte ich. »Ich muß dir das erklären.«

Und so fing ich vom Anfang an. Ich erzählte ihm, wie wir uns kennengelernt hatten, Gerald und ich. Ich erzählte ihm, wie wir uns verliebten. Ich konnte ihm nicht von unserer ersten Liebesnacht erzählen. Die gehört nur Gerald und mir, etwas Kostbares, das in der Erinnerung verschlossen liegt. Ich erzählte ihm von Peking und wie die Liebe, die hier in diesem engen Tal in Vermont begonnen hatte, immer intensiver wurde und sich zu einem Leben vollkommener Gemeinschaft vertiefte.

»Es gibt wenige solche Ehen, Rennie«, sagte ich. »Meine Mutter sagte mir, ich könnte nie mit Gerald glücklich werden, aber sie hatte unrecht. Ich war glücklich und er auch. Wir gingen ineinander auf. Die Vorfahren spielten keine Rolle. Nein, es ist wahrer zu sagen, daß sie eine große Rolle spielten. Sie fügten ihr besondere und faszinierende Eigenart hinzu. Ich erinnerte mich, dein Vater und ich sprachen manchmal darüber. Ich erinnere mich, dein Vater sagte einmal, unsere Ehe sei um so vollkommener, weil die Verantwortung dafür einzig und allein auf uns selbst beruhe. Unsere Vorfahren wären nicht einverstanden gewesen.«

Rennie ist zu schnell für mich. »Was willst du mir denn eigentlich sagen?«

»Ich will dir zuerst sagen, daß alles, was geschehen ist, nicht der Fehler deines Vaters ist und auch nicht der meine. Wenn die Welt sich unter unseren Füßen nicht gespalten hätte, würden wir noch immer in dem Haus in Peking leben und nicht hier.«

»Und warum nicht?« fragte er.

»Du weißt es«, sagte ich. »Du weißt es, und du brauchst

nicht zu fragen. Es ist meinetwegen. Weil ich Amerikanerin bin und weil dein Vater Halbamerikaner ist. Und das an sich ist auch wieder kein Fehler. Es ist die Spaltung in der Welt, die uns auseinandergebracht hat, genau als wäre eine Springflut über uns am Strande hereingebrochen und hätte uns in entgegengesetzte Richtungen fortgerissen.«

»Er hätte China verlassen können«, sagte Rennie.

»Er konnte nicht.«

»Und warum nicht?« beharrte Rennie. Ich sah an seinem finsteren Gesicht, daß er auf seinen Vater böse war.

»Ich verteidige deinen Vater«, sagte ich. »Er ist nicht da, um für sich selbst zu sprechen. Und außerdem, wenn du jemandem die Schuld geben willst, dann gib Baba die Schuld. Er heiratete deine chinesische Großmutter, ohne sie zu lieben. Und das war die ursprüngliche Sünde.«

Dabei stand ich auf und holte das Bild seiner Großmutter und erzählte ihm von ihr, und wie die Geschichte Han Ai-lans eingebettet war in die Geschichte ihres Landes und in die Zeiten, in denen wir leben.

»Sie, die wußte, daß sie von ihrem Mann nicht geliebt wurde, widmete statt dessen ihr Leben ihrem Land und dem, was sie für ihre Pflicht hielt.«

»Hat sie Baba geliebt?« Rennies Stimme war verhalten.

»Ich bin überzeugt davon, denn wenn sie es nicht getan hätte, so hätte sie sich nicht so rückhaltlos einer anderen Sache hingegeben. Sie erwartete nicht, daß sie ihn lieben würde, aber sie liebte ihn und wurde von ihm verschmäht. Nichts in der Welt ist ein solcher Sprengstoff wie verschmähte Liebe.«

»Mein Vater hat dich verschmäht«, sagte Rennie brutal.

Ich bestritt das leidenschaftlich. »Er hat mich nicht verschmäht. Davon kann nicht die Rede sein, solange wir einander lieben. Die Liebe erfüllt uns immer noch mit ihrer Gnade.«

Er sah mich jetzt, glaube ich, nicht als seine Mutter. Er sah mich als eine Frau, die liebt, und er konnte nicht antworten.

Er hat noch nie eine Frau gesehen, die wirklich liebt, und er senkte die Augen vor meinem Blick.

»Es ist Zeit, daß ich dir den Brief zeige«, sagte ich. Ich stand auf, öffnete die verschlossene Kassette, nahm den versiegelten Brief heraus und gab ihn ihm. Er brach das Siegel und öffnete den Brief und las ihn. Ich saß in meinem Lehnstuhl und wartete. Er las ihn zweimal, nachdenklich. Dann faltete er ihn, steckte ihn zurück in den Umschlag und legte ihn auf das Tischchen neben sich.

»Danke, Mutter«, sagte er.

»Ich habe der chinesischen Frau die Erlaubnis gegeben«, sagte ich. »Ich habe gesagt, daß ich verstehe. Ich habe gesagt, ich will, daß er gut versorgt wird... Und so will ich dir auch ihre Briefe zeigen.«

Nun öffnete ich die Lade meines Rosenholzschreibtisches und gab ihm die Briefe von Mei-lan. Er las sie mit unbewegtem Gesicht. Er las sie schnell, faltete sie zusammen und reichte sie mir zurück.

»Sie geht mich nichts an«, sagte er. »Und ich kann nicht verstehen, warum er sie in unser Haus genommen hat.«

Seine Stimme war so hart, daß ich es nicht ertragen konnte. »Wir wissen nicht, was für ein Druck auf ihn ausgeübt wurde, nachdem er sich einmal entschieden hatte, in Peking zu bleiben.«

»Ja«, sagte Rennie, »da muß ich fragen, warum hat er diese Entscheidung getroffen, wenn er uns geliebt hat? Und das werde ich immer wieder fragen. Für mich gibt es da keine Antwort.«

»Du liebst deinen Vater nicht genug, um ihm zu verzeihen«, sagte ich.

»Vielleicht ist das wahr«, gab Rennie zu.

Er stand plötzlich auf und ging zum Fenster. Dort blieb er stehen und blickte in die Nacht hinaus. Das Licht der Lampe schien durch das Glas auf den fallenden Schnee. Das Feuer brannte plötzlich blau, und ein Scheit fiel in die Asche.

Er drehte sich zu mir um. »Mutter, ich habe dir auch etwas zu sagen. Die ganze Sache mit Allegra – die hat mich beinahe nach Peking zurückgetrieben. Wenn ich abgewiesen werden soll, weil meine Großmutter Chinesin war, dann, dachte ich, ist es besser, ich gehe nach China. Aber jetzt werde ich nie mehr dorthin zurückgehen. Ich werde bleiben, wo du bist. Das hier soll mein Heimatland sein. Ich will kein anderes haben.«

Ich rief: »Oh, Rennie, Rennie, entscheide dich nicht so schnell. Entscheide dich nicht gegen deinen Vater!«

»Ich entscheide mich nicht gegen ihn. Ich entscheide mich für dich«, sagte Rennie. Und er beugte sich herunter und küßte mich auf die Wange und ging weg.

Ich werde ihm nicht nachgehen. Ich kenne meinen Sohn. Er ist nicht schnell zu der Entscheidung gekommen. Er war gequält von Unentschiedenheit, er war hin- und hergerissen zwischen seinen beiden Heimatländern, zwischen seinem Vater und mir. Und er hat mich gewählt und mein Land. Oh, Gerald, verzeih mir! Ich bete, daß du noch andere Söhne haben wirst. Ich bete wirklich darum. Wenn ich dir den Sohn, der von uns beiden ist, geraubt habe, kann ich etwas dagegen tun? Es ist Rennie, der über sein eigenes Leben entscheidet. Er hat ebensoviel Recht zu seiner Entscheidung wie ich, als ich dir nach Peking folgte, und wie du, als du nicht mit mir kommen wolltest. Ja, dies ist nun endlich meine Heimat, dieses Tal in Vermont, diese Berge, das Haus meiner Väter.

Als Rennie mich verließ, saß ich noch lange vor dem verglimmenden Feuer, und eine Last war von mir genommen. Ich bin nicht mehr allein in meinem eigenen Heimatland. Mein Sohn ist bei mir. Ich werde eines Tages – wieder glücklich sein.

Selbst jetzt habe ich nicht daran gedacht, mich von Gerald loszusagen. Monate sind vorbeigegangen nach jenem fröhlichen Weihnachten. Rennie hat schon beinahe sein Universitätsjahr absolviert. Sam ist zweimal zu Besuch bei mir gewesen. Er dringt darauf, daß ich mich von Gerald scheiden lasse; und heute kam er mit dem Flugzeug von New York, bloß auf eine Stunde, wie er sagte, da er nicht wußte, wie dieser Tag enden würde. Denn jetzt ist es Nacht, und er ist noch immer da. Wir haben Rennie telegrafiert, er soll sofort kommen, weil etwas geschehen ist. Es war heute morgen, und Sam redete ungeduldig, wütend, beharrlich auf mich ein.

»Sie müssen sich von diesem Burschen in Peking scheiden lassen - das ist kein Mann für Sie, Elisabeth!«

»Ich werde mich nie von Gerald scheiden lassen«, sagte ich. »Ich habe auch keinen Grund dazu. Er liebt mich.«

»Wenn Sie Im-Stich-Lassen Liebe nennen«, brüllte Sam.

»Er hat mich nicht im Stich gelassen.« Ich schrie jetzt auch.

»Wenn das nicht Im-Stich-Lassen ist, dann weiß ich nicht, wie man es nennen soll«, tobte Sam.

Natürlich weiß er nicht die ganze Geschichte. Er ahnt nur etwas, weil ich über Gerald und mich nicht spreche. Ich versuchte zu erklären, ohne etwas preiszugeben. »Gerald hat mich nicht im Stich gelassen und ich ihn auch nicht. Wir sind getrennt durch Geschichte, vergangene und gegenwärtige.«

»Sein Vater ist Amerikaner«, sagte Sam halsstarrig. »Er hätte mit Ihnen heimfahren können.«

»Aber verstehen Sie doch, das hier ist nicht sein Heim!«

»Quatsch«, sagte Sam zornig. »Er ist kein Idiot. Er könnte sich anpassen. Er hätte hier eine Stelle an einer Universität bekommen können, genausogut wie in Peking.«

»Heimat ist eine Sache des Herzens und des Geistes. Er wäre hier zugrunde gegangen«, sagte ich.

»Sie lieben ihn immer noch«, sagte Sam und starrte mich so wütend an, daß ich mich nicht verteidigen konnte.

»Verstehen Sie denn nicht, daß ich fest entschlossen bin, Sie zu heiraten?« rief er.

»Aber nein - Sam - nein - nein!«

»Jawohl!«

Wir waren beide atemlos und starrten einander zornig an. Sam beugte sich über mich, und ich stieß ihn weg. »Nicht –«

»Hassen Sie mich denn?«

»Nein – nicht hassen –«

In diesem Augenblick hörten wir Baba in dem Zimmer über uns hinfallen. Die Querbalken des Wohnzimmers sind nicht zugemauert. Wir hörten das Klappern von Babas Stock und dann einen so leichten Fall – seine alten Knochen sind beinahe ohne Fleisch –, daß wir ihn kaum gehört hätten, wenn dann nicht das gräßliche Röcheln und Stöhnen gekommen wäre. Ich rannte hinauf, Sam hinter mir her, und da lag Baba. Ich weiß nicht, ob er uns gehört hatte. Wir wissen nie, was er hört; und wir haben lauter gesprochen, als uns bewußt war. Vielleicht war Baba aus seinem Stuhl aufgestanden, in der Absicht, herunterzukommen, obwohl er seit Weihnachten nicht mehr allein durchs Zimmer geht. Da lag er nun. Sein Kopf war auf den Steinrand des Kamins aufgeschlagen. Er war tot.

Wir sind nach Babas Begräbnis wieder daheim. Sam blieb hier, er und Bruce Spaulden nahmen mir die Sorge für alle Einzelheiten ab. Wäre es möglich gewesen, so hätte ich Babas Asche nach Peking und an Gerald geschickt. Nun, vielleicht wäre es auch möglich gewesen. Es wurde bei anderen so gemacht, die hier oder in England starben, Verbannte, die ihrem eigenen Volk und Land so fremd geworden waren, die so die andere Kultur liebten, daß sie sich auf der ganzen Erde keinen anderen Platz für ihr Grab denken konnten als Peking. Dann aber dachte ich, daß doch Baba Peking aus freiem Willen verlassen hatte und daß sogar seine Asche dort jetzt nicht mehr willkommen sein würde, denn er gehörte zum alten China, dem China des Konfuzius und der Kaiser.

»Wir wollen Baba hier bei uns behalten«, sagte ich zu Rennie.

»Ja«, sagte Rennie. »Behalten wir ihn bei uns.«

Er kam gerade noch zum Begräbnis zurecht, und nicht allein. Er brachte ein großes, blondes Mädchen mit, ein ruhiges, stilles Mädchen, bei dem jede Bewegung eine langsame Grazie hatte.

»Das ist Maria Bowen«, sagte Rennie.

»Merkwürdig, daß ich Ihren Vornamen noch nie gehört habe«, sagte ich und hatte plötzlich den Wunsch, ihr einen Kuß zu geben. Ich beugte mich vor und drückte meine Lippen auf ihre glatte, junge Wange.

»Sie sehen aus wie eine Maria«, sagte ich.

»Ich bin auch eine ganz gute Martha«, sagte sie und lächelte.

»Dann hat Rennie Glück«, sagte ich, »denn nicht jede Frau ist beides.«

Sie liebten sich. Ich konnte es sehen, daß sie sich liebten. Ich kenne die Anzeichen nur zu gut, und ich war zufrieden. Ich nahm sie beide an der Hand und ging mit ihnen hinauf in das Zimmer, in dem Baba in seinem blauen chinesischen Gewand aufgebahrt war. Er lag oben auf der weißen Bettdecke, und ich hatte ihm die schwarzen chinesischen Samtschuhe angezogen. Jim Standman, der Leichenbestatter, erlaubte mir, als seine Arbeit getan hatte, ihm bei den letzten Handgriffen zu helfen, denn ich wollte nicht, daß Baba weggeführt würde, und so bahrten wir ihn in seinem eigenen Zimmer auf. Unter seine auf der Brust gekreuzten Hände hatte ich sein kleines, abgegriffenes Exemplar des »Buches der Wandlungen« gelegt.

Als wir ins Zimmer kamen, trat Maria allein vor. Sie stand und sah ihn an. »Wie schön er ist«, flüsterte sie. Sie wendete sich zu Rennie: »Du hast mir nicht gesagt, daß er so aussieht.«

»Er ist schön«, sagte ich, »und in irgendeiner Weise ist er jetzt schöner, als er im Leben war.«

»Ich wünschte, ich hätte noch seine Stimme gehört«, sagte sie.

Und dann ging sie zu Rennie, nahm seine Hand und hielt sie an ihre Wange.

Von diesem Augenblick an liebte ich sie wie meine eigene Tochter.

...Am Nachmittag versammelten sich einige Nachbarn mit uns unter der Tanne auf dem Berg hinter dem Haus, und dort begruben wir Baba. Matt hatte am Morgen geholfen, das Grab auszuheben, und wir legten es mit Tannenzweigen aus, während Mrs. Matt den Leichenschmaus vorbereitete. Sie kochte einen Schinken, denn ihrer Meinung nach ist ein gebratener Schinken nichts wert, und stellte belegte Brote und Kuchen, Tee und Kaffee bereit für unsere Rückkehr vom Grab. Der Tag war still und der Himmel schwach bewölkt, und der Geistliche, ein ehemaliger Pfarrer aus Manchester, der sich um unser geistliches Wohl hier im Tal kümmert, wenn wir es brauchen, las gewisse Stellen aus dem Neuen Testament, die ich angezeichnet hatte, weil mir Baba einmal sagte, daß sie ursprünglich aus den Weisheitssprüchen Asiens, ja vielleicht sogar von Konfuzius selbst stammten.

»Denn«, hatte Baba gesagt, »es ist kein Zufall, daß Jesus dieselben Worte gebraucht, die lange vorher von Konfuzius und Buddha gesprochen wurden. Er war in seiner Jugend in Nepal, wenn wir den Legenden glauben sollen.«

Als er das sagte, hatte ich zugehört, aber wenig achtgegeben, denn Baba glaubte aus tiefstem Herzen, daß der Mensch und seine Weisheit im Osten den Anfang genommen hatten, und ich war an solche Reden gewöhnt. Nun fielen die heiligen Worte sanft und mit tiefem Erbarmen in die Stille, und in den Ohren der lauschenden Christen erweckten sie keine Zweifel; doch Baba und ich hatten unser Geheimnis. Die Stimme war die Stimme von Jesus, den die Vermonter Gott nennen, aber die Worte waren die Worte älterer Gottheiten. Oh, ich habe viele solche Geheimnisse, aber ich werde sie nicht verraten. Und ich werde sie auch mit mir ins Grab nehmen, denn sie hier auszusprechen, würde nur zu Zweifeln und Streitigkeiten Anlaß geben. Ich lebe in einem engen Tal, aber es ist meine Heimat.

Nachdem die Feierlichkeit vorüber war - wir hatten nicht geweint, weder Rennie noch ich, denn der Tod am Ende eines langen Lebens ist nicht traurig -, kamen wir wieder heim. Mrs. Matt lief geschäftig in einem schwarzen Seidenkleid und einer riesigen weißen Schürze herum, und wir setzten uns in das Wohnzimmer zu den Gästen. Wir aßen und tranken und sprachen ruhig, nicht von Baba, denn nur wenige von den Nachbarn hatten ihn als etwas anderes gekannt als ein gebrechliches, dekoratives Gespenst. Nein, wir sprachen über die Vorgänge im Tal und darüber, ob der Sommer sich verspäten würde und wie spärlich die Zuckerernte in diesem Jahr gewesen sei, weil der Winter sich erst zu lange hingezogen hatte und dann der Frühling zu plötzlich ausgebrochen war. Nach einer kleinen Weile gingen sie alle fort. Bruce blieb einen Augenblick bei mir stehen, sah mir prüfend ins Gesicht und sagte, daß ich blaß aussähe und mich ausruhen müsse.

»Und Sie werden nicht trauern?« sagte er.

»Nicht um Baba«, sagte ich.

»Sie dürfen um niemand trauern«, sagte er heftig.

Ich konnte ihm nicht sagen - noch nicht -, daß mit Babas Tod auch das Symbol der Vergangenheit gestorben war. Baba war ein Bindeglied gewesen zu früheren Jahren und zu einer geliebten Stadt, zu einem Haus, das ich für mein Heim gehalten hatte. Aber Bruces Besorgnis war tröstlich; und als ich lächelte, sah ich, daß er mich gerne geküßt hätte. Verlangen glimmte in seinen grauen Augen und Sehnen in seinem beherrschten Vermonter Gesicht. Ich war nicht bereit. Ich konnte die Berührung der Lippen eines anderen Mannes nicht ertragen - noch nicht.

So endete der Tag, und auch Sam fuhr weg. Ich glaube, er sah Bruces Gesicht. Er stand dort in der Diele hinter uns, und ich hörte seinen Schritt, abrupt und auffällig, als er sich umdrehte und in das Wohnzimmer ging. Bald darauf verließ er uns. Er sagte, er müsse am Morgen in New York sein, wegen eines Vertrages mit einem Käufer, einem Zureiter bei einem Zirkus, der sechs junge Palominofohlen kaufen wollte, alle genau gleich groß, die er auf seiner Ranch gezüchtet hatte, obwohl es das erstemal war, daß ich von dem Zirkus und den gleich großen Palominofohlen reden hörte. Er schüttelte mir kräftig die Hand und starrte mich an. »Wenn Sie was brauchen, dann lassen Sie mich's wissen«, sagte er. »Anruf genügt.«

Plötzlich, ohne um Erlaubnis zu fragen, beugte er sich herunter und küßte mich auf den Mund, und ich wich zurück und fiel beinahe hin.

»Das haben Sie nicht gern«, brummte er.

»Nein«, sagte ich ehrlich.

»Ich werd's auch nicht wieder tun«, sagte er und ging. Es tut mir leid, daß ich ihn verletzt habe, aber ich mag nicht geküßt werden, wenn ich nicht dazu bereit bin. Die Tage meiner Jugend sind vorüber, und einer erwachsenen Frau bedeutet ein Kuß alles – oder gar nichts.

All das spielte sich am Tage von Babas Begräbnis ab, und ich war froh, daß der Tag zu Ende ging. Am Abend saßen Rennie, Maria und ich still beisammen auf der Terrasse, denn ich wollte nicht im Haus sein. Und die Luft war ungewöhnlich milde, sogar für einen Maiabend. Diese zwei jungen Menschen müssen morgen wieder fort, und dann werde ich allein sein. Es bekümmerte sie beide, daß ich allein sein würde; und ich wußte nicht, wie ich ihnen einreden sollte, daß es mir nichts ausmacht, denn ich weiß wirklich nicht, ob es mir etwas ausmachen wird, allein zu sein in diesem großen alten Haus. Ich habe keine nahen Nachbarn, und der Wald im Tal verändert sich seltsam bei Nacht. Wenn die Nachmittagssonne schräg durch die nahen Bäume auf die Beete von Farnen und Kräutern fällt, dann ist der Wald lebendig, voll Licht und Farbe, ganz harmlos, sicher und nicht beängstigend. Aber wenn der Berg sich zwischen Haus und Himmel drängt, dann bricht die Dunkelheit schnell herein, und der Wald verliert seine Freundlichkeit. Wenn ich so in die Schatten starre, die in der Nacht unheimlich werden, dann denke ich daran, daß sich der Wald über mehr als dreißig Meilen mit Sumpf und trügerischem Moor ausdehnt, in denen Jäger sich verirrten und nie mehr aufgefunden wurden. Einmal verlor eine Frau, eine Botanikerin, den Weg in dem Wald, der mein Haus umgibt. Ich weiß daher nicht, ob ich hier allein leben kann. Es könnte sein, daß die Dunkelheit der Nächte mich zu tief einkreisen wird.

»Ich wünschte, ich wäre schon mit der Universität fertig«, sagte Rennie. »Ich wünschte, Maria und ich wären verheiratet und würden hier bei dir leben.«

Es ist das erstemal, daß er zu mir von seiner Heirat spricht.

»Wenn ihr beide heiraten wollt, dann werde ich so glücklich sein, daß ich gar keine Zeit zum Fürchten haben werde«, erwiderte ich.

Denn schon in wenigen Stunden habe ich erkannt, daß Maria die Frau ist, die ich für Rennie ausgesucht haben würde. Wenn er in die Heimat seines Vaters zurückgekehrt wäre, dann nicht, denn ich würde es nicht für möglich halten, daß Maria mit ihm nach Peking gegangen wäre. Wohlgemerkt, es ist möglich. Es gibt noch Amerikanerinnen dort, aber ich weiß nicht, wie sie glücklich sein können, wenn sie hören, wie ihr Land beschimpft wird, und nichts dazu sagen dürfen. Und wieder wohlgemerkt, ich weiß, daß die einfachen Leute in den Dörfern und Städten das Böse nicht glauben, das man über uns sagt. Die Chinesen sind als Volk sehr alt und weise, und sie sind imstande, hundert Jahre lang und mehr zu schweigen, wenn es sein muß, bis wiederum die Zeit sich wendet. Das Leben keines menschlichen Wesens ist so lang, wie sie schweigen können. Ich kann deshalb nicht einer Frau, wie ich es bin, wünschen, sich einem solchen

Land auszuliefern oder einem solchen Volk, denn es ist so leicht, sie zu lieben. Wenn man sie aber einmal liebt, kann man sie nicht mehr vergessen, und doch muß man sich eines Tages entscheiden. Ich glaube, wenn Geralds zweite Heimat nicht China gewesen wäre, hätte er mich nicht im Stich lassen können. Aber dieses Land und besonders diese Stadt, die Stadt Peking, sind in der Liebe unbesiegbar. Keine Frau könnte sich gegen sie behaupten.

»Sicher werden wir heiraten«, sagte Maria.

»Die Frage ist, wann«, fügte Rennie hinzu.

»Warum soll das eine Frage sein?« fragte ich. »Wenn ihr heiraten wollt, dann heiratet.« Da erinnerte ich mich an Allegra. »Außer Marias Familie hat einen besonderen Grund zur Verzögerung - vielleicht, weil du so jung bist, Maria.«

»Ich habe keine Familie, nur meinen älteren Bruder, George«, sagte Maria. »Unsere Eltern sind gestorben, als wir noch Kinder waren, und wir lebten bei unserer Großmutter. Die ist jetzt auch schon tot.«

Es ist interessant zu entdecken, wie schlecht man im Innersten sein kann. Um meines Sohnes willen war ich froh, daß drei ganz unschuldige Menschen im Grab lagen. Ich hatte zwar genug Schamgefühl, nicht zu sagen, ich sei froh, aber ich war so ehrlich, nicht zu sagen, es tue mir leid.

»Dann könnt ihr also heiraten, wann ihr wollt«, sagte ich. »Die Hochzeit kann hier in diesem Hause stattfinden, wo ich Rennies Vater heiratete, und das wird mich sehr glücklich machen. Wenn ich weiß, ihr seid verheiratet, macht es mir gar nichts, allein zu leben.«

»Danke, Mutter«, sagte Rennie. Er lag ausgestreckt auf dem Liegestuhl auf der Terrasse, und nun stand er auf, ging zu Maria hinüber - denn ich saß zwischen ihnen auf dem Holzstuhl mit der runden Rückenlehne -, stellte sich vor sie hin und nahm ihre Hand.

»Willst du mich heiraten am achtzehnten Juni, wenn ich zwanzig Jahre alt werde?«

»Ja«, sagte sie und sah lächelnd zu ihm auf.

Das Mondlicht glänzte auf ihrem langen blonden Haar und auf Rennies Gesicht. Ich fand sie das schönste Paar auf Erden, und mein Herz sehnte sich nach Gerald, der sie nicht sehen konnte. Früher war ich imstande, ihn mit meinen Gedanken zu erreichen, aber seit langem hatte ich das nicht mehr getan. Nun versuchte ich es wieder. Ich nahm meine ganze Willenskraft zusammen und lenkte sie auf ihn, weit fort in Peking. In dieser Stunde saß er vielleicht in dem Hof vor dem Wohnzimmer. Wäre ich dort, so würden wir da sitzen, denn im Monat Mai blüht der Flieder wunderschön in diesem Hof, der stark duftende, dunkellila chinesische Flieder und auch der weiße Flieder, die beide widerstandsfähiger, üppiger und doch zarter sind als die Fliederbüsche hier. Ich versuchte, ihn zu erreichen und ihn teilnehmen zu lassen an dem, was ich sah, diesen schönen Mann mit der cremefarbenen Haut, der unser Sohn ist, und Maria, hochgewachsen, blond und ruhig… Ich konnte ihn nicht erreichen.

Wieder wurde mein Herz, mein Geist von einer Schranke aufgehalten, die mir unbegreiflich ist, aber über die ich nicht hinweg konnte…

»Am achtzehnten Juni wird das Haus hier für euch bereit sein«, versprach ich Rennie und Maria.

Als ich eine Stunde später die beiden allein auf der Terrasse ließ und hinauf in mein Schlafzimmer ging, war sogar Babas Aura nicht mehr da. Es war kein Geruch von Tod im Haus, und ich konnte mich kaum an das Begräbnis erinnern oder mir das frische Grab unter den Tannen vorstellen. Vielleicht war der wirkliche Baba niemals hier gewesen, oder Baba war nur die leere Hülle, die von dem einstigen Dr. MacLeod, dem vornehmen Herrn und Gelehrten, übriggeblieben war. Alles Vergangene gab es nicht mehr. Ich konnte mir jetzt beinahe vorstellen, daß es selbst Gerald nicht mehr gab oder daß es ihn nie gegeben hatte, wenn er mir nicht meinen Sohn geschenkt hätte.

Ich habe keinen sechsten Sinn, wie man das so nennt. Ich bin viel zu erdgebunden. Gerald sagte einmal, ich sei unverbesserlich hausbacken, und das ist wahr. Ich kann in dem täglichen Einerlei in Haus und Garten vollkommen aufgehen und jederzeit meine Zerstreuung in dem Geschwätz und dem possierlichen Gehabe meiner Mitmenschen finden. Ich bin keine Intellektuelle, obwohl ich einen Phi-Beta-Kappa-Schlüssel in meinem Seniorjahr auf der Universität bekam, worüber niemand mehr erschrocken war als ich, denn ich wußte schon damals, daß ich diese Auszeichnung nicht verdiente. Auch bin ich keine Träumerin und habe noch nie Visionen gehabt.

Ich sage das als Feststellung, als feierliche Erklärung, denn ich schwöre, daß ich heute nacht um Viertel nach zwei Gerald hier in meinem Zimmer gesehen habe. Es ist wahr, ich bin allein im Haus – seit fünf Wochen bin ich nun schon allein –, seitdem mich Rennie und Maria am Morgen nach Babas Begräbnis verlassen haben. Allerdings habe ich ungewöhnlich viel Besuch aus dem Tal bei mir gehabt. Matt kommt frühmorgens und bleibt bis spät, und Mrs. Matt nimmt, unter dem Vorwand, ihrem Mann das Mittagessen zu bringen, die Gelegenheit wahr, »vorbeizukommen«, wie sie es nennt, um zu sehen, wie es mir geht. Sie bleibt dann immer eine Weile und redet, hauptsächlich über Matt und sein streitsüchtiges Wesen. Mrs. Matt ist eine einfältige Frau, die es nicht begreifen will, daß das Leben und der Mann sich nicht ändern und daß es die Frau ist, die sich biegen muß, wenn sie nicht gebrochen werden will. So kenne ich nun schon alle von Matts Fehlern, sogar bis zu seinem unerträglichen Schnarchen.

Auch der Geistliche kommt mich besuchen, ebenso wie Mrs. Monroe, die Lehrerin der einzimmerigen Schule unseres Tals. Und Bruce Spaulden war zweimal hier, nicht auf lange, bloß einen Augenblick zur Frühstückszeit, bevor er seine Besuchsrunde beginnt, zur Beobachtung, wie er sagt, und um sich zu überzeugen, daß ich nicht »Trübsal blase«, wie er es nennt.

»Sind Sie glücklich?« fragte er mich erst gestern. Ich war dabei, die Erdbeerbeete zu jäten, in dem geschützten Winkel zwischen dem Haupthaus und dem Anbau. Es ist der einzige Ort, wo der Frost die Erdbeerranken nicht tötet, obwohl sie sogar dort im Winter mit Dünger und Stroh zugedeckt werden müssen.

»Ich bin weder glücklich noch unglücklich«, sagte ich ihm. »Ich bin in einem Zustand seliger Ruhe.«

»Auf die Dauer?« fragte er und zog die Brauen hoch.

»Wahrscheinlich nicht«, sagte ich. »Wahrscheinlich ist es ein Übergangszustand zwischen Vergangenheit und Zukunft. Ich weiß es nicht. Ich genieße bloß mein Nichtwissen.«

»Nicht zu einsam?«

»Wie sollte ich, da wir doch eine Hochzeit im Juni haben werden?«

Es war nichts Ungewöhnliches an dem gestrigen Tag. Ich erledigte soviel Arbeit im Haus, wie nötig war, und das ist sehr wenig. Eine einzelne Person kann den Boden und die Tische nicht schmutzig machen, und was ich esse, bringt die Küche kaum in Unordnung. Sogar mein Bett ist schnell gemacht, denn ich schlafe ruhig. Gerald warf sich im Bett herum, aber ich lag auf meiner Seite des breiten chinesischen Bettes mit der amerikanischen Matratze wie eine schlafende Puppe, pflegte er zu sagen. Trotzdem werde ich leicht wach.

Heute wachte ich wie gewöhnlich in der Nacht auf. Ich weiß gerne die Zeit, und es ist meistens dieselbe, beinahe auf die Minute. Das leuchtende Zifferblatt meiner Nachttischuhr neben dem Bett zeigte ein Viertel nach zwei. Schon immer, seit meiner Trennung von Gerald, knipse ich in einem solchen Fall entschlossen das Licht an und nehme mein Buch zur Hand, was immer es gerade ist, und in letzter Zeit finde ich keinen Geschmack an Romanen oder Gedichten. Als ich Rennies Zimmer nach seiner Abreise in Ordnung brachte, sah ich seine Bücher durch und fand ein dünnes Büchlein, dessen Titel besagt, daß es eine vereinfachte und verkürzte Darstellung der Bedeutung von Einsteins Relativitätstheorie sei. »Für den ungeschulten Leser« lautet der Untertitel. Das bin ich bestimmt, so nahm ich das Buch mit in mein Zimmer. Obwohl das Buch »einfach« zu sein behauptete, war es doch anscheinend für mich zu hoch. Ich bin eben noch einfacher. Ich verstehe abstrakte Dinge nicht leicht. Ich las aber trotzdem das Buch treu und brav immer wieder, nur daß ich nicht die einzelnen Sätze durchbuchstabierte, um sie zu verstehen. Ich sage das nur zum Beweis, daß ich nicht im geringsten übersensibel bin oder etwa viel Phantasie habe. Ich habe ein gutes praktisches Gehirn und ein ausgezeichnetes Gedächtnis, aber das ist auch alles.

Nachdem ich jedoch das Buch zum viertenmal gelesen hatte, verstand ich plötzlich die fundamentale Beziehung zwischen Materie und Energie. »Ach«, murmelte ich laut – ich schäme mich, es zu sagen, aber ich fange jetzt an, manchmal mit mir selbst zu reden, allerdings nur in der Nacht, wenn das Haus in vollkommenem Schweigen liegt, bis auf das Knacken der Balken und das Heulen des Windes –, »oh, aber das ist ja faszinierend, das ist aufregend! Das Wesen der Materie kann in Energie verwandelt werden. Das verstehe ich.«

Das ging mir plötzlich in der vorigen Nacht auf, und sofort fühlte ich, wie ein seltsamer sanfter Friede von mir Besitz ergriff. Geist und Körper waren entspannt und schliefen ein. Als ich aufwachte, war es spät am Morgen, und die Sonne schien in mein Zimmer. Ich stand schnell auf und, wie schon gesagt, war der Tag ausgefüllt mit Nebensächlichkeiten. Mrs. Matt blieb zu lange, und es war Nacht, ehe ich alles durchgeführt hatte, was für den Tag geplant war. Denn ich habe gelernt, daß jeder Tag, nun da Gerald und ich getrennt sind und

Rennie ein Mann geworden ist, seine besondere Ordnung haben muß, wenn mein Leben als Ganzes einen Sinn haben soll, so daß ich bei Einbruch der Nacht sagen kann, ich habe alles getan, was für den Tag geplant war, und die Summe der Tage macht dann ein Jahr, und die Jahre machen ein Leben aus.

Nun also, ich war müde am Abend und etwas unzufrieden mit mir selbst, weil ich den Tag nicht richtig ausgefüllt hatte. Ich machte das Buch nicht auf, sondern schlief sofort ein. Als ich, wie gesagt, um Viertel nach zwei erwachte, war mein Kopf klar, und ich war begierig, weiterzulesen vom Gesichtspunkt meines neuerworbenen Verständnisses aus. Ich hatte gerade das Buch aufgeschlagen, als ich wußte, daß ich nicht allein war. Ich war nicht geängstigt, nur von unwillkürlichem Erstaunen erfüllt. Denn ich blickte auf, und ich sah Gerald unmittelbar vor der geschlossenen Tür stehen. Er war traurig und mager und viel älter geworden. Er hatte einen kurzen Bart, das Haar war ganz kurz geschnitten; und er trug einen chinesischen Anzug, nicht das Gewand eines vornehmen Herrn, sondern eine Uniform in der Art, wie sie die Studenten zu tragen pflegten, aus dunklem Stoff und die Jacke bis zum Hals zugeknöpft. Ich konnte seine Gestalt nicht klar sehen, aber sein Gesicht sah ich ganz deutlich. Er lächelte mir zu, seine ernsten dunklen Augen strahlten plötzlich. Ich glaube, er streckte mir seine Hand entgegen, aber das weiß ich nicht ganz genau, denn ich sprang aus dem Bett und rief ihm zu: »Gerald, Gerald, o Liebling –«

Ich hielt inne, weil ich einen entsetzlichen Ausdruck von Qual in seinem Gesicht sah, aber nur einen Augenblick. Dann lief ich, um ihn zu umarmen, aber er war fort. Ich blieb stehen, wo ich ihn hatte stehen sehen. Es war niemand da, und der Boden war kalt unter meinen nackten Füßen. Ich kroch zitternd und angstvoll zurück ins Bett. Ich habe Gerald gesehen. Ich zweifle nicht daran. Und ich habe ihn so gesehen, so, wie er jetzt aussieht. Es konnte kein Traum sein oder ein

Trugbild der Erinnerung, denn sonst hätte ich ihn so gesehen, wie er damals aussah, als er im Dock von Shanghai stand, als wir einander anstarrten, bis die Nebel vom Wasser zwischen uns aufstiegen, und mein Schiff aufs Meer hinaussegelte.

»Ich habe das Gefühl, als ob ich körperlich von dir gerissen worden wäre«, hatte er mir geschrieben.

Nun hatte er einen Bart, das Haar war kurzgeschnitten, er trug die Uniform, die er immer gehaßt hatte, sogar wenn seine Studenten stolz darauf waren. Eine Sträflingsuniform hatte er sie genannt, ohne Stil und Geschmack und immer ein stumpfes Blau oder ein schmutziges Grau. Ich hatte ihn noch nie gesehen wie jetzt. Deshalb war es kein Traum.

Ich konnte nicht mehr schlafen. Ich zog mich an und ging hinunter, bis der Morgen blaß hinter den Bergen heraufdämmerte. Ich weiß nicht, was eine Vision bedeutet. Bedeutet sie Leben oder Tod? Wie soll ich das wissen. Und warum war sein letzter Blick so voller Qual? Wie soll ich das je erfahren.

Ich bin erstaunt, daß ich nicht im geringsten geängstigt bin, weil ich Gerald gesehen habe. Ich bin erfüllt von Trauer, aber nicht von Furcht. Ich kann mich nicht vor Gerald fürchten, in was für einer Gestalt er auch immer zu mir kommt, aber ich erinnere mich an die Geschichten, über die ich immer gelacht habe, die Erzählungen von Toten, die den Menschen, die sie geliebt haben, erscheinen, von Gespenstern und Geistern, an die ich nie geglaubt habe. Ich glaube es immer noch nicht. Ich sage mir, daß es irgendein Trugbild des Auges und des Unterbewußtseins war, das meinen gesunden Menschenverstand getäuscht hat. Und dann ertappe ich mich dabei, daß ich das Gespräch auf das Thema bringe, daß ferne Personen plötzlich vor denen, die an sie denken, auftauchen, obwohl ich niemandem sage, daß ich Gerald gesehen habe. Mrs. Matt zum Beispiel glaubt alles, woran ich zweifle. Sie erklärt, sie hat das Gesicht ihrer Mutter, die in Irland lebte und starb, dreimal gesehen.

»Dreimal habe ich die Selige gesehen«, sagte sie heute, »und jedesmal, nachdem sie schon tot war.«

Ich bat sie, mir zu erzählen, was sie gesehen habe.

»Ich hab' meine Mutter gesehen, auf den Knien und im Gebet«, sagte Mrs. Matt feierlich. Sie saß gerade am Küchentisch und trank eine Tasse rabenschwarzen Tee, während ich ein belegtes Brot aß. »Auf ihren Knien war sie, mit der Hand so ausgestreckt, und das Haar ist ihr auf den Rücken gefallen. Sie hat geweint beim Beten, und sie hat ihr altes schwarzes Kleid angehabt, aber ohne die Schürze. Außer an einem Sonntag hat sie immer die Schürze angehabt, und so habe ich gewußt, es war an einem Sonntag, an dem ich sie gesehen hab'. Später hab' ich erfahren, daß es eben gerade der Sonntag war, an dem mein Vater gestorben ist, und ich hab' gewußt, sie hat ihn zur Hölle fahren sehen. Er hat es ja verdient, aber für sie war es hart, Gott hab' sie selig, und sie hat geweint.«

»Und das zweitemal, Mrs. Matt?«

»Das zweitemal war damals, als ich fest entschlossen war, Matt zu verlassen. Ja, meine Liebe«, sagte sie und nickte mit dem Kopf. »Ich war dazu entschlossen. Er hat gerade wieder einen von seinen Eifersuchtsanfällen gehabt.« Sie neigte sich dicht zu mir, die Augen auf die Küchentür gerichtet. Draußen hackte Matt gerade Holz.

»Er war nicht der Vater von meinem ersten Kind«, flüsterte sie, »und das hat er mich nie vergessen lassen. Auf jeden Mann hat er Verdacht – es ist ein Martyrium für mich gewesen, jawohl, die ganzen vierzig Jahre.«

Ich überging die wohlbekannte Klage.

»Und das drittemal, Mrs. Matt?«

Sie sah mich verständnislos an. »Es war aber doch nur das eine Mal, und Matt hat mich doch geheiratet, bevor das Kind geboren wurde.«

»Das drittemal, daß Sie Ihre Mutter gesehen haben –«

»Ach das, ja! Ja, das drittemal, das war an einem hellen Ostermorgen. Ich hatte einen gräßlichen Krach mit Matt in der Nacht gehabt und war gar nicht in der Laune, in die Kirche zu gehen. So habe ich meine alten Kleider angezogen und den Küchenboden geschrubbt. Matt hat mich angebrüllt, ich solle aufstehen und mit ihm und den Kindern in die Kirche gehen – damals hatten wir schon sechs, alle waren klein, und weil ich kein siebentes wollte, war eben der Krach in der Nacht. Aber ich wollte nicht mit, und so ist er fort, und ich hab' da weiter auf den Knien gelegen in einer Lache von Seife und Wasser. Als das Haus so ganz still war, bin ich auf und hab' meinen Putzlumpen und den Eimer weggetan und mich gewaschen und ein sauberes Nachthemd angezogen und hab' mich in ein sauberes Bett gelegt, um durch den Schlaf wieder recht zu Kräften zu kommen. Und da war es, daß ich meine Mutter das letztemal in der Auferstehung gesehen habe. Sie war weiß wie ein Engel, aber das Haar hat ihr heruntergehangen hinten in einem kleinen grauen Zopf, wie sie es immer gehabt hat zum Schlafen. Und sie hat zu mir gesagt: ›Du arme Seele, du bist bloß eine Frau, und du mußt es so gut ertragen, wie du kannst.‹ – ›Recht hast du, liebe Mutter‹, hab' ich gesagt und bin eingeschlafen, sanft wie ein Kind, und wie ich aufgewacht bin, da war Matt zurück und hat schon die Kinder gefüttert und selber was gegessen, und ich bin aufgestanden und war gestärkt.«

Eine alberne Geschichte, und Mrs. Matt ist eine einfältige und manchmal boshafte alte Frau, aber sie glaubt fest an das, was sie sagt.

Am Nachmittag ging ich in die kleine Bibliothek in der nächsten Stadt, und unsere pedantische, altjüngferliche Bibliothekarin war baß erstaunt, daß ich mir ein halbes Dutzend Bücher über Träume und Visionen heraussuchte. Ich schäme mich ein wenig, daß ich sie lesen will, denn ich bin an meine eigenen skeptischen Ansichten gewöhnt und glaube nicht an das zweite Gesicht. Es ist Einstein, der mich ins Wanken gebracht hat. Wenn ein Scheit Holz, ein Stück reine Materie, sich vor meinen Augen in Energie verwandeln kann, in Asche, Flamme und Hitze, kann dann nicht ein lebendiger Körper, ein lebhafter Geist, ein tief empfindendes Gemüt sich in sein eigenes Abbild verwandeln? Was mich nicht ruhen läßt, sind nicht die Altweibergeschichten und die Geister der Toten, denn für die gelten meine Zweifel wie eh und je. Nein, was mich nicht ruhen läßt, sind die unbegrenzten Möglichkeiten, die mir ein kleiner, knorriger Wissenschaftler eröffnet, den ich ernst nehmen muß, weil die Welt ihn ernst nimmt. Ich habe mich auf eine Entdeckungsreise begeben. Ich bin auf der Suche nach dem einen, den ich liebe. Lebt Gerald oder ist er tot?

...Meine Suche fand heute ihren Abschluß auf eine so einfache, so tragische Art und Weise, daß ich nicht weiter zu forschen brauche. Ein Brief von Mei-lan, diesmal in Kalkutta aufgegeben, berichtet mir Geralds Tod. Sie ist nicht in Kalkutta. Sie ist noch immer in Peking, dort in dem Haus, und erwartet, erzählt sie mir, die Geburt ihres ersten Kindes - eines Kindes von Gerald. Auf irgendeinem Weg hat sie den Brief aus China nach Indien hinausgeschmuggelt. Vielleicht war unter den Mitgliedern der Delegation von indischen Diplomaten ein Freund Geralds. Ihm gab sie vielleicht den Brief, daß er ihn unter seinen Gewändern versteckt mitnehmen und in einem anderen Land aufgeben konnte.

Der Brief ist kurz und in Eile geschrieben. Es sind Flecken auf dem Papier - Tränen vielleicht. Ich will nicht die Worte wiederholen. Ich will sie vergessen, und ich werde den Brief vernichten. Was drin steht, ist einfach dies: Gerald wurde erschossen, als er versuchte, Peking zu entfliehen. Sie wußte nicht, daß er die Absicht hatte zu entfliehen.

»Ich glaube, er sehnte sich, Dich zu sehen«, schreibt sie. »Ich glaube, er träumte davon, irgendwie nach Indien mit den Indern zu gehen.«

Er war unter ständiger Beobachtung; natürlich, denn »sie« trauten ihm nie ganz. Ich weiß nicht, ob unter den Dienern einer war, der ihn verriet. Er war nicht geschickt im Einpacken von Kleidern oder im Treffen von praktischen Vorbereitungen. Solche Dinge machte ich immer für ihn. Und es ist möglich, daß er sich nicht einmal seiner chinesischen Frau anvertraute.

»Er sagte mir nichts«, schreibt sie. »Ich glaube, er wollte, daß mich kein Vorwurf treffen soll. Ich kann immer sagen, ich weiß nichts.«

Gerald wurde von hinten erschossen, und zwar unmittelbar vor dem Tor seines eigenen Hauses. Weiter kam er nicht. Es war am frühen Nachmittag, die Sonne brannte, und er war dem Anschein nach auf dem Rückweg von seinen Vorlesungen in der Universität. Der Pförtner stand in dem offenen Tor und sah einen Mann in der verhaßten Uniform aus einem Winkel hervortreten. Als Gerald weiterging, erschoß ihn der Mann mit einer Pistole aus nächster Nähe. Dann verschwand er. Der Pförtner wagte nicht zu rufen. Er hob Gerald auf und trug ihn auf seinen Armen hinein und legte ihn auf die Steinfliesen des Haupthofs. Dann verschloß er das Tor.

»Wir begruben ihn heimlich in dem kleinen Hof vor seinem Schlafzimmer«, schreibt Mei-lan.

Früher Nachmittag in Peking ist vielleicht ein Viertel nach zwei in unserem Tal, Viertel nach zwei Uhr nachts. Wage ich es zu glauben? Ich weiß es nicht. Was ich weiß, ist nur, daß mein Geliebter nicht mehr ist. In dieser Welt, solange ich lebe, werde ich sein Gesicht nicht wiedersehen.

Ich bin in meinen Alltag zurückgekehrt. Es gibt keine Antwort auf diesen Brief, und so habe ich ihn vernichtet. Als ich wieder ruhig schreiben konnte, schrieb ich Rennie, daß sein Vater tot ist.

»Es scheint, daß er sich entschlossen hatte, zu uns zu kommen. Das ist zumindest, was sie glaubt – seine chinesische

Frau. Er versuchte, ohne uns zu leben, und konnte es nicht. Seine Liebe war letzten Endes doch stärker als die Heimat, stärker als die Geschichte. Das ist unser Trost. Das ist die Botschaft, die er uns durch seinen Tod sendet. Das zu wissen, ist genug für uns. Es ist genug, um Dich zu versöhnen, Rennie. Bitte, verzeih ihm! Es wird das Leben für mich um so viel leichter machen, so viel glücklicher, wenn ich weiß, daß Du Deinem Vater verziehen hast.«

Hier unterbrach ich und überlegte, ob ich Rennie erzählen sollte, daß ich Gerald ganz deutlich in dem Augenblick, als er starb, gesehen hatte. Sein Geist entfloh seinem Körper, und er kam heim zu mir, um einen Augenblick sichtbar zu werden und ewig in meiner Erinnerung zu bleiben. Dann entschied ich mich, es Rennie nicht zu sagen. Er würde es nicht glauben, und vielleicht will ich auch meinen eigenen Glauben nicht auf die Probe stellen. Es ist nicht notwendig. Ich kann warten, bis die Zeit für mich kommt, da ich es weiß.

Rennie antwortete umgehend. »Ich verzeihe ihm, Mutter. Ich verzeihe meinem Vater aus ganzem Herzen. Ich tue es um meiner selbst willen. Wenn es Dich glücklich macht, um so besser. Und ich habe es auch Maria erzählt.«

Es ist für mich nicht mehr nötig, diese leeren Seiten zu beschreiben. Was ich zu sagen hatte, ist gesagt. Der Frühling ist vorübergeglitten, und es ist Sommer. Ich beschäftige mich mit alltäglichen Dingen, immer im Hinblick auf Rennies Hochzeit. Heute ist der Vorabend seiner Trauung. Es fällt mir ein, daß dieses Büchlein nicht vollständig sein wird, wenn ich nicht die Geschichte der Hochzeit berichte, die Geschichte, die in Wirklichkeit an jenem längst vergangenen Tag begann, an dem ich, ein heiteres, unbekümmertes Mädchen, übersprudelnd vor Bereitschaft zu lieben, mein Herz einem hohen schlanken jungen Mann zuwandte, der in seine Bücher vertieft war, einem lerneifrigen, zurückhaltenden jungen Mann, in dem ich einen tief und treu Liebenden erriet. Er schien mir so schön, daß ich mich Hals über Kopf in ihn verliebte.

Ich sagte heute abend zu Maria, als wir nach dem Essen zusammen das Geschirr abwuschen, während Rennie auf der Terrasse seine Pfeife rauchte, denn er hat sich jetzt männliche Gewohnheiten zugelegt:

»Meine liebste Maria«, sagte ich, »ich hoffe, daß Rennie dir ein guter Geliebter und Gatte sein wird. Ich hatte einen so guten Geliebten und Gatten an seinem Vater, und ich hoffe, diese Eigenschaften haben sich vererbt, aber ich weiß es nicht sicher.«

Das große schöne Mädchen lächelte ruhig. »Ich bin überzeugt, daß Rennie die guten Eigenschaften seines Vaters geerbt hat.«

»Ich mußte seinem Vater bloß manchmal ein, zwei Andeutungen machen«, sagte ich.

»Ich werde daran denken, Mutter«, sagte sie.

Es war das erstemal, daß sie mich »Mutter« nannte, und ich war ganz überwältigt vor Freude und blieb stehen, die Schüssel in der einen und das Geschirrtuch in der anderen Hand. Da lachte sie und legte die Arme um mich und küßte mich auf den Scheitel. Sie ist so viel größer als ich. Und ich roch den angenehmen Duft ihrer Haut und freute mich um meines Sohnes willen, daß von ihr ein natürlicher Wohlgeruch ausgeht wie von frischen Blumen.

Der Hochzeitstag war angebrochen, mild und strahlend. Früh am Morgen kam George Bowen in einem kleinen, grauen, offenen Wagen am Gattertor vorgefahren. Ich sah George zum erstenmal. Er ist ein hochgewachsener, blonder, junger Mann mit derselben ruhigen Art wie Maria. Er stieg über die Tür seines Wagens und schlenderte langsam ins Haus, seinen abgewetzten Lederkoffer in der Hand, und er fühlte sich gleich so zu Hause, als wäre er schon einmal dagewesen. Mir gefiel er auf den ersten Blick. Er boxte Rennie freundschaftlich, zog seine Schwester zärtlich am Ohr und sprach mit mir, als ob er mich richtig lieb hätte.

»Ich kenne dich sehr gut«, sagte er. »Ich habe schon immer deine Bekanntschaft machen wollen, seit ich Rennie zum erstenmal gesehen habe.«

»Stell deinen Koffer ab, und setz dich mit uns zum Frühstück, George«, sagte ich.

»Ich will mir bloß schnell die Hände hier in der Küche waschen«, sagte er.

Mir gefiel die Art, wie er sich die Hände wusch. George ist ein Atomphysiker, einer von den modernen jungen Leuten. Ich hatte ein bißchen Angst vor ihm bekommen, als Rennie von ihm sprach. Ich stellte mir einen jungen Mann vor, brillant, hart, vielleicht lieblos, wie die Wissenschaftler wohl heutzutage sein müssen. Statt dessen kam da dieser junge Mensch, freundlich, herzlich, ein prachtvoller Freund für den Sohn einer alleinstehenden Frau. Mit diesen beiden, der Frau und dem Bruder, hat Rennie seine Welt, in der er wachsen und gedeihen kann.

»Eier, George?« fragte ich.

»Ja, bitte, Spiegeleier«, sagte er und zwängte seine langen Beine unter den Tisch in die Eßnische der Küche. Ich versuche, nicht so sentimental mütterlich zu sein, wie man es von uns Frauen erwartet, aber ich gestehe, mir ging das Herz auf, als ich sah, wie George Bowen das Essen schmeckte.

Und bei allen Vorbereitungen dieses Tages hat er sich nützlich gemacht. Er hat dem Staubsauger gut zugeredet, so daß er funktionierte, er trug Stühle herum und machte die Garage sauber und fand sofort Beifall in Matts Augen. Aber das Beste von allem war sein zartes Verständnis Rennie und Maria gegenüber. Die beiden wollten keine großartige Hochzeit, und so kamen sie etwa um vier Uhr nachmittags von einem Spaziergang im Wald nach Hause, dann gingen sie in ihre Zimmer, um zu baden und sich für die Trauung umzuziehen. Mrs. Matt war in der Küche mit ein paar Nachbarsfrauen, um bei dem Herrichten der einfachen Erfrischungen zu helfen, und sie gab mir einen Schubs.

»Gehen Sie rauf und ziehen Sie sich an«, befahl sie mir.

»Ich brauche dazu nicht mehr als eine Viertelstunde«, sagte ich.

»Dann gucken Sie nach, ob die Braut nicht hier und dort vielleicht eine Stecknadel braucht«, sagte sie. »Ich erinnere mich sehr gut, daß ich eine Stecknadel gebraucht habe, um mir das Miederleibchen oben zuzustecken, so schwer hab' ich geatmet.«

So ging ich denn hinauf, und als ich mein lichtgraues Seidenkleid angezogen hatte, klopfte ich an Marias Tür, und sie rief mich hinein. Sie war schon fertig angezogen, stand am Fenster und sah hinaus auf die Hügel. Ihr Hochzeitskleid war aus einfachem weißen Organdy, mit einer feinen Handstickerei am Saum und am Ausschnitt. Sie hatte es sich selbst gemacht, und es war genau das richtige für sie. Um den Hals trug sie eine kleine Goldkette und ein Medaillon mit Rennies Bild drin.

»Dein Brautbukett ist unten«, sagte ich. »Soll ich es jetzt heraufholen?«

Die Gäste kamen bereits den Weg herauf, und der Geistliche war im Wohnzimmer. Am Morgen hatten wir in den Feldern Blumen geschnitten und sie, von zarten Farnkräutern umrahmt, zu Sträußen gebunden. Aber ich hatte ein paar meiner kostbaren Rosen für Marias Bukett geschnitten. Hier in unserem kalten Tal können wir keine Rosen im Freien züchten, aber ich grabe meine Rosenstöcke im Herbst aus und lasse sie im Keller schlafen, wo es kühl und trocken und dunkel ist, und im Frühjahr setze ich sie wieder ein. In diesem Jahr habe ich ein halbes Dutzend dazu gebracht, Rosen für Maria zu tragen. Sie sind blaßrosa und blaßgelb, und ich habe sechs halbgeöffnete Knospen heute morgen abgeschnitten, sie zusammengebunden und mit den Stengeln in Eiswasser gestellt, damit sie nicht zu sehr aufgehen.

»Bitte, Mutter«, sagte sie.

Ich ging sofort weg, denn ich hörte, daß Rennie sein Zimmer verließ. Als ich zurückkam mit den Rosen, stand er vor ihr und hielt ihre Hände in den seinen, und mein Kummer fiel von mir ab und wird nie mehr wiederkommen. Davon bin ich überzeugt, denn ich kenne sehr genau den Blick meines Sohnes, mit dem er seine Braut ansah. So hatte einst sein Vater geschaut. Die Trauung war vollkommen in ihrer Einfachheit. Die Leute aus dem Tal versammelten sich in unserem Wohnzimmer, und alles in allem waren es nur etwa zwanzig, denn wir hatten keine von den Sommergästen eingeladen. Als alle da waren, verständigten sich Rennie und Maria durch einen Blick, der strahlend und zärtlich war. Sie faßten einander bei den Händen, traten vor den Geistlichen und blieben vor ihm stehen. Und der erhob sich ohne besondere Umstände von seinem Stuhl, holte sein Büchlein aus der Tasche und sprach die wenigen Worte, die sie zu Mann und Frau machten. Wir hatten keine Musik, denn von uns allen hat nur Maria eine hübsche Singstimme. Nachdem die Zeremonie vorüber war, umringten die Gäste das junge Paar; und ich stand beiseite und weinte still. Bis Bruce Spaulden mich bemerkte und mir ein Glas Obstpunsch brachte.

»Beschäftigen Sie sich damit, meine Liebe«, sagte er und wich nicht von meiner Seite.

Nun brachte Mrs. Matt die Hochzeitstorte herbei, die sie selbst gemacht hatte, ein prachtvolles, dreistöckiges Kunstwerk. Maria schnitt die Stücke mit Rennies Hilfe, und sie tauschten silberne Becher aus, jeder halb voll mit dem süßen Wein, den ich jeden Sommer aus wilden Brombeeren mache. Und die Gäste erfreuten sich an ihrem Anblick.

Und dann, während alles trank und aß, gingen die beiden hinauf und zogen sich für die Reise um; dann kamen sie wieder herunter und liefen, den Gästen einen Abschiedsgruß zuwinkend, durch das Zimmer hinaus. Aber am Wagen warteten sie auf mich. Dort nahm mich mein Sohn in seine Arme und küßte meine Wangen, und Maria legte ihre Arme um uns beide, und dann ließ ich sie gehen. Die Gäste blieben noch, damit ich mich nicht so einsam fühle, und dann gingen sie einer nach dem anderen weg; und George Bowen war der allerletzte, und er blieb noch, um die Stühle wegzutragen und die Schüsseln für Mrs. Matt in die Küche zu stellen.

Als er ging, beugte er sich herunter und küßte mich auf die Wange.

»Adieu«, sagte er.

»Adieu, lieber George«, sagte ich, »und komm recht oft wieder.«

»Werde ich tun«, sagte er, und dann fragte er ohne die geringste Sentimentalität und eigentlich, als ob er nur eine Tatsache bestätigt haben wollte: »Ich darf dich doch Mutter nennen, da du ja jetzt Marias Mutter bist?«

»Bitte«, sagte ich mit Freuden.

Er blinzelte mir mit dem linken Auge zu. »Bloß bist du noch zu jung, um eine Mutter von drei so großen Schlaksen zu sein.«

»Unsinn«, sagte ich.

Er lachte und galoppierte die Stufen vor der Haustür hinunter und stieg in seinen grauen Rumpelkasten von Wagen, ohne die Tür zu öffnen, und fuhr davon in einer Wolke von Rauch und Staub.

Nun war bloß noch Bruce da, und er blieb den Abend über bei mir. Er weiß, daß Rennies Vater tot ist. Rennie hat es ihm gesagt und mir dann erzählt, daß er es ihm gesagt hätte.

»Wie hast du es ihm gesagt?« fragte ich und wünschte fast, er hätte es nicht getan.

»Ich habe ihm gesagt, mein Vater in Peking ist tot. Meine Mutter und ich werden jetzt nie mehr nach China zurückkehren. Sie wird hier im Tal leben. Aber Maria und ich können hier nicht leben, wo es keine Laboratorien gibt.«

»Ja, ein Mann muß dorthin gehen, wo seine Arbeit ist«, stimmte Bruce zu.

»Na, Ihre Arbeit ist ja hier«, hatte Rennie unverblümt gesagt, »und Sie müssen meiner Mutter ein Freund sein.«

»Das will ich gern und noch mehr, wenn sie mich haben will«, sagte Bruce.

Als mir Rennie das vor einigen Tagen erzählte, sah er mir gerade in die Augen. »Mutter, es würde mich sehr freuen, wenn du dich entschließen könntest, Bruce zu heiraten.«

»Ach, Rennie, nein«, flüsterte ich. »Verlang doch so etwas nicht von mir.«

»Ich verlange es nicht von dir«, sagte er. »Ich sage bloß, daß ich sehr froh darüber sein würde.«

Darauf sagte ich nichts, und vielleicht werde ich nie etwas sagen. Ich weiß es nicht. Es ist noch zu früh, und vielleicht wird es immer zu früh sein.

Es war aber doch ein Trost, daß er da war und den Abend mit mir verbrachte, nachdem alle mich verlassen hatten. Ich lag auf dem Liegestuhl, und er saß in meiner Nähe, zwischen uns stand der kleine Tisch, und Bruce rauchte seine kurze Pfeife und sagte nichts oder sehr wenig. Auch das Schweigen war tröstlich. Ich war sehr nahe daran, ihm von Gerald zu erzählen und dem Haus dort in Peking und alldem, was mir geschehen war. Ich dachte daran, während der Abendwind in den Tannen eine leise Musik machte und die Berge im Schatten versanken. Ich dachte auch an Rennie und wie es war, als er geboren wurde; und das brachte mich auf Mei-lan, deren Kind vielleicht an ebendiesem Tag geboren wird. Aber schließlich sagte ich nichts, und das Schweigen war wohltuender als jedes Gespräch. Als Bruce aufstand, um gute Nacht zu sagen, waren mein Leben und meine Liebe noch immer in mir verborgen. »Danke, lieber Bruce«, sagte ich. »Sie sind jetzt mein bester Freund.«

Er hielt meine Hand einen langen Augenblick. »Ich will es dabei belassen, aber nur für eine kurze Weile«, sagte er. Er legte meine Hand an seine Wange, und ich fühlte seine Haut, kühl und glatt rasiert. Sie war nicht abstoßend für mich, und das überraschte mich. Aber er sagte nichts mehr und ging fort. Danach war ich plötzlich sehr müde, aber angenehm ohne Kummer, und ich ging hinauf und legte mich ins Bett.

Wieder sind die Tage vorübergegangen, und ich erwarte bereits Rennie und Maria, die im Sommer heimkommen. Ich habe noch einen Brief aus Peking erhalten.

»Es ist meine Pflicht«, behauptet Mei-lan, »Dir zu sagen, daß ich einen Sohn geboren habe. Er ist wie sein Vater. Seine Haut ist weiß, sein Haar ist dunkel, aber weich und fein. Sein Körperbau ist groß und stark. Meine Mutter sagt, er wird sehr hoch wachsen. Ich bin erstaunt, so ein Kind zu haben. Wir zwei Frauen, meine Mutter und ich, werden uns der Aufgabe weihen, ihn gut zu erziehen, um seines Vaters und Deinetwillen.«

Um meinetwillen? Habe ich etwas mit ihrem Kind zu schaffen? Eine merkwürdige Frage, und ich weiß nicht, wie ich sie beantworten soll. Dann aber erinnere ich mich, daß dieses Kind Rennies Halbbruder ist. Es ist möglich, daß sie einander eines Tages begegnen werden. Wie verschieden werden sie sein, diese zwei? Wie ähnlich einander?

Die Wege der Natur und des Lebens sind seltsam und unergründlich. Man kann sie nicht verstehen. Inmitten von Haß und Krieg geht das geheime Werk der Liebe weiter und verbindet uns alle durch das Blut, ob nun die Liebe verweigert oder geschenkt wird.

...Denn du hast es begonnen, Baba, das weißt du. Als das junge amerikanische Mädchen, das du liebtest, dich nicht genug liebte, um mit dir nach Peking zu gehen, hast du gemeint, auf die Liebe verzichten zu können. Du sagtest, sie ist nicht wichtig, und nahmst eine Frau, die du nicht lieben konntest. Aber sie liebte dich, gebar dir einen Sohn, und eines Tages sah ich ihn und liebte ihn vom Grund meiner Seele. Und ich ging nach Peking und machte seine Stadt zu der meinen, bis ich wieder fortgeschickt wurde, allein und für immer getrennt von meinem Geliebten. Und doch gibt es jetzt zwei Enkel, beide von dir, ein Erdball zwischen ihnen, und doch sind es deine. Und weil sie deine sind, gehören sie in irgendeiner Weise zusammen, und eines Tages werden sie es wissen.

Was sagst du dazu, Baba? Was sagst du dazu, alter Baba, der du da oben liegst, allein auf dem Berg unter der großen Tanne?

350 Seiten · ISBN 3-7844-2801-0

Stefanie Zweig

Karibu heißt willkommen

»Afrika ist Opium« –
und dieser Roman ist Afrika:

Kenias Farben, die Unendlichkeit der Landschaft, die betörenden Düfte, die Vertrautheit der Menschen, die nicht nach der Hautfarbe fragen. Poetisch und kraftvoll erzählt Stefanie Zweig die bewegende Geschichte der ungewöhnlichen Freundschaft zwischen der Farmertochter Stella und dem Kikuyumädchen Lilly.

Langen Müller

Besuchen Sie uns im Internet unter http://www.herbig.net